एक थी नैना

रेखा जोशी

notionpress.com

INDIA • SINGAPORE • MALAYSIA

ISBN 979-8-90023-398-7

समर्पण

यह उपन्यास 'एक थी नैना' समर्पित है मेरे स्वर्गीय माता - पिता को,
उनकी सीख और शिक्षा मेरी ताकत और प्रेरणा है।

दो शब्द

नैना, कहानी की नायिका का चित्रांकन मेरे लिए एक पहेली हैI मेरा व्यक्तित्व नैना से पूर्णतः पृथक हैI एक लेखिका विपरीत दिशा में उड़ान भरते हुए, कल्पना के घोडों पर सवार होकर एक अनोखे चरित्र का निर्माण कर सकती है, यह संभव हैI

नैना परिस्थितियों के जाल में उलझ कर रह गयी थीI एक छोटी सी जान झूठ और सच की बिसात पर खेल रही थीI समाज के मूल्य कब बेड़ियाँ बन जाते हैं इसका अहसास तक नहीं होता हैI सही और गलत का निर्णय आपके विचारों की दृढ़ता की परिधि से दूर चला जाता हैI

पाठक नैना को करुणा और प्यार से देखेंगे ऐसी मेरी अपेक्षा हैI एक संवेदनशील और प्रभावशाली जीवन का व्यर्थ हो जाना पीड़ा की चरम सीमा है, दर्द भी खामोश हो जाता हैI

मैं अपने परिवार के सदस्यों के प्रति आभार प्रकट करती हूँ, सभी मेरी इस पुस्तक से भावनात्मक रूप से जुड़े रहे हैं और सभी ने यथायोग्य अपना योगदान दिया हैI

07.04.2026

रेखा जोशी
5406, टावर 5
क्रिसेंट बे, परेल
मुंबई 400012

अंतर्वस्तु

(1)

एक थी नैना

जेसे ही मैंने एगझास्ट फैन का स्विच ऑफ किया था मुझे जोर-जोर से दरवाजा पीटने की आवाज़ सुनाई दी थी, मैंने भाग कर दरवाजा खोला और भौचक्की रह गयी थी दरवाजे के बाहर दहलीज पर पसीने से तरबतर, बदहवास बुआ जी बैठी हुई थी। मुझे देखते ही वह हड़बड़ाकर उठने लगी थी और यदि मैं उनका हाथ नहीं पकड़ती तो बुआ जी गिर पड़ती। सहारा देते हुए मैं उन्हें अन्दर ड्राइंग रूम में ले आई थी। बुआजी का इस तरह बिना कोई सूचना दिये अकेले चले आना मुझे बहुत अजीब लगा मेरा मन कई आशंकाओं से भर गया था और बुआ जी की हालत और आगमन का कारण समझने में उलझ रहा था। मेरे लिए अंदर जाकर एक गिलास पानी लाना भारी पड रहा था, मैं शीघ्रातिशीघ्र अपने प्रश्न का उत्तर जानना चाहती थी।

"बुआ जी, दरवाजा पीटने के बजाय काल बेल बजानी थी" मैंने रसोई से आते-आते कहा था।

"यह मरी तो बजी ही नहीं उठ-उठ कर कम से कम पचास बार बटन दबाया था" यह कहते हुए बुआ जी रुआंसी हो गयी थी।

मेरा ध्यान काल बेल के स्विच की तरफ गया वह बंद था। मैं सोफे पर बुआजी के पास ही बैठ गयी थी, उनका हाथ अपने हाथों में लेकर मैंने उनसे आने का कारण पूछा था। बुआजी ने कोई उत्तर नहीं दिया और फफक-फफक कर रोने लगी थी, उनके आंसू पौंछते हुए मैंने पूछा-

"आप भोजन करेंगी या चाय पीऐंगी?"

बुआजी ने कुछ जवाब नहीं दिया था किन्तु उनकी पसंद मुझे आज भी याद थी। मैं चाय बनाने के लिए रसोई की तरफ चल पड़ी थी। चाय बनाते हुए मन बहुत

अस्थिर हो रहा था और कई तरह के विचार और शंकाएँ मन को मथ रही थीं। सामने रखी हुई चाय-पत्ती और शक्कर नहीं दिखाई दे रहे थे। चाय बना कर प्याली लेकर मैं बाहर आई और प्याली बुआजी के हाथ में पकड़ा कर मैं उन्हें घूरने लगी थी। भगवान ने रूप और आकर्षक कद काठी प्रदान करने में कोई कंजूसी नहीं की थी। बुआ जी इस उम्र में भी, साफ रंग, कद पांच फीट और छःइन्च, गोल चेहरे पर बड़ी- बडी आँखे और पतली नाक के कारण बहुत सुन्दर लग रही थी लेकिन चेहरे पर पड़ी हुई वक्त की रेखाओं में से पीड़ा साफ झलक रही थी।

"रेणु, मेरी चिंता और दुःख का संबंध तेरी छोटी बहन नैना से है।" यह कह कर बुआजी चुप हो गयी थीं।

"नैना?" मेरे मुँह से निकल गया था।

"मैं कोई शिकायत नहीं कर रही हूँ किन्तु हम माँ-बेटी को भाभी जी बिल्कुल भी पसंद नहीं करती है कभी भी, कुछ भी आदेश दे देती हैं और चाहती हैं कि उसका तुरन्त पालन हो। पीलीभीत में मेरे भाई के चले जाने के पश्चात भाभी जी ने एक क्षण के लिए भी हमें यह महसूस नहीं करने दिया कि यह घर मेरे पिताजी का था।" बुआ जी फिर चुप होगयी थीं।

संभवतः बुआजी बहुत कुछ बताना चाहतीं थी किन्तु झिझक रही थी। उन्हें बार-बार अहसास हो रहा था कि वह मुझसे मेरी माँ के बारे में बात करना चाहती थी अतः उनका संकोच यह था कि कैसे स्पष्ट बात करे।

"बुआजी मैं आपके अचानक आने का कारण जानना चाहती हूँ और इतना समझ सकती हूँ कि इसके पीछे आपकी कोई बड़ी मजबूरी रही होगी।" यह कह कर मैंने उन्हे आश्वस्त किया था।

"रेणु, दरअसल कुछ महीनों पहले वेणु का पत्र आया था और उसने अपनी परेशानियों का जिक्र किया था वह चाहती थी कि भाभी जी कुछ दिनों के लिये सहारनपुर जाकर उसके साथ रहें। पाली से राकेश का तबादला सहारनपुर होने के कारण उसे कई कठिनाइयों का सामना करना पड रहा था और उसका स्वास्थ्य भी ठीक नहीं था। मैनें भाभी जी से कहा था कि वह निश्चिंत होकर जा सकती हैं और उन्हें पीलीभीत की फिक्र करने की जरूरत नहीं है नैना और मैं संभाल लेंगे किन्तु उन्होंने सीधा फरमान सुना दिया कि नैना सहारनपुर जाएगी और कुछ दिनों के पश्चात लौट आएगी। एक घंटे के बाद भाभी जी ने एक ट्रेन

का टिकट मेरे हाथों में थमा दिया था, रात्रि का सफर है यह देखकर मेरा मन घबरा गया था। मैंने भाभी जी से कहा भी मेरी बेटी आज तक कहीं भी अकेले नहीं गयी है और यह तो रात का सफर है, अगले दिन सुबह की ट्रेन से भी जा सकती है।"

भाभी जी के साफ मना कर देने पर मैने नैना के साथ जाने की इच्छा जाहिर की थी,इस पर भाभी जी ने मुझे झिड़क दिया था,

"यह क्या पूरा कुनबा सहारनपुर पहुँच जाएगा।"

इतना कहते-कहते बुआजी फिर रोने लगी थी। कुछ क्षणों के पश्चात अपने आँसू पोंछते हुए उन्होंने फिर बोलना शुरू किया था,

"मेरी बेटी जीवन में पहली बार अकेले यात्रा करने जा रही थी और वह भी रात का सफर, मेरा कलेजा मुँह को आ रहा था।"

वेणु के प्रति माँ का अथाह प्रेम किसी से छिपा नहीं था, किन्तु बुआ जी के प्रति उनका व्यवहार मुझे अनुचित लगा था। बुआजी की आँखो से जल धारा बह रही थी और वह बोल रही थी,

"नैना ने सहारनपुर पहुँच कर अपनी यात्रा का वृतांत लिखा था और वह काफी भयभीत करने वाला था। मेरी बच्ची ने कैसे सब कुछ सहा होगा यह सोचकर ही मैं सिहर उठी थी।" कहते-कहते बुआ जी का गला रुंध गया था।

मैं समझ सकती थी बुआजी बहुत थक गयी होगी, उनके अशांत चित्त को अब आराम और अकेलेपन की जरूरत थी। मैंने बुआ जी का बिस्तर गेस्ट रूम में लगा दिया था और सामान, क्या था एक छोटी-सी पेटी और एक गठरी, गेस्ट रूम में रख दिया था। बुआजी ने रात के भोजन के लिये मना कर दिया था।

'भयभीत करने वाला वृतांत',क्या हुआ था,यह सब मेरे मन को भीतर तक झकझोर रहे थे। रमेश, मेरे पति, को बुआजी बहुत अच्छी लगती थी, उन्होंने बुआजी के आने पर खुशी भी जाहिर की थी किन्तु ऐसे, अचानक क्यों, वह समझ नहीं पा रहे थे। मैं जो कुछ भी समझ पायी थी मैंने रमेश को बता दिया था।

हमने भोजन किया और हमेशा की तरह किचन समेट कर मैं लेट गई। आंखों में नींद कहां थी, बार-बार नैना का चेहरा मेरे सामने उभर कर आ रहा था। मैने

उसे दो वर्ष पूर्व देखा था, गोरी-चिट्टी, बड़ी-बड़ी आँखें, छरहरा बदन, कद भी अच्छा था, कुल मिला कर सुन्दर और आकर्षक। पता नहीं क्यों मेरा दिल जोर-जोर से धड़क रहा था। वेणु का पति राकेश अच्छी कद-काठी का, आकर्षक व्यक्तित्व का धनी था, लच्छेदार बातें बनाने में उसे महारथ हासिल था। घर परिवार के लोगों के बीच उसका एक विशिष्ट स्थान था, माँ तो अपने दामाद के ऊपर विशेष मेहरबान थीं। राकेश की तारीफ करने के लिए कोई भी मौका हाथ से नहीं जाने देती थी। उनके अनुसार राकेश और वेणु की जोड़ी से बेहतर जोड़ी पूरे पीलीभीत जिले में कोई नहीं थी। अपने दामाद में उन्हे कोई भी बुराई नजर नहीं आती थी।

यही सब कुछ सोचते हुए मैं बीस- पचीस वर्ष पीछे लौट गयी थी। प्रत्येक गर्मी की छुट्टियाँ हम सभी बच्चे बुआ जी के यहाँ बरेली में बिताते थे। फूफाजी विवेकानंद हाईस्कूल के हैडमास्टर थे, पूरा बरेली जिला उनकी प्रशंसा करता था, अनुशासन एवम् नियम के पक्के, ईमानदारी उनमें कूट-कूट कर भरी थी। हम लोगों पर उन दोनों का प्यार देखते बनता था, बुआ जी नित्य नये पकवान बनाने में जुटी रहती थी मोहन, उनका नौकर दिन भर बाजार के चक्कर लगाता रहता था। 'सुषमा' बुआ जी की नौकरानी, जिसे बुआजी 'बहना' कहती थी रसोई से बाहर आना ही नहीं चाहती थी। फूफाजी को यह सब फिर भी कम लगता था शाम को स्कूल से लौटते हुए दो-तीन डलियाऐं उनके साथ होती थी। बिरजू आइसक्रीम वाले भैया ने एक भी रविवार नागा नहीं किया था। उछलते, कूदते पूरा महीना कैसे बीत जाता था पता ही नहीं चलता था। एक बात का मुझे बहुत दुःख है कि फूफाजी ने बुआ जी की एक प्रार्थना नहीं सुनी थी, सुन ली होती तो वह आज इतनी पराश्रित और असहाय नहीं होती। बुआ जी बार-बार स्वयं का मकान बनाने का आग्रह करती रहती थी,

"शुभम् के बाबूजी एक झोपड़ी ही सही रहने को अपना घर होना ही चाहिए। आपके रिटायरमेन्ट के बाद क्या होगा, हम कहां रहेंगे?"

फूफाजी ने कभी भी बुआजी की बात को गहराई से नहीं समझा और हमेशा बुआजी की बात हंसी में उड़ा दिया करते थे,

"शुभम् की अम्मा तुम मुझसे चार महीने उम्र में बड़ी हो इसलिए तुम मुझसे पहले ऊपर जाओगी, जब तक जीवित रहोगी तुम्हें कोई कष्ट नहीं झेलने दूँगा।"

मेरी आंखो से आंसू बह रहे थे, भाग्य को कुछ और ही मंजूर था, रिटायरमेन्ट के छः महीने बाद फूफाजी को दिल का दौरा पड़ा और वह बुआजी तथा नैना को लाचार और असहाय छोड़कर चल बसे। फूफा जी के देहान्त का समाचार सभी को सुन्न कर गया था। बाबूजी को अपने बहनोई सुरेन्द्र नाथ पर बहुत गर्व था। अपने मित्रों के बीच बाबूजी फूफाजी की तारीफ करते हुए थकते नहीं थे ईमानदार, चरित्रवान, विद्वान् और न जाने कितने विशेषणों से फूफाजी को नवाजा करते थे।

फूफाजी ने दसवीं कक्षा के बाद ही शुभम को पढ़ने के लिए अमेरिका भेज दिया था। बुआजी के विरोध का फूफाजी पर कोई असर नहीं हुआ था। शुभम् अमेरिका गया और वहां का होकर रह गया था उसने बूढ़ी माँ और बहन का हाल तक नहीं पूछा था। कुछ महीनों बाद बुआजी के लिये मकान का किराया भी भारी पड़ने लगा था। घर की हालत दिन-ब-दिन बिगड़ती जा रही थी बाबूजी अपनी इकलौती बहिन की दुर्दशा सहन नहीं कर पाये और बरेली जाकर अपनी बहन को पीलीभीत ले आये थे। डेढ़ साल भी पूरा नहीं हुआ था और बाबूजी भी हम सभी को छोड़ कर चले गये थे। भाई के गुजर जाने के बाद बुआ जी पर मुसीबतों का पहाड़ टूट पड़ा था। मैने अपने आँसू पोंछे और सोने का प्रयत्न करने लगी थी, सुबह जल्दी उठ कर रोजाना की दिनचर्या से निपटना था। मैंने निश्चय कर लिया था कि कल वेणु से बात करके कहूँगी कि वह शीघ्र नैना को वापस लखनऊ भेज दे,पीलीभीत नहीं।

सुबह बुआजी की नींद देर से खुली थी,रमेश आफिस जा चुके थे।मैं बुआजी के कमरे में चाय का प्याला लेकर पहुंची तब तक वह नहा धोकर पलंग की पाटी पर बैठी थी,'गीता' के पन्ने पंखे की हवा से फड़फड़ा रहे थे और बुआ जी किसी गहरे सोच में डूबी हुई गमगीन सी बैठी थीं।बुआजी की पीले रंग की साड़ी धुल- धुल कर लगभग सफेद हो गई थी, साड़ी का पल्लू कभी भी फटने की नौबत तक पहुंच गया था। बुआजी की यह हालत मुझसे देखी नहीं जा रही थी। बुआ जी को देखते ही कल की अधूरी बात मेरे मस्तिष्क में बिजली की तरह कौंध गयी थी, "यात्रा का डरावना वृतांत", मैं बड़ी पेशोपेश में थी कि इस समय पूछूँ या नहीं, लेकिन मैं सुबह-सुबह बुआजी का मन नहीं खराब करना चाहती थी इसलिए चाय का प्याला उनके नजदीक रख कर नाश्ता लेने चली गयी।दस मिनट बाद जब मैं वापस पहुंची तब वहां का नजारा देख मेरी जान ही निकल गयी थी प्याला एक तरफ टूटा पड़ा था, चाय फैली हुई थी और बुआ जी फर्श पर गिरी हुई थी। काम वाली की मदद से मैंने उन्हे पलंग पर लिटाया और डाक्टर को फोन कर दिया था। डाक्टर ने इंजेक्शन देकर कहा था,

"इनकी हालत ठीक नहीं है,यह बहुत कमजोर हैं और मानसिक रूप से काफी स्ट्रेस में हैं। इनको आराम की सख्त जरूरत है।"

मैने काम वाली बाई को बुआजी के पास बैठने को कहा और फोन की तरफ भागी थी, मुझे वेणु से बात करनी थी। फोन की घंटी बजती रही कोई उत्तर नहीं मिला था। मेरी बैचैनी बढ़ती जा रही थी और मन कई आशंकाओं से भयभीत था।मैंने एक बार फिर कोशिश की किन्तु किसी ने भी फोन नहीं उठाया।मुझसे रहा नहीं गया और मैने माँ का नंबर मिलाया सात-आठ घंटियो के बाद माँ का स्वर सुनाई दिया,

"रेणु, कैसी हो, क्या मोहिनी तुम्हारे पास हैं?"

मैं अपने आप पर नियंत्रण नहीं रख पाई थी और मेरा गुस्सा फूट पड़ा था,

"वाह माँ आज दो दिन बाद पूछ रही हो तुम्हें बुआजी की बिल्कुल भी चिंता नहीं।"

माँ ने मेरी बात को अनसुना कर दिया और कठोरता के साथ पूछा, "तुमने फोन क्यों किया?"

मैं उत्तर में माँ पर बरस पड़ी थी,

"एक पराई,जवान लड़की को आपने अपनी लाडली बेटी की सेवा में भेज दिया, क्या उसे वापस बुलाने का कोई इरादा है अथवा नहीं? कहीं ऐसा तो नहीं कि उसे बंधुआ मजदूर की तरह वहीँ रखने का इरादा बना लिया है।"

माँ के स्वर में काफी नरमाई थी

"अरे,क्या बात करती हो नैना सहारनपुर में स्वस्थ और प्रसन्न है। वहां उसका बच्चों के साथ मन लग गया है और अभी वह स्वयं वापस पीलीभीत नहीं आना चाहती है।मुझे बहुत सारे काम निपटाने हैं, बाद में बात करूंगी" कहते हुए माँ ने फोन रख दिया था।

मैं कुछ भी नहीं समझ पा रही थी कि क्या सत्य है। रसोई में खाना बनाते हुए भी एक ही प्रश्न, नैना के वापस नहीं आने का क्या कारण हो सकता है? दिमाग इसी में उलझ रहा था। बुआजी के आगमन ने मेरे मन और मस्तिष्क में भूचाल खड़ा कर दिया था। रमेश भी इसको महसूस कर रहे थे उन्होंने रात को सोने से पहले मुझसे पूछा था,

"रेणु, तुम आजकल बडी खोई-खोई रहती हो,स्पष्ट बताओ क्या बात है, शायद मैं तुम्हारी कुछ मदद कर सकूँ।"

मैं रमेश के सीने पर सिर रख कर जोर से रो पड़ी थी। बहुत समय का गुबार एक साथ बाहर निकल आना चाहता था। कुछ समझ नहीं पा रही थी क्या कहूँ, कैसे कहूँ, मुझे स्वयं को भी तो स्पष्ट तौर पर कुछ नहीं पता था छोटी-छोटी घटनाओं की कड़ियां मेरे सामने बिखरी पड़ी थी किन्तु उन्हें ठीक से जोड़ पाने जैसा सच मुझे भी ज्ञात नहीं था।

हम सभी स्त्रियों के वजूद को समाज विवाह उपरांत दो हिस्सों में बाँट देता है और ये दो हिस्से मृत्युपर्यंत तक दो ही रहते हैं कभी एक नहीं हो पाते। पति के सामने मायके की सभी अच्छी-बुरी, ऊँची-नीची बातों का जिक्र तक करने में हमेशा एक अनजान झिझक महसूस होती है। रमेश ने एक प्रश्न किया था अतः उसका उत्तर भी देना लाजिमी था। मैंने नैना और उसके सहारनपुर प्रवास के बारे में तथा बुआजी की परेशानी के बारे मे बताया था।

रमेश कुछ देर सोचने के बाद गंभीर होकर बोले,

"तुम इतनी 'टेन्स' और दुःखी क्यों रहती हो, बताओ हम क्या कर सकते हैं, तुम्हारे पास कोई निदान है?"

माहौल को कुछ हल्का करने के लिये हंसते हुए कहा था,

"मुझे तो राकेश की किस्मत से जलन हो रही है।"

मैने नाराज होने का उपक्रम करते हुए दूसरी तरफ मुँह फेर लिया था।

मेरा मन और दिमाग दोनों बड़ी तेजी से दौड़ने लगे थे। रमेश ने कितनी आसानी से समाधान थमा दिया था, मेरे मन को चोट लगी थी। आदमी नारी की पीड़ा के कारण और गहराई कभी महसूस कर ही नहीं सकता, उनमें रिश्तों के साथ जुड़ाव और आत्मीयता का माद्दा भी नगण्य होता है। बुआ जी और नैना का मामला मेरे लिये पीड़ा जनक था, किन्तु सब कुछ अपनों द्वारा अपने लोगों के बीच हो रहा था और मैं बीच मझधार में खड़ी सोच रही थी कि किस किनारे की ओर सत्य है।

पति-पत्नी का रिश्ता कई परीक्षाओं से गुजरता है। हम सभी कहावतों का प्रयोग कितनी लापरवाही से करते हैं इसका अहसास मुझे आज हो रहा था। दो प्रेम

करने वाले क्या कभी 'दो शरीर एक जान' हो सकते हैं, इसकी यथार्थता पर मैंने पहले कभी विचार नहीं किया था किन्तु आज महसूस हो रहा था कि इसको गढ़ने वाले ने दो पृथक् मस्तिष्कों और आत्माओं के बारे में विचार नहीं किया वस्तुतः पति-पत्नी गृहस्थी की गाड़ी के 'दो पहिए' वाला जुमला अधिक तर्क संगत लगता है।

अगली सुबह मैं और बुआ जी नाश्ता कर रहे थे मैंने ताड़ लिया था बुआजी कुछ कहना चाहती थी किन्तु मैं चुप्पी साधे रही। मैं चाहती थी कि बुआ जी शुरू करें, बुआजी ने अपनी नजरें मेरे चेहरे पर जमाते हुए, झिझकते हुए बोलना शुरू किया था,

"रेणु! क्या तुम मेरी नैना से बात करवा सकती हो? उससे एक बार बात हो जाये तो मेरा मन कुछ हल्का हो।"

मैं बुआ जी की मनोदशा समझ सकती थी,मैंने चाह कर भी यह नहीं कहा था क्योकि मैं बुआ जी की तबीयत संभलने की प्रतीक्षा कर रही थी। मैं कुर्सी से उठ कर जहां फोन रखा था उस मेज तक गयी और बुआजी को पास में रखी कुर्सी पर बैठने का इशारा किया। वेणु के घर के फोन की घंटी बजती रही और कोई उत्तर नहीं मिला था। मैंने पुनः नंबर डायल किया, इस बार किसी स्त्री की आवाज़ सुनाई दी किन्तु यह आवाज़ वेणु की नहीं थी। मेरे पूछने पर उसने बताया कि उसका नाम पुष्पा है और वह काम वाली बाई है। मैंने जब नैना को बुलाने के लिए कहा तब उसका उत्तर मुझे बड़ा अटपटा लगा था,

"वेणु दीदी बाजार गयी हैं और नैना दीदी के सिर में दर्द है वह दरवाजा बंद करके सो रही है।"

नैना से बात नहीं हो पाने के कारण बुआजी बहुत निराश थी, वह थकान का बहाना करके अपने कमरे में चली गयी, किन्तु मैं कुर्सी पर ही बैठी रही। मैंने फिर नंबर डायल किया था और फोन पुनः पुष्पा ने उठाया और वही बात दोहरा दी थी।

वेणु का इस तरह मुझे अनदेखा करना 'नार्मल' नहीं लग रहा था। दिमाग में कई प्रश्न और आशंकाऐं जन्म ले रही थी क्या करूँ,किसे फोन करूँ कुछ निर्णय नहीं ले पा रही थी। सच कहूं तो मुझे क्रोध और हैरानी नैना के व्यवहार से हो रही थी, दो महीने पूरे हो गये थे उसे अपनी माँ से बात करनी चाहिए थी हो सकता है उसे अपनी मामी जी से नाराजगी हो किन्तु बुआ जी का कोई दोष नहीं, वह बेचारी क्या कर सकती थी।

मुझे बुआ जी पर बहुत तरस आ रहा था, मैं देख रही थी वह न ही कुछ खाती थीं तथा ठीक से सो भी नहीं पा रही थी। उम्र के इस पड़ाव पर इस तरह का मानसिक तनाव और कष्ट भुगतना कोई आसान बात नहीं थी। उनकी बची खुची जिन्दगी में नैना और उसकी शिक्षा की पूर्णता से बढ़कर और कोई उद्देश्य नहीं बचा था। मैं जब छोटी थी, तब सुना था कि हमारे प्रियजन जब हमें छोड़कर इस दुनिया से चले जाते हैं तब आसमान में जाकर एक तारा बन जाते हैं और ऊपर से अपनों का हाल देखते रहते हैं। पता नहीं कितना सत्य था यह फलसफा किन्तु इसमें अगर लेशमात्र भी सच्चाई है तब फूफाजी अवश्य अपनी प्रिय पत्नी की दुर्दशा देखकर पछतावे की आग में जलते हुए ढेर सारे आंसू बहाते होंगे।

मेरे पास बुआजी की सहायता करने का कोई भी जतन नहीं था किन्तु बुआजी एक विश्वास के साथ पीलीभीत छोड़कर मेरे पास चली आई थी। वेणु अपनी घर गृहस्थी में इतना डूब गयी थी कि उससे फोन पर भी बहुत कम बात होती थी। मन में अनेक बार विचार आता था कि बुआजी को ले कर मैं सहारनपुर चली जाऊं ताकि सब कुछ स्पष्ट हो जाये। रमेश ने इस विचार को तूल न देकर नकार दिया था।

“रेणु! कैसी बात करती हो,यह सब कुछ क्या है और क्यों है हम नहीं जानते सहारनपुर पहुँचकर तुम क्या पूछोगी?”

रमेश ठीक कह रहे थे मेरे पास सहारनपुर जाने का न ही कोई ठोस कारण था और न ही कोई तर्क।

(2)

नैना

पिताजी के देहान्त के बाद मैंने जीवन का वह स्वरूप देखा था जिसकी कभी कल्पना तक नहीं की थी। माँ और पिताजी ही मेरा पूरा संसार थे। बरेली में स्कूल की तरफ से दिया गया मकान बहुत बड़ा नहीं था किन्तु उस मकान में हम तीन सदस्यों के निवास ने उसे घर बना दिया था। कमरों, आंगन और बगीचे में सच्चाई और विश्वास के पौधे प्रेम की सुगंध फैलाते रहते थे। पीलीभीत मेरा ननिहाल था किन्तु बिना निमंत्रण हम वहाँ नहीं जाते थे इसलिए विशेष आयोजनों के लिए ही हमारा पीलीभीत जाना होता था। रेणु दीदी, वेणु दीदी और शेखर भैया गरमी की छुट्टियों में बरेली आते थे और हम सब मिलकर मौज करते थे। पिताजी और उसके बाद मामाजी हमें छोड़कर चले गये थे और पीलीभीत हमारे लिए मजबूरी बन कर रह गया था।

वेणु दीदी का पत्र मिलते ही मामी जी ने फरमान सुना दिया था

"वेणु की तबियत ठीक नहीं है और उसे कुछ दिनों के लिये हमारी मदद की जरूरत है इसलिए नैना को सहारनपुर भेज देते हैं।"

माँ ने उनसे पूछा,

"कितने दिनों तक नैना को सहारनपुर रहना होगा, उसकी पढाई भी है।"

यह सुनकर मामी जी ने तुनक कर कहा था,

"अरे! कौन-सी बहुत ऊँची पढाई कर रही है, कालेज तो जाती नहीं है, बी. ए. की तैयारी सहारनपुर में कर लेगी। वेणु भी तो है, नैना की मदद कर सकती है। कोई वहां बसने थोड़ा जा रही है, कुछ समय बाद लौट आएगी। मेरी बेटी की परेशानी से किसी को कोई मतलब नहीं, कोई और भी तो नहीं जिसे भेज दूं।"

माँ ने मौका नहीं खोते हुए तपाक से कहा था,

"भाभी जी,आप क्यों नहीं चली जाती हैं, मैं और नैना यहाँ सब कुछ संभाल लेंगे।"

मामीजी ने सिर हिलाते हुए कहा था

"नहीं,नहीं मेरा जाना ठीक नहीं होगा।"

माँ की चिंता मैं समझ रही थी, उनको अकेले छोड़ कर जाना मुझे भी अखर रहा था।मेरे जाने के बाद माँ एकदम अकेली हो जाएगी। सभी खट्टी-कड़वी घटनाओं से दुखी होकर हम दोनों एक दूसरे को सांत्वना दे कर मन हल्का कर लेते थे। माँ बस मेरी पढ़ाई पूरी होने का और अपने पैरों पर खड़े होने का इंतजार कर रही थी। मैं नौकरी करने लग जाऊं और हम कहीं दूसरी जगह चले जाएँ माँ की यह इच्छा मुझे मालूम थी। कहने को पीलीभीत मेरा ननिहाल था किन्तु अब मुझे किसी कैदखाने से कम नहीं लगता था। मुझको कभी-कभी पिताजी पर बहुत क्रोध आता था कि उन्होंने माँ की इच्छा और अनुरोध पर गंभीरता से विचार क्यों नहीं किया। यदि उन्होंने माँ की बात मान ली होती तो आज हमारे सिर पर अपनी छत होती। हम इस तरह लाचार,असहाय और पराश्रित नहीं होते। दो वक्त की रोटी और सिर पर छप्पर के लिए हमने अपना संपूर्ण जीवन गिरवी रख दिया था।

मनुष्य अपने प्रिय जनों को बहुत प्रेम करता है,उनके लिए सभी सुख सुविधाओं का जुगाड़ करने के लिए दिन रात एक कर देता है किन्तु उनके भविष्य के प्रति उसकी विचारधारा और उदासीनता कितनी दुःखद हो सकती है इसका अनुमान लगाने में चूक कर देता है।

बरेली से पीलीभीत का स्थानांतरण पहले ही मेरा एक वर्ष बरबाद कर चुका था। मैंने प्राईवेट छात्र की तरह परीक्षा देने की तैयारी शुरू कर दी थी। मुझे पूर्ण अहसास था कॉलेज की फीस, कपड़ा-लत्ते और आने जाने का खर्च करने की हमारी हैसियत नहीं थी। पढाई के बीच में कोई बेकार काम करने के लिये विघ्न डालने की मामी जी की रोज की आदत बन गयी थी। मैं पढ़ लिखकर नौकरी नहीं कर सकूँ ऐसा उन्होंने ठान लिया था। मेरी शिक्षा उनके नालायक भतीजे नरेन्द्र को अंगूठा दिखा सकती थी इस शंका ने मामीजी को विचलित कर रखा था। माँ सुबह जल्दी उठ कर सब काम निपटाने की भरसक कोशिश करती थी ताकि मेरी पढ़ाई में खलल न पड़े, लेकिन कोई फायदा नहीं था।

मामी जी के फरमान और माँ से उनके वार्तालाप के बाद मैंने सहारनपुर जाने के लिए अपनी वस्तुओं को समेटना शुरू कर दिया था। वस्तुएं? कुछ कपड़े और किताबें। दो घंटो के पश्चात् मामीजी ने मेरे नाम का एक ट्रेन का टिकट माँ के हाथ में पकड़ा दिया और कहने लगी थी,

"नैना से कहो जल्दी तैयार हो जाये आज रात की पौने दस की ट्रेन है।"

"रात की ट्रेन?" माँ ने हैरानी से पूछा था।

मामीजी ने बिना एक क्षण विचार किये हुए कहा था,

"हां,रात की ट्रेन क्यों, क्या हुआ? अब नैना कोई बच्ची तो नहीं है सोते-सोते चली जाएगी।"

माँ ने बड़े सहमते हुए कहा था,

"मेरी बेटी ने आज तक कभी अकेले सफर नहीं किया है रात का सफर है, आप मेरा भी टिकट करवा दीजिए मैं भी उसके साथ चली जाऊंगी।"

मामी जी तुरंत झिडकते हुए बोलीं थी,

"अरे! यह क्या, मेरी बेटी ने सहायता के लिये किसी को बुलाया है तो क्या पूरा कुनबा सहारनपुर पहुँच जाएगा।"

माँ ने कुछ जवाब नहीं दिया था उनकी आंखों से आंसू छलक आए थे। माँ की चिंता सही थी मैंने पहले कभी अकेले यात्रा नहीं की थी, ऊपर से रात्रि का सफर मुझे भी डर लग रहा था मेरे पैर जम गये थे। मैं माँ के कंधे पर सिर रखकर रोने लगी थी मुझे देखकर माँ का सब्र भी जवाब दे गया था और वह भी रोने लगी थी। इतने में मामीजी तमतमाती हुई हमारे कमरे में आई और चीख़कर बोली थी,

"अरे! मनहूस औरतों मेरी बेटी मर नहीं गयी है और मैं भी जिन्दा हूँ। अब यह अपना नाटक बंद करो और जाने की तैयारी करो,बहुत कम समय बचा है।"

आटो में बैठते हुए मेरा दिल तेजी से धड़क रहा था, माँ की तरफ देखने का साहस नहीं कर पा रही थी। हम माँ - बेटी की आंखों से बहते हुए आंसुओं की किसी को कोई परवाह नहीं थी। मुझे बस एक ही खयाल आ रहा था कि सिर्फ मेरे कारण माँ की यह दुर्दशा हो रही थी मुझे अब नहीं जीना है।

मुझे ट्रेन में सही सलामत बैठाने के लिये मामी जी ने अपने भतीजे नरेन्द्र को मेरे साथ भेजा था। नरेन्द्र की हरकतों से मैं वैसे भी परेशान थी। वह एक समर्थ परिवार का इकलौता,आवारा पुत्र था और हमारी विवशता को आधार बनाकर मुझसे विवाह करना चाहता था। मामीजी को अपने भतीजे के गोरे रंग पर बड़ा गुमान था।वह न जाने कितनी बार कह चुकी थी,

"मेरा नरेन्द्र किसी हीरो से कम नहीं है, यह सिनेमा के हीरो दिलीप कुमार, राजेश खन्ना सभी उसके सामने पानी भरे हैं। जो लड़की मेरे भतीजे से विवाह करेगी उसके तो भाग जाग जाऐंगे।"

इस हीरो को मैंने और माँ ने रिजेक्ट कर दिया था। मामीजी के लिए इस अपमान को हजम करना बहुत कठिन था। आटो में बैठते ही नरेंद्र ने मुझे गलत तरीके से छूते हुए कहा था,

"नैना! छोड़ो सहारनपुर जाकर क्या करोगी? चलो भाग चलते हैं, शादी करके मौज करेंगे"

मैने एक घायल शेरनी की तरह अपनी संपूर्ण क्रोधाग्नि एक तमाचे के साथ नरेन्द्र के गालों पर उड़ेल दी थी। शर्म और गुस्से के कारण नरेन्द्र ने चीखते हुए एक भद्दी गाली दी और आटो से कूद गया।

स्टेशन पास में ही था मैं दस मिनट में पहुँच गयी थी। अपना बैग लेकर मैं आटो से उतर रही थी तभी आटो वाला बोला,

"बहिन, संभल कर जाना।"

यह सहानुभूति थी या कोई और भाव मैं समझ नहीं पाई और बिना कोई जवाब दिये अपना बैग उठाकर आगे बढ़ गयी थी।

ट्रेन और प्लेटफार्म नम्बर मुझे याद था इसलिए मैंने आसानी से ट्रेन में जाकर अपनी सीट ढूँढ ली और बैठ गयी थी। मैं डिब्बे के चारों तरफ नज़र दौड़ाने लगी थी और प्रत्येक मुसाफिर का मन ही मन विश्लेषण करने लगी थी। मेरे मन का भय मुझे परेशान कर रहा था और मुझे अपने वजूद से ही शिकायत हो रही थी।

नरेन्द्र के कमीनेपन का अहसास मुझे तब हुआ जब टिकट चेकर ने मेरी बर्थ के पास आकर मेरा टिकट माँगा, मैने पूरा पर्स उलटा कर दिया था किन्तु टिकट नहीं

मिला यकायक मुझे याद आया कि मुझसे प्लेटफार्म नम्बर देखने के लिए नरेन्द्र ने टिकट लिया था किन्तु वापस नहीं लौटाया। मैं एकदम सुन्न हो गयी थी, मेरा पूरा शरीर कांप रहा था,समझ में नहीं आ रहा था कि क्या करूं। टिकट चेकर ने मेरा नाम और पिताजी का नाम पूछा और मुझे बैठने का इशारा करके आगे बढ़ गया था। मैंने चैन की सांस ली किन्तु मेरी घबराहट अभी भी बनी हुई थी। क्या यह टिकट चेकर मुझे ट्रेन से नीचे उतार देगा, ट्रेन किस स्टेशन तक पहुंच गई थी मुझे इसका भी ज्ञान नहीं था। रात गहरा रही थी, टिकट चेकर का कुछ भी पता नहीं था। मेरे पास बैठा मुसाफिर सोना चाहता था,

"बहिन जी,आपकी बर्थ ऊपर वाली है, मैं अब सोना चाहता हूँ।"

पूरी रात मैं एक पल को भी नहीं सो पायी थी।बिना टिकट आगे क्या होगा, क्या मैं सहारनपुर पहुँच पाऊंगी, अगर पहुँच भी गयी तब गेट से बाहर कैसे निकल पाऊँगी? कई बुरे खयाल मुझे रौंद रहे थे। माँ का आंसुओं से भीगा चेहरा मेरे आँसुओ में तैर रहा था और दिल कर रहा था कि दहाड़ मार कर रोना शुरू कर दूँ किन्तु समय और स्थान ने मेरे दिल पर नियंत्रण का ताला लगा दिया था।

जैसे-जैसे रात बीत रही थी मुझे कई अन्य तरह के डर सताने लगे थे। मैंने चादर से अपना पूरा चेहरा और शरीर ढक लिया था और पूरी रात एक ही करवट, सांस रोक कर पड़ी रही थी, मानो कोई मुर्दा पड़ा था। सहारनपुर पहुंचने का समय भी बहुत डरावना था। यह ट्रेन 4बजकर 30 मिनट पर पहुँचती थी,तब तक तो दिन भी नहीं निकलता, मैं बार-बार ईश्वर से प्रार्थना कर रही थी कि ट्रेन कम से कम एक घंटा लेट पहुँचे। सुबह के 3बजकर 55 मिनट पर किसी ने पुकारा,

"नैना जी"

मैं सो नहीं रही थी किन्तु भय के कारण मैंने कोई उत्तर नहीं दिया था किन्तु दूसरी आवाज़ सुनकर मुझे लगा कि यह आवाज़ टिकट चेकर की थी। मैंने धीरे से चादर का एक कोना उठाकर देखा और सामने टिकट चेकर को देखकर हड़बड़ाते हुए उठ गयी थी और किसी बुरी आशंका से कुछ ही क्षणों में मेरा पूरा शरीर पसीने से तरबतर हो गया था।

टिकट चेकर ने एक टिकट मेरी तरफ बढ़ाते हुए कहा "यह टिकट रख लीजिए, जब आप सहारनपुर स्टेशन से बाहर जाएंगी तब टिकट चेकर गेट पर खड़ा होगा, यह टिकट दिखा कर ही बाहर निकल पाएँगी।"

मैने पैसे देने के लिए पर्स ढूँढना शुरू किया तब तक वह 'देवदूत 'चला गया था। अचानक मेरा माथा ठनका इसे कैसे पता चला कि मैं सहारनपुर ही जा रही हूँ। एक मिनट पहले जो आभार के भाव मन में उठे थे वह एक अनजानी शंका में बदल गये। कहीं यह नरेन्द्र का परिचित तो नहीं,अब आगे क्या होगा? मेरा गला सूख रहा था मैंने बिना आवाज़ किये बोतल से दो घूँट पानी पिया और वापस चादर में दुबक गयी। मेरी बदकिस्मती ट्रेन ठीक चार बजकर तीस मिनट पर सहारनपुर स्टेशन पहुँच गयी थी। डरते हुए मैंने अपना बैग उठाया और स्टेशन पर उतर गयी पैर जैसे पत्थर हो गये थे, हिला भी नहीं जा रहा था। तभी मेरी दृष्टि उसी टिकट चेकर पर पड़ी, वह मेरी तरफ इशारा करते हुए एक कुली को कुछ समझा रहा था। मेरे पैरों के नीचे से जमीन खिसक रही थी, क्या योजना है इस 'देवदूत ' की? मैं जड़ समान खड़ी थी, इतनें में कुली ने आकर मेरा बैग उठाना चाहा किन्तु मैंने बैग का हैन्डल कसकर पकड़ लिया था। मैंने टिकट चेकर को ढूँढना चाहा किन्तु ट्रेन चल पड़ी थी। मुझे इस तरह देखकर कुली ने पूछा "क्या आपका कुछ सामान छूट गया है? अब तो ट्रेन जा चुकी है।"

मैंने बेग का हैन्डल छोड़ दिया और बुत की तरह कुली के पीछे-पीछे चलने लगी थी। राम नाम के अतिरिक्त कुछ और नहीं सूझ रहा था। बाहर निकल कर कुली एक घोडा-गाड़ी के सामने जाकर रुक गया मेरा बैग अंदर रख दिया और वह ताँगे वाले से कुछ कह कर चला गया। मैं उसे कुछ देने के लिए पर्स से रुपये निकाल रही थी लेकिन वह रुका नहीं। मन अभी भी घबरा रहा था, अपने आप पर क्रोध आ रहा था कि इतना धीरे-धीरे चलने के बजाय कुली के साथ-साथ चल कर सुनना चाहिए था कि उसने तांगा चलाने वाले से क्या कहा। मैं बिना कुछ बोले जब गाड़ी में बैठ रही थी तभी ताँगे वाले ने पूछा था,

"बहिन जी,आपको कहां जाना है?"

मैने अक्लमंदी दिखाते हुए कहा था अरे, भैया (टिकट चेकर) ने कुली को बताया नहीं? कोई बात नहीं, यह कहते हुए मैंने कागज के टुकड़े पर लिखा पता पढ़ दिया।

घोड़ा एक सुनसान सड़क पर तेजी से दौड़ रहा था मन में बस यह खयाल आया कि वेणु दीदी शहर से इतना दूर कहां रहती होंगी। पूरे बीस मिनट हो गये थे, दूर-दूर तक कोई घर नहीं दिखाई दे रहा था। सुनसान सड़क और चारों तरफ घुप्प अंधेरा, शायद कृष्ण पक्ष होने के कारण चाँद ने भी मेरा साथ छोड़ दिया था। मन कई आशंकाओं के सागर में डूबता जा रहा था। लगभग पैंतीस मिनट के बाद

ताँगे वाले ने घोड़ागाड़ी रोक दी और बोला,"बहिन जी! चेक कर लें सही जगह है कि नहीं।"

सड़क के साथ लगा मकान जिसके दोनों ओर खाली मैदान था। मैं विश्वास नहीं कर पा रही थी कि वेणु दीदी ऐसे जंगल में रहती थी। मैंने पर्स में से कागज का टुकड़ा निकाल कर पढ़ा, यही पता लिखकर मामी जी ने दिया था।

मैने आगे बढ़ कर जोर से काल बेल का बटन दबाया और इन्तजार करने लगी, कोई भी हलचल न सुनकर मैंने फिर से काल बेल का बटन दबाया था किन्तु कोई भी नहीं उठा। मेरे तीन-चार बार विफल प्रयत्न करने के पश्चात ताँगे वाला बोला था,

"कैसे लोग हैं, मुझे नहीं लगता कोई भी आपको लेने स्टेशन पर पहुंचा होगा।"और तांगा मोड़कर चला गया।

ताँगे वाले के शब्द, आटो वाले की सहानुभूति और टिकट चेकर के देवत्व ने मेरे हृदय को चीर कर रख दिया था, मैं जोर से रो पड़ी थी मामीजी ने रात्रि के सफर का टिकट थमा दिया, इधर वेणु दीदी को कोई खबर नहीं और मैं पितृछाया विहीन, लाचार और अकेली लड़की किसी के दरवाजे के बाहर आंसू बहा रहीथी। कुछ समय बाद सोचा शायद पीछे से कोई दरवाजा होगा किन्तु सुनसान मैदान से होकर पीछे जाने की मेरी हिम्मत नहीं हुई थी, मेरे पास कोई और विकल्प नहीं बचा था मैं सीढ़ियों पर घुटनों में सिर डाल कर बैठ गयी थी, आँसुओ का सागर खाली हो गया और मेरी आंख लग गई थी। कुछ समय पश्चात् मुझे लगा कि कोई मेरे पास आकर खड़ा हो गया था, मैने मुश्किल से आंखे खोली तो देखा शायद दूध वाला था और मुझे हैरत से घूर रहा था।

"बीबीजी, आप कौन हैं, किसके घर जाना है, आप यहां सीढ़ियों पर क्यों बैठी हैं? " इन प्रश्नों की झड़ी के साथ उसने काल बेल का बटन तब तक दबाए रखा जब तक दरवाजा नहीं खुला। मुझे लग रहा था काल बेल जल जाएगी, किन्तु दरवाज़े के उस पार होने वाली हलचल से समझ में आ गया था कि साहब लोगों के कान खोलने के लिए यह आवश्यक था। दरवाजा राकेश जीजाजी ने खोला और आदतन बर्तन आगे बढ़ा दिया था। दूध वाले ने धक्का देकर पूरा दरवाजा खोलते हुए कहा था

"साहब! देखिए आपके घर कौन आया है, बेचारी सीढियों पर बैठी हुई थी, शायद आपने घंटी की आवाज़ नहीं सुनी।"

यह मेरे प्रति सहानुभूति थी अथवा साहब की खिंचाई समझ नहीं पायी थी।

राकेश जीजाजी मुझे देखते ही बोले, “अरे तुम आ गयी, माताजी ने बड़ी शीघ्रता से इन्तजाम कर दिया। अन्दर आओ, क्या अभी-अभी आई हो?”

उनके मेरे स्वागत में कहे गए शब्दों और स्वर ने मुझे भीतर तक झकझोर दिया था। एक जवान लड़की रात के समय आपके दरवाजे पर बैठी है और घर का मालिक बिना किसी अफसोस के अपने स्वार्थ की पूर्णता पर प्रसन्न हो रहा था। मैं अपना बैग उठाकर दस कदम अन्दर चल कर खड़ी हो गई थी। दूध का पतीला डाईनिंग टेबल पर रख कर राकेश जीजाजी बेड रूम में घुस गए और बोले,

“वेणु, देखो तुम्हारे पत्र के जवाब में तुम्हारी माँ ने किसे भेजा है।”

बस जैसे किसी ने कटे पर नमक छिड़क दिया था। वेणु दीदी बाहर निकल कर आयी और मैंने बिना किसी औपचारिकता के उनसे पूछा,

“मुझे कहां रहना है?”

आंगन के दूसरी तरफ एक कमरा था, ‘गेस्ट रूम’, एक छोटा सा कमरा, एक बेड और एक कुर्सी रखी हुई थी। मैंने चुपचाप अपना बैग रखा और गुसलखाने में घुस कर दरवाजा बंद कर लिया था। यदि मुझे गुसलखाने में कोई कंटीली वस्तु मिल जाती तो मैं आत्महत्या कर लेती। गुसलखाना खाली था,एक पुराना मग कोने में लुढ़का पड़ा था। मन में ऊपर से नीचे तक कड़वाहट भर गयी थी। हमारे रिश्तेदार, खून के संबंधों का दम भरने वाले, नीच, कमीने किसी ने भी मेरे इतनी सुबह पहुंचने पर कोई आश्चर्य या मेरी रात की यात्रा के बारे मे कुछ नहीं पूछा, मुझे सीढ़ियों पर बैठा रहना पड़ा कोई दुःख या पश्चाताप नहीं, बस खुशी इस बात की थी कि उनकी माताजी ने एक सेवादार तुरंत भेज दी थी।

एक वह टिकट चेकर ईश्वर से कम नहीं था,क्या रिश्ता था, हम जीवन में पहली बार मिले थे। यदि उसके स्थान पर कोई ‘आदमखोर ‘ होता तो मेरा क्या हाल होता इस ख़याल मात्र से मैं सिहर गयी थी शायद यह मेरे माता-पिता का पुन्य प्रताप था कि मैं सही सलामत पहुँच गयी थी। पता नहीं कितना समय बीत गया था, आंसुओं का वेग थमने का नाम नहीं ले रहा था, तभी दरवाजे पर जोर से थपथपाने की आवाज़ सुनाई दी यह वेणु दीदी थी,

“नैना,क्या सो गयी हो? दरवाजा खोलो।”

मैने शीघ्र ही अपने आंसू पोंछे और दरवाजा खोल दिया वेणु दीदी चाय का प्याला लिये खड़ी थी मैंने धीरे से कहा,

“मैं चाय नहीं पीती, मेरे सिर में बहुत दर्द है, मैं रात भर सो नहीं पायी, आप अगर इजाजत दे तो मैं थोड़ी देर सोना चाहूंगी।”

वेणु दीदी ने बेड पर से गंदी चादर उठा ली और मेरे हाथ में एक धुली हुई चादर और तकिये का गिलाफ पकड़ा कर बिना कुछ बोले चली गयी थी।

मुझे स्वयं अहसास नहीं था कि मैं कितने घंटे सोती रही थी। अचानक मुझे लगा कि कोई मुझे हिला रहा था, मैने आँखे खोली मेरे सामने काम वाली बाई पुष्पा खड़ी थी, मैंने हाथ में बंधी घड़ी पर नजर डाली, एक बज रहा था। पुष्पा ने कहा था कि वेणु दीदी खाने के लिये बुला रही थी।

मैने पुष्पा से कहा था “ दीदी को भूख लग रही होगी उनसे कहना मैं दस मिनट में नहा कर पहुँच रही हूँ।”

खाने की मेज पर वेणु दीदी के साथ एक प्यारा सा लड़का बैठा था, वेणु दीदी ने मेरा परिचय करवाया,

“दीनू, यह तुम्हारी मौसी नैना है, तुम्हारी नानी ने इन्हें तुम्हारे साथ खेलने के लिए सहारनपुर भेजा है।”

मैने दीनू की तरफ मुस्कुरा कर देखा वह लगातार मुझे देखे जा रहा था। मैने पहले जब उसे देखा था वह एक वर्ष के आसपास रहा होगा। मेरे पूछने पर दीदी ने बताया कि जूही स्कूल से तीन बजे आती थी।

दीदी दीनू के कपड़े बदलने के लिए चली गयी और मैं उनके आने का इन्तजार कर रही थी। तभी पुष्पा ने आकर कहा था,

“दीदी,आप शुरू करें दीनू भैया बहुत देर कर देते हैं, आपने सुबह से कुछ नहीं खाया है, बहुत भूख लगी होगी।”

शाम को सात बजे राकेश जीजाजी आफिस से आ गये, पीछे-पीछे उनका ड्राइवर ब्रीफकेस और लंचबोक्स लेकर आया था। सरकारी नौकरी,ऊंचा पद, गाड़ी सब कुछ था जीजाजी के पास। मैं रसोई में जूही की फ़रमाइश पर मसाला टोस्ट बना

रही थी जीजाजी रसोई में आ कर काफी बनाने की 'रिक्वेस्ट' कर ही रहे थे कि पीछे से वेणु दीदी ने आकर थोड़ी तल्खी के साथ कहा था,

"आप यहाँ क्या कर रहे हैं, बाहर बैठिए, आपको काफी मिल जायेगी।" जाते-जाते बता गई थी कि राकेश चीनी नहीं लेते।

माँ ने घर से सहारनपुर आने के पहले मुझे कहा था,

"राकेश को बातें करने का बहुत शौक है, तुम थोड़ा दूर ही रहना। वेणु को यह सब पसंद नहीं।"

मैने रात का भोजन नहीं किया था, मुझे मां को पत्र लिखना था और मैं जल्दी सोना भी चाहती थी।

मैने माँ को मेरी यात्रा का पूरा वृतांत लिख दिया था। टिकट चेकर के बारे मे लिखते हुए ईश्वर को धन्यवाद दिया। मेरी यात्रा किसी डरावनी घटना से कम नहीं थी, मैं माँ को सब कुछ बताकर अपना दिल हल्का कर लेना चाहती थी। मुझे मालूम था कि वह बहुत चिंतित होगी लेकिन मैं उन्हे सच्चाई से वाकिफ करवाना चाहती थी।

(3)

बुआजी

नैना का जन्म हमारे लिये बेहद खुशी का अवसर था। गोरा चिट्टा रंग,बड़ी- बड़ी आँखे, भगवान ने उसे भरपूर सौन्दर्य देकर मेरी झोली में डाला था। नैना के पिताजी कभी भी दोपहर का भोजन करने घर नहीं आते थे चपरासी को भेज कर खाना स्कूल में ही मंगवा लिया करते थे किन्तु नैना के जन्म के बाद उन्होंने घर आकर भोजन करना शुरु कर दिया था। कहते थे कि इसे देखे बिना काम में मन नहीं लगता। नैना और शुभम दोनों बच्चों के साथ जीवन सुख और प्रसन्नता के साथ व्यतीत हो रहा था। प्रति सुबह भगवान को धन्यवाद दिये बिना नहीं रहते थे। धीरे-धीरे नैना बड़ी होती गयी थी और मैंने उसके विवाह के सपने संजोना शुरू कर दिया था। शुभम् मेरा बेटा स्कूल जाने लगा था उसे भी छोटी बहिन के संग खेलना बहुत अच्छा लगता था। शुभम् के बाबूजी जब भी शुभम् को देखते थे तब उसके लिए देखे गये अपने सपनों की चर्चा मुझसे करते थे, सही कहूँ तो मेरा मन उनके सपनों से इत्तेफाक नहीं रखता था। छोटे से बालक को दूर विदेश पढ़ने भेजने की इच्छा बच्चे के साथ नाइंसाफ़ी थी किन्तु शुभम् के बाबूजी जब कुछ सोच लेते थे उसे पूरा करके ही मानते थे। दसवीं कक्षा का परिणाम आते ही शुभम् को पढ़ने के लिए अमरीका भेजने की तैयारी शुरू हो गई थी। शुभम् ने दसवींकक्षा में बहुत अच्छे अंक प्राप्त किये थे और इस अच्छे परिणाम ने शुभम् के बाबूजी का निर्णय और पक्का कर दिया था। मैंने पुरजोर प्रयत्न किया था किन्तु शुभम् के बाबूजी ने मेरी एक भी नहीं सुनी, उनका एक तर्क मुझे चुप करा देता था,

“माँ का बेटे के प्रति मोह ठीक है किन्तु यह मोह प्रगति में रोड़ा नहीं बनना चाहिए। एक होनहार विद्यार्थी को ममता की डोर से मत बांधो तुम बाद में समझोगी कि तुम कितनी बड़ी भूल कर रही थी।”

शुभम् केवल पंद्रह बरस का था, इतना छोटा बालक इतनी दूर विदेश में कैसे रहेगा, क्या खाऐगा सोच-सोच कर मेरा हृदय छलनी होता था। शुभम् के बाबूजी का एक प्रिय शिष्य अमेरिका में अच्छी नौकरी कर रहा था और उसी के भरोसे उन्होंने मेरे बेटे कोअमेरिका भेज दिया। उनके फैसले को बदलने का साहस किसी में नहीं था। माँ का दिल था शुभम् का नाम आते ही रुलाई छूट पड़ती थी और मैं इसी तरह उसके लौटने का इन्तजार करती रहती थी। मेरे जीवन से खुशियाँ मुँह मोड़ गयी थी और एक अनकहा सन्नाटा छा गया था।

शुभम् के बाबूजी एक हैडमास्टर, उनका घर में भी अनुशासन एक स्कूल से कम नहीं था। मोम जैसा दिल पाकर भी बाहरी आवरण हमेशा सख़्त। अपने बेटे की कमी उनको भी खलती थी किन्तु मेरी तरह जता नहीं पाते थे।

सभी हम दोनों को देख कर यही कहते थे "राम मिलाई जोड़ी "सत्य वचन, हम दोनों में कभी कोई अनबन भी नहीं होती थी किन्तु उनका प्रत्येक सख्त फैसला मेरे मन की बात के आगे जीत जाता था। एक बात उन्होंने मेरी नहीं सुनी, गाहे -बगाहे मैं उनसे अपना स्वयं का मकान खरीदने की चर्चा करती रहती थी। बस उनका एक ही जवाब होता था,

"मेरे पिता जी, श्रीमान विष्णु प्रसाद शर्मा के चार बेटे थे, उन्होंने सब को पढ़ाया-लिखाया किन्तु अपना मकान नहीं बनाया। सब कुछ तुम्हारे सामने है, क्या कोई सड़क पर बैठा है? तुम व्यर्थ में एक ही बात का रोना ले कर बैठ जाती हो। हमारे बच्चे पढ़ाई कर रहे हैं अच्छी तरह जीवन बसर हो रहा है, इसके अतिरिक्त मकान बांधने के लिए मेरे पास पैसा कहां से आएगा?"

इस तरह बात खत्म हो जाती थी। इनके रिटायरमेन्ट के बाद हम किराये के मकान में रहने लगे थे। पेंशन और फंड के पैसों से हमारा गुजारा भली भांति हो रहा था। रेणु और वेणु मेरे इकलौते भाई की पुत्रियों का विवाह होगया था, शुभम् अमेरिका में काम करने लगा था। उसका स्वदेश लौटने का कोई विचार नहीं था। गलती हमारी ही थी कच्चे पौधे को जिस मिट्टी में रोपते हो वह वहीं की जड़ें पकड़ लेता है।

शुभम् के बाबूजी मेरे आँसुओं को एक मूक दर्शक की तरह देखते रहते थे,असल में उनके पास कहने के लिए कुछ भी नहीं था। मेरी सबसे बड़ी यंत्रणा थी शुभम् के बाबूजी का अव्यक्त दुःख, नींद भी उनसे आंख मिचौनी खेलने लगी थी। उनके अंतर का रूदन देख कर मुझे उनके स्वास्थ्य की बहुत चिंता होती थी।

नैना उन्नीस वर्ष की हो गयी थी। वह बी.ए. के दूसरे सेमेस्टर की तैयारी कर रही थी। दो -तीन साल में उसका विवाह कर देने का हमने मन बना लिया था।

हमारे सुखी तथा शान्त संसार को न जाने किसकी नजर लगी कि शुभम् के बाबूजी दिल का दौरा पड़ने से कुछ ही क्षणों में हमें छोड़कर चले गये थे। शुभम् को समाचार भेजा था किन्तु वह अपने पिता को मुखाग्नि देने के लिए भी नहीं आया था।

ईश्वर ने हमारे जीवन की दशा और दिशा दोनों बदल दी थी। मैंने तो कभी रसोई की दुनिया के बाहर झाँका तक नहीं था। मैं संज्ञा शून्य हो गयी थी, नैना एक घायल मृग छौने की भांति मेरी गोद में दुबकी पड़ी थी मुझे जीने की कोई चाह नहीं रह गई थी किन्तु बेचारी नैना ने अभी तक जीवन जिया ही कहां था? न जाने कौन-सा पाप हमारे खाते में जमा था, जिसका हमें इल्म तक नहीं था।

मैं चाहती थी कि नैना अपना बी ए पूरा कर के कोई छोटी- मोटी नौकरी ढूंढ ले, मैं उसके लिए वर ढूंढ कर विवाह संपन्न कर दूँगी। किन्तु नैना के विवाह के लिए जमा पूंजी भी धीरे-धीरे विलुप्त होती जा रही थी। कभी स्वप्न में भी खयाल नहीं आया था कि तंगहाली का जीवन भी हमारे भाग्य में लिख दिया गया था।कुछ समय बाद मेरे अग्रज चंद्र प्रकाश हमें अपने साथ पीलीभीत लिवा ले गये थे। भाभी जी की आंखों में न स्वागत और न ही कुछ और भाव दिखाई दिया था। शेखर मेरा भतीजा, हैदराबाद से मिलने आया था और उसकी सांत्वना से मुझे तसल्ली हुई थी। अनजाने में ही सही कोई पाप जरूर किया था कि कुछ समय बाद मेरे भाई भी हमें छोड़ कर चले गये। भाईसाहब का देहान्त एक वज्र की तरह था जिसने हमें अनाथ बना दिया था। मुझे इस सदमे से उबरने में कुछ समय लग गया था। भाभी जी के ताने जीने की चाह कम करते जाते थे,

"दिन भर रोती रहती हैं जैसे कि सारा दुःख इन पर ही आन पड़ा है। इन्होंने अपना भाई ही खोया है, मैंने तो मेरा पति खो दिया है।"

मै अनपढ़ क्या कहूँ, क्या दुखों की तुलना रिश्तों के मापदंड से की जा सकती है? मेरा तो पूरा संसार ही लुट गया था।

नैना बी ए का पहला वर्ष पूरा कर चुकी थी किन्तु दूसरा वर्ष वह प्राईवेट पढ़ाई करके पूरा करने का मन बना चुकी थी उसे खुद अहसास था कि कालेज की फीस, कपड़ा-लत्ते का, आने- जाने का खर्च हमारे बस का नहीं था। नैना और मैंने

मिलकर पूरा घर संभाल लिया था। नैना रात देर तक जागती रहती थी और पढाई पूरी करती थी। मैंने अपने दिल को समझा लिया था कि पढ़ लिख लेगी तो उसके विवाह में परेशानी नहीं होगी। वैसे मेरी बेटी को रूप देने में भगवान ने कंजूसी नहीं बरती थी, उसे तो कोई भी मुझसे मांग कर ले जाएगा इसी विश्वास और शंका की उधेड़-बुन में समय निकल रहा था।

मेरी भतीजी वेणु का पत्र एक बवंडर की तरह आया था, ज़िन्दगी की जिस किश्ती को हम माँ बेटी मिलकर छिछले पानी में भी खींच रहे थे, उसे पूरी तरह से उलट दिया था। भाभी जी का आदेश कि नैना कुछ दिनों के लिये सहारनपुर जाकर अपनी बहन की मदद करे मुझको अनुचित लग रहा था किन्तु भाभी जी का हुक्म टाला नहीं जा सकता था लेकिन रात की ट्रेन का टिकट मंगवाना उनकी ज़्यादती थी। शायद उनके भतीजे नरेन्द्र के साथ नैना के विवाह का प्रस्ताव ठुकरा देने का दंड दे रही थीं।

हम माँ-बेटी नरेन्द्र की बदतमीज़ हरकतों से बहुत परेशान हो रहे थे इसलिए मुझे नैना को सहारनपुर भेजने का विचार कुछ समय की राहत लगा था, दुःख बस यही था कि हम लोग अलग-अलग रहेंगे, कुछ दस- पंद्रह दिनों की बात थी समय कट जाएगा। भाभी जी ने उसी दिन का रात की ट्रेन का टिकट मंगवाया था और यह मुझे स्वीकार नहीं था। वेणु के घर जाकर रहना भी अशोभनीय था, किन्तु हमारी स्थिति इन सभी औपचारिकताओं को निभाने जैसी नहीं थी। मैंने भाभीजी से कहा,

"नैना ने कभी अकेले यात्रा नहीं की है और ऊपर से टिकट भी रात्रि की ट्रेन का है, इसलिए मैं भी नैना के साथ चली जाती हूँ।"

इस पर भाभी जी का तल्ख उत्तर सुन कर मेरे पास कुछ भी कहने को नहीं बचा था। मैं एक लाचार और मजबूर माँ कुछ भी न कर सकी। एक ही विचार मन में आया था यहाँ आकर आश्रित हो कर रहने से बेहतर था कि हम माँ और बेटी डूब कर मर जाते। जिस भाई के भरोसे आये थे वही हमें छोड़कर चले गये थे। मन भय से कांप गया था कि रात भर का सफर पूरा करके मेरी बेटी सकुशल सहारनपुर पहुँच पायेगी या नहीं।

सहारनपुर पहुँच कर नैना ने अपने पहले पत्र में यात्रा का पूरा वृतांत लिखा था, मैंने रोते- रोते पूरा पत्र पढ़ा था। नैना का इन्तजार करते- करते डेढ़ महीना गुजर गया था और दो पत्रों के पश्चात उसने पत्र भी नहीं लिखा था। मन में हजारों बुरे खयाल मुझे घेरे रहते थे

कहीं नरेन्द्र मुझे तंग करने के लिए नैना के खत गायब तो नहीं करता। मैं दिन रात भाभी जी से निवेदन करती थी कि बहुत समय हो गया है नैना को वापस पीलीभीत बुला लेना चाहिए। भाभी जी का बस एक ही उत्तर होता था,

"क्यों चिंता करती हो तुम्हारी बेटी मजे में है तुम कह रही हो तो मैं वेणु को फोन कर देती हूँ वह कल ही नैना को पीलीभीत भेज देगी।"

ऐसे ही दिन बीतते गये, मेरे सब्र का बांध टूट रहा था। मैं भाभीजी से प्रति दिन प्रार्थना करती थी कि वह मेरी बेटी नैना को वापस बुला दे। मेरी नींद उड़ गयी थी, रात भर नैना की चिन्ता सताती रहती थी कभी-कभी शक होता था कि मेरी बेटी किसी एक्सिडेंट में मर तो नहीं गई थी। अंततः मैं समझ गयी थी कि भाभी जी से विनती करने का कोई लाभ नहीं, मुझे स्वयं सहारनपुर जाकर नैना को लौटा लाना चाहिए। बार-बार सहारनपुर जाने की इच्छा जोर मारती थी किन्तु संकोच और समाज की मजबूरी रोक देती थी और मै एक नेत्रहीन की भांति अंधेरे में राह ढूंढ रही थी। मैंने रेणू, वेणु की बड़ी बहन के घर, लखनऊ जाकर उससे मदद लेने का पक्का इरादा बना लिया था।

मैंने अपने चचेरे भाई के बेटे से लखनऊ का एक टिकट ला देने की प्रार्थना की थी और पांच दिनों के बाद उसने मुझे टिकट लाकर दे दिया था। मैं दूसरे दिन सुबह छः बजे की ट्रेन में सवार हो गयी थी। मुझे घर में न देख कर क्या हुआ होगा इसकी फिक्र मैंने छोड़ दी थी। पूरे रास्ते एक ही चिंता खाये जा रही थी कि मेरे इस तरह अचानक लखनऊ पहुँचने पर रेणु और उसके पति क्या सोचेंगे, कैसा व्यवहार करेंगे। मैंने अपनी भतीजी रेणु को जितना जाना और समझा था उसी के आधार पर मैंने हिम्मत करके यह कठोर कदम उठाया था। आंसुओ को रोकने का भरसक प्रयत्न करने के बावजूद मेरी आँखें भीग रही थी मेरे सहयात्री इस बात को नोट कर रहे थे। मैंने सुबह से कुछ भी खाया-पिया नहीं था, मैं अपनी सुधबुध गँवा रही थी। अचानक मैं अपनी बर्थ से नीचे गिर पड़ी थी। मेरे सामने वाली सीट पर एक परिवार बैठा था, बहुत अच्छा और सभ्य लग रहे थे। उनके बेटे और बहू दोनों ने मुझे उठाया और सीट पर लिटाया,पानी पिलाया, मुझे होश में आने पर शर्म आने लगी थी। माताजी ने अपनी बहू को खाने का टिफिन पकड़ाते हुए कहा था,

"बहू सब से पहले इन्हे कुछ खिलाओ मैं देख रही हूँ इन्होंने कुछ भी खाया नहीं है।"

अचानक मेरी तरफ मुड़ते हुए उन्होंने पूछा था,

“बहिन बुरा मत मानना आप कहां जा रही हैं, आपका चेहरा देख कर ऐसा लगता है कि आप बहुत दुखी हैं।”

यह सुन कर मेरे लिए अपने-आप को संभालना दूभर हो गया था। मैंने बस धीरे से बताया था कि लखनऊ जा रही थी। शायद उनकी जिज्ञासा शांत नहीं हुई थी, उन्होंने दूसरा प्रश्न किया,

“लखनऊ किससे मिलने जा रही हैं? क्या कोई अनहोनी घटित हो गयी है?”

मैंने कुछभी उत्तर नहीं दिया था किन्तु मैं अपना नियंत्रण खो बैठी थी। मेरे सब्र का बांध टूट गया था, और मेरी आंखो से आंसुओ का रैला बहने लगा था, मेरे बहते हुए आंसुओं की धारा रुकने का नाम नहीं ले रही थी। यह देख कर मेरी सहयात्री सकपका गयी थी और मेरा हाथ पकड़ कर बस इतना ही कह पायी थी,

“बहिन जी माफ करना मैंने अनजाने में आपका दिल दुखा दिया। आपकी जो भी परेशानी है धीरज रखिये सब ठीक हो जाएगा।”

मैंने कोई भी जवाब नहीं दिया, वैसे मेरे पास कोई जवाब नहीं था।

लखनऊ स्टेशन आने के कुछ मिनट पहले सहयात्री की बहू ने मुझे सूचित कर दिया था कि ट्रेन लखनऊ पहुँच गयी थी। मैंने अपना सामान उठाया और नमस्ते कहते हुए नीचे उतर गयी थी।

एक वृद्ध कुली ने मेरा हल्का सा सामान अपने हाथ में लेते हुए पूछा था,

“माताजी, आपको घोड़ा गाड़ी चाहिए या कोई आपको लेने के लिए आ रहा है?”

मैंने कुछ भी नहीं कहा और सामने पड़ी बेंच की तरफ इशारा कर दिया था। कुली ने मेरा सामान मेरे पास बेंच पर रख दिया और बिना पैसे लिये चल पड़ा था। मैंने अपनी बोतल से दो घूँट पानी पियाऔर सोचने लगी कि क्या मैंने बिना किसी सूचना के लखनऊ आ कर कोई गलती तो नहीं कर दी थी रेणु और रमेश क्या कहेंगे और सबसे बड़ी बात मैं उन दोनों को क्या कहूँगी। इसी पेशोपेश में कुछ निर्णय नहीं ले पा रही थी। इतने में वही वृध्द कुली मेरे पास आ कर पूछने लगा था,

"माई! आपको लेने कोई भी नहीं पहुँचा? आप कब तक राह देखेंगी, आपके पास पता तो होगा ही। चलिये मैं आपको आटो में बैठा देता हूँ यदि आपको ज्यादा दूर नहीं जाना है तब वह आपसे पंद्रह रुपये तक लेगा।"

अनमने मन से मैं बेंच से उठी थी। मैं जानती थी कि मुझे रिसीव करने कोई भी स्टेशन नहीं पहुँचने वाला था।

(5)

राकेश

अभी हाल ही में मेरा तबादला पाली से सहारनपुर हुआ था। वेणु को नयी जगह नया माहौल बिल्कुल रास नहीं आया था। उसे पाली बहुत भा गयी थी। पांच साल वहां रहते हुए उसका एक अच्छा ग्रुप बन गया था, नौकर की सुविधा भी बेहतर थी। पास -पड़ौस में छोटे बच्चों के बीच दीनू भी बहुत खुश था। हम जब से सहारनपुर आये थे वेणु की कोई न कोई शिकायत बनी रहती थी। धीरे-धीरे मैं आफिस के काम में व्यस्त होता गया और वेणु परिस्थितियों के साथ जूझने लगी थी।

मेरे और वेणु के मध्य पसंद और नापसंद की खाई बढती जा रही थी। जिस वेणु को पाने के लिए मैंने पागलपन की हद तक कोशिश की थी,अब वह वेणु बदल गयी थी। वेणु और मुझ में रहन-सहन, विचार धारा और जीवन के प्रति दृष्टिकोण सब कुछ भिन्न होने लगा था। मैं एक खुले दिल का, आधुनिक विचारों का पक्षपाती था तो दूसरी ओर वेणु परंपरा वादी और रुढिवादी बनती जा रही थी। मेरा महिलाओं के साथ हंसी-ठट्ठा, बात करने का अंदाज, एक दूसरे के घर जाना, पार्टियों मे जाना उसे बहुत अखरता था।

मेरी पत्नी वेणु को मैंने तब देखा था जब वह सत्रह के आसपास की रही होगी। उसकी दीदी रेणु की मित्र का विवाह था और मैं एक बराती की हैसियत से सम्मिलित हुआ था। वेणु भी अपनी बड़ी बहन रेणु के साथ वहां आयी थी। उसका इतराते हुए चलना और खिलखिलाना मुझे बहुत आकर्षक लगा था। गुलाबी रंग के घाघरा और चोली में वह बेहद खंबसूरत लग रही थी। हम सभी लड़को में वेणु से बात करने की होड़ सी लग गयी थी। वेणु को इस बात का पूर्ण अहसास हो गया था और वह बिजली की तरह कौंधती हुई दिखाई देती फिर न जाने कहाँ गायब हो जाती थी। हम सभी बराती, बांके छोकरे इस आंख

मिचौनी का आनंद उठा रहे थे। एक तरफ सप्तपदी की रस्म चल रही थी और दूसरी तरफ सभी लड़को के मन में वेणु से विवाह करने की इच्छा परवान चढ़ रही थी। वर -वधु गाजे बाजे के साथ घर लौट गये और बराती भी अपने काम धंधे में लग गये थे। मैं भी घर लौट गया था, किन्तु वेणु ने मेरी नींद और चैन छीन लिया था। बहुत बार पीलीभीत जाकर उससे मुलाकात करने की योजना बनाई, टिकट भी खरीद लिया था किन्तु वहां पहुँच कर पता किससे पूछूंगा? बस यही प्रश्न मेरी तमन्नाओं का गला घोंट देता था। किसी तरह मैंने अपने-आप को संभाला और पढ़ाई में लग गया था। मैंने एम ए इकोनोमिक्स सफलता पूर्वक पास किया और प्रशासनिक सेवा की परीक्षा की तैयारी में लग गया था। मैं लिखित परीक्षा में उत्तीर्ण होगया था और मेरे धैर्य ने मेरा साथ छोड़ दिया, बार-बार यह खयाल परेशान करने लगा था कि कोईअन्य नौजवान मुझसे पहले पहुँच कर वेणु को ब्याह कर तो नहीं ले गया। वेणु का पता मालूम करना कोई आसान काम नहीं था, कहां रहती थी, घर का पता क्या था, उसके पिताजी का क्या नाम था, उसका परिवार कैसा था, यह सब जानकारियां जुटाना ही मेरा ध्येय बन गया था। वेणु के बारे मे जानकारी के लिए मुझे मेरे मित्र भुवन का स्मरण हो आया, उसकी बरात में ही हम सब पीलीभीत गये थे। उसकी पत्नी वेणु के परिवार को जरूर जानती होगी ऐसा मुझे पूरा यकीन था। मेरा लक्ष्य इतना गंभीर था कि चार वर्षो के बाद मैंने भुवन का नंबर डायल किया था और मुझे कोई झिझक महसूस नहीं हो रही थी। मालूम नहीं नंबर सही था या बदल गया था कोई प्रत्युत्तर नहीं मिला।अपने आप पर झुंझलाहट हो रही थी, जब वेणु से ब्याह करना ही था तब उसके परिवार से वाकिफ लोगों से संपर्क बनाये रखना था। अब बस अपने प्रयत्नों में तेजी लाने की आवश्यकता थी, उसका संबंध कहीं और तय तो नहीं हो गया इस ख़याल मात्र से मेरा मन बैठ जाता था। कुछ और रिसर्च के बाद ज्ञात हुआ कि भुवन की नियुक्ति इलाहाबाद बैंक में हो गयी थी। चिड़चिड़ाहट हो रहा थी, क्या अब पूरे हिन्दुस्तान की इलाहाबाद बैंक की शाखाओं को फोन करना पड़ेगा? मुझे अपनी बैचैनी पर आश्चर्य हो रहा था, जिस लड़के को लड़कियाँ फोन नंबर ढूंढ-ढूंढ कर फोन किया करती थी आज वही राकेश एक लड़की को लेकर इतना परेशान था। सच में वेणु का जादू मेरे सिर चढ़ कर बोल रहा था। इन्ही खयालों में मेरी आंख लग गयी थी और मैं गहरी नींद सो गया था। यकायक मुझे लगा फोन की घंटी बज रही थी मैं जल्दी से उठा और फोन का रिसीवर उठाया, मुझे भुवन की आवाज पहचानने में समय नहीं लगा था।

"कहिए, राकेश कुमार जी! इतने वर्षो के बाद कैसे याद किया? ठहरो मैं ही बता देता हूँ, कहीं हमारी स्मृति का कारण मेरी धर्म पत्नी की सहेली तो नहीं? अन्ततः आपने भी विवाह करने का फैसला कर ही लिया।"

मुझे कुछ कहने का मौका दिये बिना, भुवन ने फिर बोलना शुरू किया "बताइये क्या सेवा कर सकता हूँ? कंपीटीशन मे सफलता के लिए बधाइयाँ" भुवन की आवाज़ में उलाहना था, तंज था या फिर जलन, मेरा मन उखड़ गया था मैंने बिना कुछ कहे रिसीवर फोन पर रख दिया था। मैंने एक गहरी सांस ली और भुवन का नंबर फिर से डायल किया, किन्तु उसने फोन का कोई जवाब नहीं दिया था। एक अवसर था जिसे मैंने गवां दिया था। अरे इतना टची होने की क्या आवश्यकता थी? मेरा काम था और गरज़ भी मेरी थी, मित्र लोग इतना मजाक कर ही सकते हैं। 'मुझे कौन सी कल शादी करनी है' यह कह कर मन को बहला लिया था।

बधाई संदेशों का जवाब देते हुए काफी समय निकल गया था।इन्टरव्यू की तैयारी भी करनी थी। कुछ दिनों के लिये मैं सब कुछ भूल कर पढ़ाई में जुट गया था, आखिर वेणु को प्यारी सी आरामदायक जिंदगी देना मेरी जिम्मेदारी थी। इन्टरव्यू बहुत अच्छा हुआ था मेरी तैयारी और पर्सनैलिटी ने सबको प्रभावित किया था। मैंने कस्टम विभाग को प्रथम स्थान पर चयनित किया था और मुझे इस विभाग के लिए चुन लिया गया था। मुझे लग रहा था कि मैंने एक किला फतह कर लिया और दूसरा वेणु से विवाह करना अभी शेष था। माँ और परिवार के सभी सदस्य मेरे विवाह के लिए बहुत उतावले हो रहे थे और मैंने भी विवाह के लिये स्वीकृति दे दी थी और उसी के साथ मैंने बिना झिझक ऐलान कर दिया था कि विवाह वेणु से ही करूंगा।

मेरे इस बेबाक़ फैसले ने रिश्तेदारों की जुबान पर ताला लगा दिया था। मौसी, मामी, चाची,बुआ इत्यादि को सांप सूंघ गया था। दिन में कई बार फोन करके माँ के हाल पूछने वालों की संख्या लगभग जीरो हो गयी थी। माँ दिन भर फोन को ताकती रहती थी, उन्हें इस बदलते मौसम से समझौता करने में थोड़ा समय लगा था। मेरे पड़ौस की मीना, मेरी सहपाठी हमारे घर का रास्ता ही भूल गयी थी। माँ उसकी मीठी आवाज़, मधुर व्यवहार और सेवा भाव की तारीफ करते हुए कभी थकती नहीं थी। माँ को उनके आधिपत्य को यह चुनौती नागवार थी, इसलिए वह अपनी अपेक्षाओं की सूची सुनाती रहती थी,

"यह कौन सी वेणु है जिसका नाम कभी नहीं सुना, रसोई का काम आता है या नहीं, सिलाई, कढ़ाई कुछ जानती है या नहीं, मेरे घुटनों पर कभी तेल लगायेगी या नहीं –"

माँ के सुगढ़ बहू की सारणी को ज्यादा लंबा न होने देने के लिए मैं बीच में ही टोक दिया करता था,

"यह कौन सी वेणु है इसका पता मालूम करना अभी शेष है। मैं नहीं जानता वह क्या कर सकती है और क्या नहीं, मुझे इससे कोई फर्क नहीं पड़ता है। इन सभी कामों के लिए एक नौकर रख सकूँगा इतना जरूर जानता हूँ।"

मेरी दिलचस्पी सिर्फ इतना जानने में थी कि किसी को वेणु के परिवार की कोई जानकारी थी या नहीं? मामाजी, मथुराके निवासी थे, उनकी अपनी कोई संतान नहीं थी। मामाजी ही थे जिन्हें उनके भानजे की व्यग्रता समझ में आ रही थी। आखिरकार मामाजी कहीं से दूर की कौड़ी ढूंढ लाए थे। मामाजी को किसी से श्रीमान हरिहर लाल जी का सुराग मिला था और हरिहर लाल जी साहब श्रीमान चंद्र प्रकाश जी के परम मित्र थे। श्रीमान चंद्र प्रकाश जी मेरे सपनों की रानी वेणु के पिताश्री थे। चूँकि वेणु के घर तक का मार्ग उन्होंने ढूंढ निकाला था इसलिए वेणु को देखने- परखने का पहला हक उनका ही बनता है ऐसा मामाजी का तर्क था। मामाजी इस मिशन की तैयारी में पूरे जोश के साथ जुट गये थे, उन्हे बस इस बात का अफसोस था कि सरकारी ऊंचे पद पर आसीन, सुन्दर और आकर्षक व्यक्तित्व वाले उनके भानजे के विवाह की चर्चा में उन्हे नखरे और 'टशन' दिखाने की संभावना नहीं दिखाई दी थी, उन्होंने श्री हरिहर शर्मा, मामाजी के मित्र और चंद्र प्रकाश जी के भी मित्र, को भूमिका के तौर पर पहले भेज दिया था और हरिहर शर्मा जी ने एक्सप्रेस गति से दिये गये कार्य को पूर्ण किया, मामाजी और माँ की तैयारियों पर वज्रपात करते हुए हरिहर शर्मा जी मेरे भावी श्वसुर श्री चंद्र प्रकाश जी को अपने साथ लेकर हमारे घर पधार गये थे। वेणु को सभी ने पसंद किया और साधारण औपचारिकताओं के बाद छः माह के भीतर हमारा विवाह संपन्न हो गया था।

वेणु एक कश्मीर की कली से कम नहीं थी इसलिए हनीमून केलिए श्रीनगर से बेहतर जगह हो ही नहीं सकती थी। हम दोनों प्रेम रस में सराबोर एक -एक लम्हे को भरपूर जी रहे थे। विवाह उपरांत दो वर्ष कैसे बीत गए अहसास भी नहीं हुआ। हम दोनों प्रेम की डींगे भरते हुए हवा में उड़ रहे थे। वेणु की बातों से मुझे विश्वास

हो गया था कि वह भी मुझे मन ही मन चाहने लगी थी, किन्तु राकेश उर्फ फरहाद के लिए शीरी जैसी तड़प उनमें नहीं थी। वेणु की चंचलता और सौन्दर्य ने मुझे मदहोश कर दिया था।

जूही का जन्म हमारे घर में खुशियाँ लाया था। पापा कहने वाली एक नन्ही सी परी मुझे बहुत प्यारी लगती थी, किन्तु वेणु का व्यवहार बदलने लगा था। वेणु की ममता का ज्वार अपने उफान पर था और मेरी जवानी का उबाल कम नहीं हुआ था। वेणु की प्राथमिकता जूही हो गयी थी, उसके विचारानुसार माँ का ध्यान शिशु के प्रति, पति के अपेक्षा, अधिक होना चाहिए। जब कभी हम दोनों बाजार जाते थे वेणु की खरीददारी की सूची में जूही के अतिरिक्त और किसी का नाम नहीं होता था। वेणु के लिये मेरी पसंद से कुछ खरीद लेना उसे धन और समय दोनों की बरबादी लगने लगा था। रेस्तरां में कुछ समय अकेले बैठना और काफी पीने का प्रस्ताव वह यह कह कर ठुकरा देती थी

“पिछले दो घंटो से हम घूम रहे हैं और जूही आया के साथ अकेली है कॉफी हम किसी और दिन पी लेंगे।”

वेणु को अहसास तक नहीं था कि वह ‘और दिन’ कभी आया ही नहीं। पहले जूही फिर देवेन्द्र, धीरे-धीरे वेणु मुझसे दूर होती चली गयी थी। आफिस से लौटने के समय वेणु के बिखरे बाल और बेतरतीब कपड़े मुझे क्रोधित कर देते थे। मेरे टोकने पर कुछ दिनों तक वह विशेष ध्यान रखती थी, किन्तु कुछ दिनों के पश्चात वही ‘ढाक के तीन पात ‘। सच कहूं तो मुझे उसके साथ चाय पीने से चिढ़ होने लगी थी। मैंने आफिस से लेट आना शुरू कर दिया था और चाय कैन्टीन से मंगा कर पीने लगा था। शुरू-शुरू में वेणु ने पूछा था कि मैं लेट क्यों हुआ लेकिन समय बीतने के साथ उस पर इसका कोई भी प्रभाव पड़ना बंद हो गया था। उसके पास मेरी झुंझलाहट और बदलते व्यवहार का कारण जानने और समझने का भी समय नहीं था। वह खुद बच्चों के बीच इतना उलझ गयी थी कि समझ नहीं पा रही थी कि उपाय क्या है। जूही के लिए एक ‘ट्यूटर’ रखना उसे नागवार था। वस्तुतः इन सभी परिवर्तनों को मैं स्वीकार नहीं कर पा रहा था और ज्यादा से ज्यादा समय मित्रों के साथ बिताने लगा था। मेरे जैसे अपेक्षाओं की आपूर्ति न होने पर निराश होने वाले लोगों की कोई कमी नहीं थी समय आराम से गुजर जाता था।

नैना का आगमन एक सुखद हवा के झौंके से कम नहीं था। आफिस का समय समाप्त होते ही मन घर जाकर नैना से बातें करने के लिए व्याकुल होने लगता

था। कुछ दिनों तक मुझे झिझक थी कि वेणु क्या सोचेगी किन्तु धीरे-धीरे मैंने इस झिझक को निकाल फैंका था। किन्तु नैना का मुझे अनदेखा कर देना और तवज्जों नहीं देना बर्दाश्त नहीं हो रहा था,मेरे लिए यह अप्रत्याशित था। बहुत संभव है कि वेणु ने उसे मुझसे बात करने के लिए मना कर दिया था मुझे यह सब एक चुनौती लगने लगा था।

(4)

रेणु

मैने बी ए का इम्तिहान दिया था और माँ पिताजी के बीच मेरे विवाह की चर्चा चलनी शुरू हो गई थी। मैं एक मेधावी छात्रा के रूप मे जानी जाती थी, ढेरों पदकों और प्रमाणपत्रों से मेरी अलमारी भरी हुई थी। मैं एम.ए. करना चाहती थी ताकि मैं अपने पैरों पर खड़ी हो सकूँ लेकिन हमारे बड़े-बूढ़े लड़कियों के नौकरी करने के पक्षधर नहीं थे। बुआजी भी इस विचार को अनेक बार प्रकट कर चुकी थी किन्तु विधि की विडंबना देखो आज बुआजी नैना की नौकरी का बेसब्री से इंतजार कर रही थी।

मेरा बी. ए. का परिणाम आने के बाद बुआजी ने मुझे उनके पास बरेली बुला लिया था। उनके घर के नजदीक एक ललित कलाओं का स्कूल था और बुआजी चाहती थी कि मैं अपने पेन्टिंग के शौक को पूरा करूँ। लगभग बीस दिनों के पश्चात माँ के बुलावे आने लगे और मैं पीलीभीत लौट गयी थी। मुझे कुछ भनक भी नहीं लगी कि कब रमेश जी की माँ ने मुझे देख कर अपने बेटे के लिए पसंद कर लिया था और बुआजी के सामने विवाह का प्रस्ताव रख दिया था। रमेश जी बुआजी के पड़ौसी थे और उनकी माँ बुआजी के यहाँ आती-जाती रहती थी। रमेश जी मुझे भी अच्छे लगते थे,आकर्षक व्यक्तित्व, नम्र और उनके सरल विचारोंने मुझे भी प्रभावित किया था। बातो-बातों में उन्होंने बताया था कि वह मेनेजमेन्ट की पढ़ाई करके किसी अच्छी कंपनी में काम करने की इच्छा रखते हैं। सरकारी नौकरी में बार-बार होने वाले तबादले उन्हें पसंद नहीं थे।

रमेश जी का मैनेजमेन्ट कोर्स पूरा हो गया था और उनकी नियुक्ति लखनऊ की एक बड़ी कंपनी में हो गयी थी। मुझे संदेह हो रहा था कि बरेली का निमंत्रण बुआजी की स्कीम का हिस्सा था। संभवतः रमेश जी की माँ और बुआ जी की परस्पर बात हो चुकी थी और औपचारिक बातचीत शुरू करने से पूर्व रमेशजी का

परिवार मुझे देखना चाहता था। फूफाजी भी रमेश जी के परिवार की प्रशंसा करते रहते थे। बुआ जी चाहती थी कि मेरे पिताजी बरेली आकर रमेश जी के माता-पिता से मिलकर शादी का प्रस्ताव रखें,किन्तु रमेश जी के पिताजी के लीक से हटकर रखे गये विचारों ने मेरा मन मोह लिया था,

"मोहिनी जी,आप क्या कह रही हैं हम आपके भाई से उनकी बेटी रेणु को मांग रहे हैं, इसलिए मांगने वाला देने वाले के द्वार पर जाता है।"

दोनो परिवारों की अच्छे वातावरण में मुलाकात हुई थी और पिताजी को रमेश बहुत ही अच्छे,सुशील और समझदार लगे थे। सामाजिक औपचारिकताओं के पश्चात् मेरा विवाह रमेश जी के साथ संपन्न हो गया था।

रमेश जैसा पति पा कर मैं धन्य हो गयी थी। उनका स्वभाव पानी की तरह स्वच्छ और स्वर्ण की भांति खरा था। एक बार मैंने उनके सामने एम.ए. नहीं कर पाने की विवशता का जिक्र किया था और रमेश दूसरे ही दिन एम ए के फार्म लेकर आफिस से लौटे थे। मुझसे मेरी कालेज की पसंद पूछ कर फार्म जमा करवा दिया था। हम दोनों घर से एक साथ निकलते थे और रमेश मुझे कालेज छोड़ते हुए आफिस चले जाते थे, मैंने भी रमेश की उदारता और सहयोग से पढ़ाई और घर की जिम्मेदारियों में सामंजस्य स्थापित कर लिया था। मैं कभी भी रमेश के आफिस से लौटने के बाद पुस्तक लेकर नहीं बैठती थी।मैंने प्रथम श्रेणी में एम.ए पास कर लिया था और इसका सेहरा मैंने जब रमेश के सर बांधना चाहा था तब रमेश की कही बातों ने मुझे रमेश के और करीब ला दिया था,

"रेणु, तुम स्वयं इतनी प्रतिभाशाली हो तुम्हें किसी रमेश की प्रशंसा करने की आवश्यकता नहीं है। तुमने जिस प्रकार घर और पढ़ाई दोनों को संभाला है मैं तुम्हारी जितनी भी तारीफ करूँ कम है। मुझे गर्व हैं कि मुझे तुम्हारे जैसी पत्नी मिली है।"

रिजल्ट देखकर रमेश चुटकी लेने से भी नहीं चूके थे,

"मैंने तो कभी तुम्हारे हाथ में पुस्तक देखी ही नहीं यह चमत्कार कैसे हो गया?"

रमेश ने पन्द्रह-बीस दिनों के बाद पूछा था,

"रेणु! तुम नौकरी करना चाहोगी या कोई और योजना बना रखी है?"

मैंने उनकी बाहों मे सिमटते हुए कहा था,

"नौकरी नहीं कुछ दूसरी योजना बना रखी है। रमेश तुम जिम्मेदारी के लिए तैयार हो?"

रमेश ने मुझे अपने और करीब खींचते हुए चूम लिया था,मेरे कानों में फुसफुसाते हुए कहा था," चलो बंदा तैयार है।"

हमने बहुत चाहा कि हमारी कोई संतान हो किन्तु शायद ईश्वर की इच्छा नहीं थी। हमने इसे अपना भाग्य समझ कर स्वीकार कर लिया था। रमेश अथवा उसके माता-पिता ने मुझे कभी भी खालीपन या अभाव का अहसास नहीं होने दिया था। रमेश को जब कभी भी छुट्टी मिलती थी हम घूमने निकल जाते थे। भारतवर्ष के सभी पर्वतीय, मैदानी स्थलों का भ्रमण कर लिया था। दर्शनीय स्थलों पर किसी भी प्रकार व्यवधान नहीं था और यह हम दोनों को रास आने लगा था। मुझे पीलीभीत जाना भी अच्छा नहीं लगता था वही पुरानी दकियानूसी बातें और सहानुभूति से मुझे चिढ़ होने लगी थी, उन्हें हमारा खुशियों से भरा संसार नज़र नहीं आता था।

बुआ जी का अचानक आगमन हमारे लिये आश्चर्य था, बुआ जी के नम्र और सहनशील व्यवहार से हम दोनों अच्छी तरह परिचित थे इसलिए उनका अचानक आना चिंता का विषय भी था। रमेश बिना कुछ पूछे आफिस चले गये थे।

फूफाजी के चले जाने के बाद बाबूजी बुआजी और नैना को पीलीभीत ले आये थे। बाबूजी के देहान्त के बाद शेखर, मेरा भाई यही सोचता था कि दोनों महिलाऐं मिल जुलकर रहेंगी एवम् एक दूसरे का सहारा बनेगी। कुछ समय तक सब कुछ विधिवत् चलता रहा था किन्तु जब से नरेन्द्र ने नैना पर डोरे डालना शुरू कर दिया था बुआ जी असहज हो गई थी। माँ ने भी बुआजी पर दबाव बनाना प्रारंभ कर दिया था कि नैना का विवाह नरेन्द्र के साथ संपन्न कर दिया जाए। नैना की साफगोई ने माँ को नाराज कर दिया था, नैना नरेन्द्र से विवाह नहीं करना चाहती थी और बुआजी को भी यह रिश्ता मंजूर नहीं था। माँ ने रमेश और शेखर भैया को भी बुआजी पर दबाव डालने के लिए पत्र लिखा था, जिसके उत्तर में शेखर ने मना कर दिया था रमेश ने फोन पर बस इतना ही कह दिया था कि नैना बहुत छोटी है और उसकी पढ़ाई पूरी नहीं हुई । बुआजी को कुछ समय के लिए नैना को सहारनपुर भेजने का प्रस्ताव उचित लगा था। इससे कुछ दिनों तक शांति बनी रहेगी ऐसा उनका विचार था,उन्हें इसका बिल्कुल भी भान नहीं था कि एक बार नैना के जाने के बाद बेटी को वापस बुलाने के लिए मिन्नतें करनी पड़ेगी।

बुआजी की तड़प और बार-बार के आग्रह ने मुझे फिर मजबूर कर दिया था कि मैं वेणु से फोन पर बात करूं, मैंने वेणु का नंबर मिला कर रिसीवर बुआ जी के हाथ में पकड़ा दिया था उधर से वेणु का स्वर इतना तीखा और तेज था कि आवाज़ मुझ तक आ रही थी,

"बुआजी,मैंने आपकी लाडली को जंजीरों से नहीं बांध रखा है मैं चाहती हूँ कि किसी भी तरह यह लड़की मेरे घर से दफ़ा हो जाए। मैंने कई बार राकेश को नैना को कुछ रुपये दे कर स्टेशन छोड़ देने के लिये कहा है किन्तु राकेश के पास समय ही नहीं और मैं कुछ नहीं कर पा रही हूँ।"

इतना बोल कर वेणु ने खटाक से रिसीवर पटक दिया था। वेणु की बातें सुनकर बुआजी ही नहीं, मैं भी सन्न रह गयी थी। बुआजी धम्म से फर्श पर ही पसर गयी थी, मेरा कलेजा मुंह तक आ गया था हड़बड़ाहट में मैंने रमेश को फोन कर दिया था और मेरी आवाज़ की कंपकंपाहट से वह भी घबरा गये थे। मैंने अपने आप को संभाला और डाक्टर को फोन कर दिया था। डाक्टर ने फर्श पर लेटी हुई बुआजी का मुआयना किया और एक इन्जेक्शन देते हुए मुझे बुआजी को कुछ समय फर्श पर लेटे रहने देने का संकेत किया था। इतने समय में रमेश भी आ गये और डाक्टर से बुआजी के बारे में पूछा था डाक्टर ने बताया कि बुआजी का रक्तचाप बहुत बढ़ गया था और उन्हें आराम की सख्त जरूरत थी। दो घंटो तक बुआजी फर्श पर ही लेटी रहीं थीं, जब उन्होंने उठने का प्रयास किया तब मैंने और रमेश ने उन्हें सहारा देकर बिस्तर पर लिटा दिया था। मैंने बुआजी के लिये बिना नमक का लौकी का सूप बनाया था जिसे बुआजी ने चुपचाप पी लिया था। मैं और रमेश बुआजी के पास ही बैठे हुए थे और क्या बात करें समझ नहीं पा रहे थे। एक घंटे के पश्चात जब बुआजी की तबियत कुछ संभली तब उन्होंने बड़े शांत और सीधे शब्दों में रमेश की तरफ मुखातिब होकर कहा था,

"रमेश बाबू, मैं आपसे हाथ जोड़कर प्रार्थना करती हूँ कृपया मेरा वापस पीलीभीत लौटने का प्रबंध करवा दे।"

रमेश ने बड़े प्रेम से बुआजी के हाथ अपने हाथों में लेकर कहा था,

"बुआजी,आपसे अपनी तबियत के हाल छिपे नहीं है और आप अच्छी तरह से जानती हैं कि आप यात्रा करने के लायक नहीं हुई हैं।आप शायद नैना को बहुत याद कर रही है,मैं कल ही आपकी बात नैना से करवाऊंगा यह मेरा वादा है।"

बुआजी ने रमेश के सिर पर हाथ फेरते हुए कहा था,

"ईश्वर तुम्हें लंबी उमर दे और तुम्हारी स्वर्ग जैसी गृहस्थी को किसी की नजर नहीं लगे।"

दूसरे दिन आफिस पहुंचते ही रमेश ने राकेश को फोन किया था,

"राकेश,नैना से कहो कि वह अपनी माँ को खोना नहीं चाहती हो तो तुरन्त बुआजी से फोन पर बात करे।"

बुआजी अपने कमरे में गीता पढ़ने का उपक्रम कर रही थी, ग्रन्थ उनके हाथों से छूट कर गिर रहा था मैं रसोई से ही सब कुछ देख और समझ रही थी किन्तु इस भीषण वैचारिक आंधी में अपनी कोई भी स्पष्ट भूमिका तय नहीं कर पा रही थी। सच कहूं मेरा भी मन बड़ा उद्वेलित था परिवार का कौन सा व्यक्ति क्या भूमिका निभा रहा था मैं पूरी तरह से अनभिज्ञ थी। भविष्य में क्या होने वाला है यही विचार खाये जा रहा था। फोन की घंटी बज रही थी

मैने दौड़ कर रिसीवर उठाया, दूसरी ओर से नैना बोल रही थी। देखा तो बुआ जी उठ कर कमरे के दरवाजे तक पहुँच गयी थीं,मैंने इशारे से उन्हें बुलाया और फोन का रिसीवर उनके हाथ में देकर एक ओर खड़ी हो गय

बुआजी ने बस इतना ही कहा था,

"नैना क्या तुम अपनी माँ के मरने के बाद ही वापस लौटोगी?"

मालूम नहीं उधर से नैना ने क्या कहा था मैं सुन नहीं पायी थी। बुआजी ने बातचीत जारी रखते हुए फिर कहा,

"तुम्हे किसी की भी चिंता नहीं है, तुम्हे अपनी पढ़ाई की भी कोई फिक्र नहीं, तुमने अपने भविष्य के बारे मे क्या सोचा है?वेणु ने फोन पर बताया कि वह भी तुमसे परेशान है,तुम सहारनपुर में क्यों और कैसे रह रही हो?" बुआजी ने प्रश्नों की झड़ी लगा दी थी।

नैना का जवाब मैं सुन नहीं पा रही थी किन्तु मेरी उत्सुकता और हृदय की गति लगातार बढ रही थी। कुछ क्षणों के बाद बुआजी ने रिसीवर मेज पर रख दिया था और घिसटते कदमों से अपने कमरे की तरफ चल पड़ी थी। मैंने रिसीवर उठा कर हैलो -हैलो बोला किन्तु नैना ने फोन काट दिया था। मैं बुत बनी खड़ी थी, मेरे

मस्तिष्क में प्रश्नों का बवाल मच गया था, उस लड़की के मन में क्या है,अपनी माँ से उसने क्या कहा, बात करते हुए बुआजी चुप क्यों हो गयी थी? मैं कुछ भी कर सकने की स्थिति में नहीं थी किन्तु मूक दर्शक की भांति देखते रहना असहनीय हो रहा था।

बुआजी के कमरे से आती हुई उनकी सिसकियाँ मुझे दुखी कर रही थी। मैं समझ नहीं पा रही थी कि क्या करूं और इतने में फोन की घंटी बजने की आवाज़ सुनाई दी और मैंने जल्दी से फोन का रिसीवर उठाया,दूसरी ओर से हैलो का स्वर मैंने पहचान लिया था। रमेश का पहला प्रश्न था,

"बुआजी क्या कर रही हैं?"

"फिलहाल सो रही हैं किन्तु बहुत दुखी और परेशान हैं।"

रमेश ने फिर पूछा,

"नैना का फोन आया था ?क्या तुम जानती हो उन दोनों में क्या बात हुई?"

मैंने बस इतना ही कहा था,

"मैं उन दोनों की बात नहीं सुन पायी हूँ किन्तु मुझे हालात अच्छे नहीं लग रहे हैं।"

रमेश ने अच्छा कह कर फोन रख दिया था।मुझे अपने पति पर गर्व और प्यार की नयी अनुभूति हुई थी। रमेश ने जो वादा बुआजी से कल किया था वह कुछ घंटों में पूरा कर दिया था।

दूसरे दिन सुबह दस बजे के समय माँ का फोन आया था। शुक्र है कि उस समय बुआजी पूजा कर रही थी। माँ बहुत गुस्से में लग रही थी उन्होने बिना कुछ पूछे बोलना शुरू किया था,

"तू कितने दिन और मोहिनी को अपने घर रखेगी, रमेश और मोहल्ले वाले क्या सोचते होंगे?" मैंने माँ की बात बीच में ही काटते हुए कहा था,

"बुआजी स्वयं पीलीभीत लौटने की रट लगाए हुए हैं किन्तु उनकी हालत यात्रा करने जैसी नहीं है रमेश ने ही आग्रह करके उन्हे कुछ दिनों के लिए रोका है, रही बात मोहल्ले वालों की लखनऊ कोई पीलीभीत नहीं यहाँ लोगों को दूसरों के मामले में जरूरत से ज्यादा दिलचस्पी लेने की फुर्सत नहीं है।"

माँ को मेरा जवाब बिल्कुल पसंद नहीं आया था उन्होंने मेरी बात को तूल न देते हुए कहा था,

“ठीक है, माँ मेरी बड़ी बेटी के घर बैठ सेवा करवा रही हैऔर उसकी बेटी ने मेरी छोटी बेटी की जिंदगी तबाह कर रखीहै। तुम्हारे बाबूजी और भाई की गलती का हर्जाना पूरा परिवार भुगत रहा है शेखर से बात करती हूँ तब वह कहता है उसका इन पचड़ों में पड़ने का कोई भी इरादा नहीं है और इस तरह की बातों से उसके बच्चों पर बुरा प्रभाव पड़ सकता है।”

माँ रुकने का नाम नहीं ले रही थी, आज अपने दिल की पूरी भड़ास निकाल देना चाहतीं थी। मैंने भी उनका मन हल्का हो जाएगा सोच कर उन्हे बीच में टोका नहीं। अचानक उन्होंने बातचीत का रुख मोड़ते हुए कहा था,

“नरेन्द्र में आखिर क्या बुराई है, मेरे भाई का इकलौता वारिस है,जमीन,जायदाद, धन-दौलत की कोई कमी नहीं है, नैना राज करेगी। इन मां-बेटी को पता नहीं क्या चाहिए वही जाने कौन सा राजकुमार ढूंढ कर रखा है।”

मैंने बस इतना ही कहा था,

“माँ! जमीन जायदाद से ज्यादा जरूरी है व्यक्ति का अच्छा चरित्र।”

मुझे फोन पटकने की आवाज़ साफ सुनाई दी थी। मैंने नरेन्द्र की बुरी आदतों के बारे मे बहुत कुछ सुन रखा था। बत्तीस वर्ष का हो गया था किन्तु रिश्तेदारों में कोई भी उसके लिए रिश्ता लाना पसंद नहीं करता था इधर माँ बुआजी की मजबूरी का फायदा उठाकर अपने निकम्मे भतीजे का विवाह नैना के साथ संपन्न कराने की जिद्द पकड़े बैठी थी।

माँ के शिकायतों के पुलिंदे पर मैंने ज्यादा ध्यान नहीं दिया था किन्तु उनका यह कहना कि बुआजी की बेटी नैना ने वेणु की जिंदगी तबाह कर रखी है, इस वाक्य ने मुझे गंभीरता से विचार करने के लिए मजबूर कर दिया था। वेणु भी मुझसे बात नहीं कर रही थी, आखिरकार ऐसा क्या हो रहा था जिससे सब परेशान थे। एक बारगी मन में विचार आया कि बुआजी को लेकर सहारनपुर पहुँच जाऊं और स्वयं जानकारी प्राप्त करूँ। रमेश ने मुझे समझाया और कहा,

"मुझे भी महसूस हो रहा है कि कुछ अप्रिय घटित हो रहा है किन्तु जब तुम्हारी बहिन वेणु, राकेशऔर नैना कोई भी हमें कुछ भी नहीं बताना चाहता है, इन परिस्थितियों में हमारा बीच में पड़ना मुझे उचित नहीं जान पड़ता है।"

मुझे रमेश की बात में तथ्य दिखाई दे रहा था। मैं बहुत दुखी हो रही थी कि यह सब क्या हो रहा है और क्यों? इस घटनाक्रम में घुन की तरह पिस रही थी बेचारी बुआजी,

मैं लाचार होकर सब कुछ सुन और देख रही थी।जिस स्त्री ने पूरा जीवन सच्चाई और निर्मलता के साथ गुजारा हो उसे जीवन के अंतिम पड़ाव पर यह सब कुछ भुगतना पड़ रहा था।

मैंने निश्चय कर लिया था कि मैं वेणु से बात करूंगी। मेरी छोटी बहिन है मैं उससे सत्य जानना चाहती थी। वेणु का नंबर मैंने कम से कम चार बार डायल किया किन्तु किसी ने भी फोन नहीं उठाया था। मैंने पाँचवीं बार भी डायल किया और इस समय पुष्पा ने हैलो कहा था मैने उससे वेणु के बारे मे पूछा था,

"दीदी जूही और दीनू को लेकर बाजार गयी हैं।"पुष्पा ने बताया था।

"अच्छा!! वेणु के घर लौटने पर कह देना उसकी रेणु दीदी सहारनपुर पहुँच रही हैं।"

मैं इन्तजार करती रही किन्तु वेणु ने फोन नहीं किया था। मुझे बेहद क्रोध आ रहा था किन्तु मुझे अपने-आप पर नियंत्रण रखना था, मैं अपने फोन की चर्चा किसी से नहीं करना चाहती थी।

सुबह के दस बजे थे मैं और बुआ जी शेखर और शुभम् के बारे में बात कर रहे थे। मैंने जानबूझकर माहौल बदलना चाहा था,नैना के बारे में कुछ कहना और सुनना अंधरे में हाथ-पैर मारने जैसा था। बाबूजी के देहान्त के समय शेखर और रोज़ी उनके बेटे रणबीर के साथ पीलीभीत आये थे बुआजी शेखर और रोज़ी की बहुत प्रशंसा कर रही थीं मुझे भी उनका अपने पुत्र का नाम रणबीर रखना बेहद अच्छा लगा था। बुआजी की किस्मत न जाने किस निर्दयी ने लिखी थी कि उन्हे इतने बुरे दिन देखने पड़ रहे थे। शुभम् उनका इकलौता बेटा इतना हृदयहीन निकलेगा इसका हमें दुर-दुर तक कोई आभास नहीं था।

इतने में फोन की घंटी बजने लगी थी मुझे पूरा विश्वास था कि यह वेणु का ही फोन होगा किन्तु बुआजी सामने बैठी थी और बहुत चौकन्नी भी हो गयी थीं मैंने रिसीवर उठाया और तेज आवाज में बोला था,

“बुआजी यह कोई गलत नंबर है” और रिसीवर रख दिया था।

बुआजी का चेहरा उतर गया था। मैंने वेणु की आवाज़ पहचान ली थी किन्तु बुआजी के समक्ष वार्तालाप उचित नहीं था। इस घटना के पश्चात वेणु का कोई भी फोन नहीं आया था।

(5)

वेणु

माया दीदी का विवाह मेरी जिंदगी की दिशा बदल कर रख देगा ऐसा मैंने कभी नहीं सोचा था। मैं शादी में सम्मिलित भी नहीं होना चाहती थी क्योंकि माया दीदी रेणु दीदी की सहेली थी मेरी नहीं,लेकिन माया दीदी ने बड़े स्नेह के साथ मुझे भी न्यौता दिया था जिसे ठुकराना अनुचित होता। रेणु दीदी ने मुझे चिढ़ाते हुए कहा था,

“वेणु तुमने बड़े शौक से दीवाली पर जो गुलाबी घाघरा -चोली सिलवाया था वही पहन कर चलना जीतू टेलर की कारीगरी में तूने इतने नुक्स निकाले थे कि उन्हे ठीक करते पूरी दीवाली निकल गयी थी।”

मुझे भी संदूक में बंद पड़े घाघरा- चोली के लिए यह अवसर बिल्कुल परफेक्ट लगा था। हम दोनों बहिनें बड़े जतन से तैयार हो कर बारात पहुँचने के एक घंटा पहले ही पहुँच गयी थीं,पूरे पीलीभीत में हम दोनों बहिनें अपने हुस्न के लिए चर्चा में रहती थी और दूसरे शहर से आने वाली बारात से भी यह मनवा लेने का नटखट विचार मेरे जहन में था। बारात में आये नवयुवकों का मानस समझने में मुझे कोई कठिनाई नहीं हुई थी। मेरे प्रत्येक कदम का पीछा करती हुई उनकी नजरों का अहसास मुझे भलीभांति हो रहा था। मेरे अधिक से अधिक करीब आने की लड़कों की होड़ में मुझे बहुत आनंद आ रहा था। राकेश की लगातार पीछा करती हुई आंखों का अर्थ समझ में आ रहा था किन्तु उनकी मेरे प्रति गंभीरता का मैं अनुमान नहीं लगा पायी थी।

माया दीदी विदा होकर चली गयी थी, विवाह की धूमधाम समाप्त होने पर सब कुछ सामान्य हो गया था। मैं भी अपनी पढ़ाई में जुट गयी थी। रेणु दीदी के लिए बरेली से विवाह प्रस्ताव रमेश जीजाजी के माता-पिता स्वयं लेकर आये थे। बाबूजी उन लोगों की नम्रता और विचारों की सरलता से अभिभूत हो गये थे और तत्काल

विवाह के लिए राज़ी हो गये थे। बाबूजी ने शादी की तारीख और मुहूर्त भी तय कर दिया था। वस्तुतः रेणु दीदी अपनी पढ़ाई पूरी होने के पश्चात ही विवाह बंधन में बंधना चाहती थी। रमेश जीजाजी उनके लिए अपरिचित नहीं थे और एक पति के रूप मे उनमें कोई कमी नहीं थी। पिताजी का निर्णय सभी लोगों ने सहर्ष स्वीकार कर लिया था।

रेणु दीदी की विदाई मेरे लिए बहुत पीड़ा दायक थी, मुझे ऐसा महसूस होता था कि मैं अब अकेले कुछ नहीं कर सकती पूरा दिन एल्बम में हम दोनों की तस्वीरें देखती रहती थी। जैसे-तैसे अपने मन को समझा कर मैंने अपना पूरा ध्यान पढ़ाई पर केन्द्रित कर दिया था। रेणु दीदी भी मुझे बहुत याद करती थी, इसलिए उन्होंने बहुत आग्रह के साथ हम लोगों को लखनऊ आने का निमंत्रण दिया था। मैं और माँ रेणु दीदी से मिलने लखनऊ गये थे। हम दोनों रमेश जीजाजी से मिलकर बहुत खुश हुए थे, मैने दोनों के आनंद पूर्ण जीवन के लिये शुभकामनायें और ईश्वर को बहुत धन्यवाद दिया था। लखनऊ से लौटने के बाद माँ रमेश जीजाजी की प्रशंसा करते नहीं थकती थी। हम दोनों से लखनऊ का वृतांत सुनकर बाबूजी भी फूले नहीं समाये थे। बाबूजी बड़े नाटकीय अंदाज में बोलते थे,

“आखिर किसने पसंद किया था मेरा निर्णय गलत नहीं हो सकता मुझे तो देखते ही पता लग गया था कि रेणु के लिये रमेश से बेहतर दूसरा कोई वर मिल नहीं सकता था।”

कुल मिलाकर पूरा परिवार अत्याधिक प्रसन्न था। रेणु दीदी के विवाह को एक वर्ष बीत चुका था,माँ और बाबूजी के लगातार बुलावे के बाद दोनों पीलीभीत आये थे।

बाबूजी के हर्ष का कोई ठिकाना नहीं था, उनका प्रेम बस देखते ही बनता था। उनका अपने दामाद का चुनाव एकदम सही था इसी गर्व से उनका सीना चौड़ा हो गया था। बाजार जाने के नाम पर आलस करने वाले बाबूजी भाग कर बाजार से मिठाईयाँ, फल, मेवो के टोकरे लदवा कर ला रहे थे, रेणु दीदी का टोकना बेअसर था। अपने दामाद के प्रति उनका प्यार देखते बनता था।

सुबह के चार बजे थे, बाबूजी घूमने जाने की तैयारी कर रहे थे कि अचानक ‘डोर बेल ‘ की घनघनाहट सुनाई दी थी। बाबूजी सोच में पड़ गए थे कि इतनी सुबह कौन हो सकता है उन्होंने आगे बढ़कर दरवाजा खोला सामने शेखर भैया खड़े थे किन्तु अकेले नहीं, इतने समय में माँ भी कमरे से बाहर निकल आई थी। शेखर

भैया के पीछे खड़ी स्त्री को देखकर बाबूजी माजरा समझते हुए बिना कुछ बोले धीमे कदमों से कमरे के अंदर चले गये थे। माँ लपक कर शेखर भैया को गले लगाने के लिए आगे बढ़ी थी किन्तु एक अजनबी स्त्री को पीछे खड़ा देखकर ठिठक गयी थीं। माँ ने बुझे स्वर में बोला था,

"अरे शेखर बाहर क्यों खड़े हो भीतर आओ।"

शेखर भैया ने अपना सूटकेस उठाया और पीछे मुड़कर कहा था,

"रोज़ी, वहां क्यों खड़ी हो अंदर आओ।"

'रोज़ी' नाम सुनते ही माँ ने टेढ़ी नजरों से शेखर भैया के पीछे चल रही रोज़ी को घूरना शुरू कर दिया था। बाहर आंगन मे कुछ असाधारण घटित हो रहा था इसका मुझे आभास हो रहा था मैं बिस्तर से बाहर निकल कर सीधा आंगन में पहुँच गयी थी, वहां शेखर भैया और एक अनजान महिला बुत बने खड़े थे। माँ पीछे खड़ी हुई आंखों से आंसुओ को छलकने से रोकने का प्रयास कर रही थी। मैंने आगे बढकर शेखर भैया को गले से लगा लिया था और रोज़ी का हाथ पकड़कर ड्राइंग रूम में लेकर आयी थी।

"मैं चाय लेकर आती हूं" यह कहते हुए मैं रेणु दीदी के कमरे की तरफ बढ़ गयी थी। मुझे पूरा विश्वास था कि रेणु दीदी और रमेश जीजाजी इस अप्रत्याशित स्थिति को ज़रूर संभाल लेंगे।

रेणु दीदी ने दरवाजा खोला और मुझे प्रश्नवाचक निगाहों से देखा था। मैंने ड्राईंग रूम की तरफ इशारा करते हुए कहा था,

"शेखर भैया आये हैं अपनी क्रिश्चियन पत्नी के साथ"

रेणु दीदी ने कपड़े बदल कर रमेश जीजाजी को आवाज़ दी थी और स्वयं कमरे से बाहर आ गयी थी। उन्होंने शेखर भैया को गले लगाया और उलाहना दिया,

"शेखर, तुमने आने का कोई समाचार नहीं दिया, अरे हमें भी तो स्वागत की तैयारी करने का अवसर देना था।"

रेणु दीदी का तैयारी से क्या अभिप्राय था मैं समझ रही थी। घर के तीन कमरों में हम लोग सो रहे थे बाहर बैठक जिसमें मैं पढ़ती और सोती थी, उसे हम लोगों ने गोदाम बना रखा था। इस समय सबसे बड़ी समस्या यह थी कि शेखर भैया और

उनकी पत्नी को उनके सामान सहित कहां फिट किया जाए। रेणु दीदी के विवाह में शेखर भैया तीन दिनों के लिये आये थे और जाने के बाद कोई भी पत्र नहीं लिखा था। शेखर भैया हैदराबाद मे एक मल्टी नेशनल कंपनी में उच्च पद पर काम करते थे किन्तु उनके समाचार नहीं के बराबर मिलते थे इसलिए जो कमरा हमेशा व्यवस्थित रूप में उनका इन्तजार करता था उसे मैंने बैठक त्याग कर अपना कमरा बना लिया था। मैं और रेणु दीदी कुछ सोच रहे थे उतने में माँ चाय और बिस्कुट लेकर ड्राइंग रूम में आ गयी थी। शेखर भैया ने एक प्याला उठाकर रोज़ी को दिया और अपना प्याला उठाते हुए पूछा था,

"माँ,क्या बाबूजी चाय नहीं पीऐंगे?"

"दरअसल तुम्हारे बाबूजी की तबियत ठीक नहीं है, मैंने उनकी चाय कमरे में ही रख दी है" कहते हुए माँ ने बिस्कुट की प्लेट बढ़ा दी थी।

माँ के इस उत्तर पर मुझे हंसी आ रही थी, क्या वह भूल गयी थी कि दरवाजा बाबूजी ने ही खोला था और वह भी अपने जोगिंग वाले 'आउट फिट' में तब तक रमेश जीजाजी भी पहुँच गये थे। सभी लोग बातचीत करने में व्यस्त हो गये थे और मैंने मौका देख कर जल्दी-जल्दी मेरे कमरे को व्यवस्थित करके बाथरूम में साफ तौलिया और नया साबुन रख दिया था। मेरा इशारा पा कर रेणु दीदी ने रोज़ी भाभी जी से कुछ देर आराम करने के लिये कहा और उनका हाथ पकड़कर कमरे में ले गयी। रोज़ी भाभी के जाते ही माँ ने वही पुराने दकियानूसी संवाद दोहराने शुरू कर दिए थे,

"शेखर! तूने यह क्या किया, जात बिरादरी का कुछ तो खयाल किया होता, तुझे और कोई लड़की नहीं मिली जो ईसाई लड़की को बहू बनाकर ले आया तुझे इतना भी खयाल नहीं आया कि तेरी छोटी बहिन अभी कुँवारी है।" यह कहते हुए माँ रोने लगी थी।

शेखर भैया ने बस इतना ही कहा था,

"माँ तुम जब रोज़ी से बात करोगी तब समझ जाओगी वह एक बहुत अच्छी और पढी लिखी लड़की है। उसकी माँ पंजाबी हिन्दू हैं -"

माँ ने बात काटते हुए कहा था,

"शेखर तुम भी थोड़ा आराम कर लो तब तक नाश्ता भी तैयार हो जायेगा।"एक लंबी निश्वास छोड़ते हुए माँ ने धीरे से कहा "अब किस- किस को जवाब दूँगी?"

शेखर भैया उठ कर चले गये थे मेज़ के पास हम तीन लोग बैठे रह गये थे मैं,रमेश जीजाजी, रेणु दीदी। रमेश जीजाजी ने चुप्पी तोड़ते हुए कहा था,

"मुझे तो रोज़ी में कोई बुराई नजर नहीं आ रही,पढ़ी- लिखी सभ्य लड़की दिखाई देती है।"

रेणु दीदी ने जीजाजी का अनुमोदन करते हुए कहा था,

"बस दुःख इसी बात का है कि शेखर ने हम लोगों पर विश्वास नहीं किया, बाबूजी और माँ से बात करके शादी करता तब ज्यादा उपयुक्त होता। इतना कह कर दीदी ने जीजाजी से कहा था, हमारी रात की ट्रेन है और सामान भी जमाना है, माँ ने इतना कुछ दिया है कि हमारे सूटकेस में नहीँ समायेगा।"

माँ ने सुनकर रसोई से ही चिल्ला कर कहा था,

"रेणु तुम्हारा पुराना सूटकेस बड़ी अलमारी में रखा हुआ है निकाल लेना।"

मैं माँ की सहायता करने के लिए रसोई में चली गयी थी और दीदी और जीजाजी बाबूजी के पास चले गये। कुछ समय पश्चात बाबूजी उन दोनों के साथ हंसते हुए बाहर आकर कुर्सी पर बैठते हुए बोले,

"अरे! शेखर और बहू को भी नाश्ते के लिए बुलाओ, बहुत भूख लगी है।"

मालूम नहीं दीदी और जीजाजी ने कौन सी जादू की छड़ी घुमाई थी मैं और माँ एक दूसरे का मुँह ताकते रह गये थे। रेणु दीदी और जीजाजी वापस लखनऊ लौट गये थे किन्तु जाने से पहले घर का माहौल खुशनुमा कर गये थे। मुझे तो पक्का विश्वास है कि शेखर भैया यहाँ आने के लिए रेणु दीदी का पीलीभीत आने का इन्तजार कर रहे थे।

शेखर भैया अभी भी पूर्णतः सहज नहीं हो पाये थे और रोज़ी भाभी एक-दो शब्दों से ज्यादा नहीं बोलीं थी। माँ ने अपनी पुत्रवधु के लिए बनवाया चंद्र हार रोज़ी को पहना दिया था जिसके जवाब में रोज़ी ने 'थैंक्यू' कहा था। शेखर भैया ने बताया कि रोज़ी को हिन्दी बोलना नहीं आता था उनकी पैदाइश हैदराबाद की थी शेखर भैया हफ्ते भर के लिए आये थे और इस दौरान घर का वातावरण शांति पूर्ण रहा। शेखर भैया की विदाई इस दफा बड़ी अलग थी। मां का गले लगकर ज़ोर-जोर से रोना, बाबूजी की हिदायतों की लंबी सूची सब कुछ नदारद था। शेखर भैया के

जाते ही माँ का कमरे में जाकर दहाड़ मार कर रोना उनके कुचले गये अरमानों की पीड़ा का खुला प्रदर्शन था। बाबूजी चुपचाप पलंग की पाटी पर बैठे हुए असहाय और लाचार लग रहे थे, पंछी ने किसी अन्य पेड़ की शाखा पर घोंसला बना लिया था।

शेखर भैया की विदाई के बाद माँ बाहर निकलने से कतराने लगी थी उन्हें रिश्तेदारों, मोहल्ला की औरतों इत्यादि के प्रश्नों के उत्तर नहीं सूझ रहे थे। माँ एक खाते-पीते परिवार से थीं और इसकी ठसक उन्होंने गाहे- बगाहे सभी को दिखाई थी। सच कहूं मुझे भी रोज़ी में 'भाभी जी ' जैसा कुछ भी महसूस नहीं हुआ था, इस रिश्ते के साथ एक ननद की अनेक भावनाऐं जुड़ी होती हैं। यह रिश्ता कई भावनात्मक पहलुओं को जोड़े रखता है जिसकी डोर पकड़ कर रिश्ते फलते-फूलते हैं, कभी ऊंची पेंगे बढ़ाकर और कभी स्थिर हो धरातल पर खड़े होकर।

मुझे शेखर भैया से भी नाराजगी थी, कम से कम हमें इस रिश्ते के बारे में कुछ तो बताते, हम सब एक साथ उनके विवाह का आयोजन करते। भैया ने हमारे विश्वास और स्नेह का अपमान किया था।

मेरी बीए की परीक्षा समाप्त भी नहीँ हुई थी कि बाबूजी मेरा विवाह कर देने की जिद्द करने लगे थे। अचानक एक सुबह हरिहर चाचाजी, बाबूजी के पुराने मित्र बिना किसी सूचना या पत्र व्यवहार के हमारे घर आ धमके थे। वस्तुतः वह राकेश जी का संदेश वाहक बन कर आये थे। राकेश जी के गुणगान के साथ उन्होंने बड़े नाटकीय अंदाज में एक सत्य उद्घाटित किया था,

"यार, वेणु राकेश से मिल चुकी है और मेरा अनुमान है कि वह इस लड़के को पसंद भी करती है। इन कार्यों में देर नहीं करना चाहिए वरना लड़का हाथ से निकल जाएगा। भाई सर्वगुण संपन्न,ऊंचे पद पर काम करने वाले कुँवारे लड़को के ऊपर हजार लोग निगाहें रखते हैं।"

यह सुनकर माँ ने यकायक पूछ लिया था,

"भाई साहब,अपने साथ लड़के का फोटो लाये होंगे,जरा दिखाईये मैं भी तो देखूँ।"

हरिहर चाचाजी यह सुनकर सकपका गये थे किन्तु शीघ्र ही संभल कर बोले,

"भाभी जी मुझे जैसी ही जानकारी मिली मैं भागा चला आया, फोटो लेने का समय ही नहीं था। सबसे बड़ी बात, वेणु बिटिया ने राकेश को देख ही रखा है। मुझे पूरा

विश्वास है कि रिश्ता पक्का हो जाएगा, आखिर हमारी वेणु बिटिया भी कौन कम है, लाखों में एक है।"

मुझे पूरा भरोसा था कि चाचाजी राकेश जी के द्वारा भेजे गये थे। माया दीदी के विवाह में राकेश जी बराती बन कर आये थे और पूरा समय मुझे प्रभावित करने में लगे रहे थे। वैसे चाचाजी ने बड़ी सफाई से यह सत्य छुपाया था।

चाचाजी बाबूजी को राकेश जी के घर अमरावती ले गये थे। बाबूजी पूरे छब्बीस घंटों के बाद पीलीभीत लौट आये थे। उनके चेहरे की रंगत बता रही थी कि वह बहुत प्रसन्न थे। उन्होंने माँ को भी ब्यौरा वार पूरा वृतांत सुनाया था,माँ भी बहुत खुश थीं। बाबूजी ने पंडित जी से सलाह मशविरा कर के चार दिन बाद का सगाई का कार्यक्रम निश्चित करके राकेश जी के परिवार को निमंत्रित किया था और दोनों परिवारों के मेल-मिलाप के पश्चात मेरी सगाई राकेश जी के साथ हो गई थी। रेणु दीदी अकेले ही आयी थी, मेरे विवाह की तारीख पन्द्रह दिनों के बाद तय हुई थी इसलिए माँ ने रेणु दीदी को वापस लखनऊ नहीं जाने दिया था। रेणु दीदी की प्रसन्नता की कोई सीमा नहीं थी। वह मुझे छेड़ने में भी पीछे नहीं थी,

"वेणु! इस संबंध का पूरा श्रेय मुझे मिलना चाहिए, यदि मैं गुलाबी लहंगा और चोली का आइडिया नहीं देती तो राकेश तुम्हें पसंद नहीं करते।" इस के साथ रेणु दीदी ने नैना को छेड़ते हुए कहा था,

"वेणु! यह गुलाबी लहंगा और चोली तू नैना के लिए छोड़ कर जाना, बड़ा करिश्माई और असरदार है।"

रमेश जीजाजी और राकेश जी इतने कम समय में भी अच्छे दोस्त बन गये थे। शेखर भैया अकेले ही आये थे। हम सभी इस बात से नाराज थे, उन्होंने अपनी उपस्थिति दर्ज कराने के अतिरिक्त कुछ भी नहीं किया था,मेहमान की तरह आये और चले गये थे। बाबूजी, माँ और हम दोनों बहिनें अपने रिश्तों की बंधी डोरियों की परिभाषा के अनुसार मन ही मन दुःखी और निराश थे। भगवान ने एक ही बेटा और भाई देकर उसे पराया बना दिया था, बहुत चाह कर भी हम शेखर भैया के दिल के तारों को छू नहीं पाये थे। बचपन की यादें धुंधली नहीं होती थी किन्तु रिश्तों के बंधन की उम्र पर प्रश्न चिन्ह लगाती थी।

मेरी विदाई माँ और बाबूजी के लिए बहुत दुःख दायी थीत दोनों एकदम अकेले हो गये थे। जब बारात अमरावती के लिये निकल रही थी तब मेरा हृदय भी व्याकुल

हो रहा था माँ और बाबूजी की छाँव से निकल रही थी,आगे क्या होगा इसकी मैं कल्पना भी नहीं कर पा रही थी। राकेश को शायद मेरी मनःस्थिति का कुछ भान हो रहा था इसलिए पूरे सफर में उन्होंने मेरा हाथ थाम रखा था और बीच-बीच में मेरा हाथ चूम कर अपना प्यार और भरोसा जता रहे थे।

हमारे देश की संस्कृति की खूबसूरती है कि दो अनजान परिवार, और पुत्री के माता-पिता एक अनजान व्यक्ति को अपने अंग के हिस्से को विश्वास के आधार पर सौंप कर जीवन का उत्तरदायित्व निभाते हैं और वर- वधु परंपराओं और विश्वास के सहारे अपना घर संसार बसाते हैं। मैंने राकेश को देखा था और मन ही मन पसंद भी कर लिया था किन्तु अनगिनत विवाह ऐसे भी संपन्न हुए जिनमें वर -वधू मिलन की रात्रि के अवसर पर पहली बार एक दूसरे का चेहरा देखते थे। परंपराओं की धरोहर और दोनों परिवारों का विश्वास लेकर एक नयी दुल्हन अपरिचित परिवार और परिवेश में कदम रखती थी। परंपराओं की मजबूती और समर्पण हमारे देश की खूबसूरती है।

शादी के तमाम रीति -रिवाज मैंने एक गूँगी गुड़िया की तरह पूरे किये थे। राकेश की माताजी मुझे टकटकी लगाए देखती रहती थी, हर क्षण आशंकित कि आगे क्या होगा। मैंने और राकेश ने उन्हे पाली आकर हमारे साथ रहने का आग्रह भी किया था किन्तु उनका मन अपने भाई के साथ मथुरा जाकर रहने का था। राकेश के मामाजी निःसंतान थे और मामीजी भी चाहती थी कि माताजी उन लोगों के साथ ही जीवन बिताएं।

विवाह के संपूर्ण ताम-झाम से निकल कर हम हनीमून के लिए कश्मीर गये थे। श्रीनगर पहुँचने तक राकेश ने यह नहीं बताया कि हम कहां जा रहे थे। हम कश्मीर पांच दिनों तक रुके थे और मेरी पूरी दुनिया राकेश की बाहों मे सिमट कर रह गई थी। राकेश ने पहली रात ही मुझको कहा था,

“वेणु! तुमने पहली नजर में ही मेरा दिल चुरा लिया था। गुलाबी लहंगा और चोली में सजी तुम सब पर गजब ढा रही थी। मेरा मन उसी विवाह मंडप में बैठ कर सात फेरे लेने का कर रहा था।”

सचमुच मुझे अपने भाग्य पर भरोसा नहीं हो रहा था। हसीन वादियों के बीच राकेश का सान्निध्य किसी स्वर्ग से कम नहीं था, राकेश बहुत खुशमिज़ाज और बातें बनाने में माहिर थे मुझे उन्होंने पूरी तरह अपने वश में कर लिया था।

पाली आकर राकेश ने आफिस ज्वाइन कर लिया था। मैं दिन भर रेडियो पर रोमांटिक गीत सुनती रहती थी दिन में कम से कम चार फोन करती थी। घर आफिस के बहुत करीब नहीं था किन्तु राकेश लंच के लिए घर आते थे। धीरे-धीरे हम समझ गये कि आफिस में काम भी करना होता था। शाम होते ही मैं राकेश का इन्तजार करने लगती थी,अपने आप को सुन्दर दिखाने के लिए साड़ी का चुनाव और केश सज्जा में काफी समय लगाती थी। हमारा डिनर अधिकतर बाहर ही होता था। राकेश के मित्रों द्वारा मेरी प्रशंसा करने पर राकेश की मुस्कराहट और आंखों की चमक मेरे लिए जुनून बनती जा रही थी।

पूरा एक वर्ष बीत गया था। हमने पहली एनिवरसरी आगरा जाकर ताजमहल की खूबसूरती के साथ मनायी थी।

शादी के ढाई वर्ष बाद जूही का जन्म हुआ था। हम दोनों इस परी को पा कर बेहद प्रसन्न थे।पति और पुत्री को बराबर समय और तवज्जो देने की जद्दोजहद में मैं लगातार फ़ेल हो रही थी। बेटी के प्रति ममता का सागर लबालब हो रहा था और मैं इस सागर में डूबती जा रहा थी। राकेश का रूठना मुझे अनुचित लगने लगा था। जूही को आया को सौंप कर कभी भी और किसी समय भी डिनर के लिए निकल जाना मुझे बच्ची के प्रति अन्याय लगता था। राकेश की भी देर से आफिस से लौटना आदत बन गयी थी। मुझे बस यह विचार घायल करता रहता था कि राकेश भी आखिर पिता हैं फिर उनका मन अपनी बेटी के साथ खेलने का क्यों नहीं करता था। दो वर्षों के बाद दिनकर का जन्म हुआ था, दोनों बच्चों की परवरिश के बीच राकेश को दे सकने वाले समय की सूक्ष्मता का उलाहना वह देते रहते थे। संभवतः प्रत्येक पत्नी इस तरह के द्वंद्व का सामना करती है किन्तु सभी पति राकेश की भांति खुदगर्ज और नासमझ नहीं होते होंगे।

शिशु के जन्म के पश्चात नारी नया जन्म लेती है ऐसा लोग कहते हैं। ईश्वर ने ममता का भाव बनाया और इसे माँ का नाम दिया गया। पत्नी माँ का रूप लेते ही ममत्व से सराबोर हो जाती है। संसार भले ही पति को परमेश्वर, स्वामी जैसी संज्ञाओं से सज्जित करे किन्तु माँ का हृदय मात्र अपने शिशु के लिए निःस्वार्थ भाव से धड़कता है। मेरे विचार से इस रिश्ते की तुलना किसी अन्य रिश्ते से नहीं हो सकती है। पत्नी के लिए दोनों रिश्तों के बीच की दुविधा कभी खत्म नहीं होती। हमारे सामाजिक ढांचे में रिश्तों की अहमियत का वर्णन और वर्गीकरण बहुत हृदयहीन होकर किया गया है, ऐसा मुझको लगने लगा था।

राकेश का तबादला पाली से सहारनपुर हो गया और हमारे पास एक माह का समय था,यह समाचार राकेश ने आफिस से लौट कर दिया था। उस दिन राकेश जल्दी घर आ गये थे। मैंने कोई भी टिप्पणी नहीं की थी किन्तु मेरी आँखें राकेश के चेहरे पर आये भावों को पढ़ने में लगी हुई थो। राकेश कुछ बुझे-बुझे से लग रहे थे वैसे तबादले के समाचार से मैं भी खुश नहीं थी। इधर-उधर की उठा पटक के खयाल से ही मुझे घबराहट हो रही थी।

रात को बिस्तर पर राकेश गंभीर होकर अपने विचारों में डूबे हुए थे। मैंने उनके कंधे पर झुकते हुए पूछा था,

“राकेश तुम मुझे बहुत उदास लग रहे हो, कोई गंभीर बात तो नहीं है? कोई आफिस से संबंधित समस्या तो नहीं?”

राकेश ने मेरी तरफ चेहरा घुमाते हुए कहा था,

“वेणु! आफिस से संबंधित क्या समस्या हो सकती है? मुझे तुम्हारी फिक्र हो रही है नयी जगह, जूही का स्कूल, बच्चों का नयी आया के साथ तालमेल, न जाने कितनी समस्याओं से तुम्हें जूझना पड़ेगा। मुझे कोई परेशानी नहीं होगी जैसा आफिस पाली में है वैसा ही सहारनपुर में भी मिल जाएगा। मेरा तो दिल बैठ गया था, मैंने इन सब चुनौतियों के बारे मे सोचा ही नहीं था। राकेश ने एक और बात का जिक्र नहीं किया था कि मेरा सहेलियों का एक अच्छा ग्रुप बन गया था, सहारनपुर जाकर नया ग्रुप बनाना और इसके लिए बच्चों के साथ समय निकाल पाना आसान नहीं होगा। इन सभी विचारों के फेर में मेरा दम निकलने को था। मैंने राकेश से इस तबादले को कैंसिल करने की संभावना के बारे में पूछा था। तब राकेश के उत्तर ने मुझे भीतर तक हिला दिया था,

“वेणु मैं कौन सा पाली छोड़ कर जाना चाहता हूँ, यहाँ मेरी कितनी जान पहचान है, दोस्तो की अच्छी कंपनी है और सहारनपुर में न जाने कैसे लोग मिलेंगे, मैं वहां पूरी तरह से बोर हो जाऊंगा।”

राकेश की अच्छी ‘कंपनी’, हुंह, मिसेज मित्रा मुझे फूटी आंख नहीं सुहाती थी।

दुनिया भर का मेकअप थोप कर मर्दों के साथ हंसी-ठट्ठा और उसका पति, मि मित्रा चपरासी की भांति खीसें निपोरते हुए पीछे चलता रहता था। चलो सहारनपुर जाने से इससे पीछा छूटेगा यह सोचते हुए मैंने संतोष की ठंडी सांस ली थी। मैं घर पर

बच्चों के साथ व्यस्त रहती थी और राकेश अपनी अच्छी कंपनी में खुश रहने लगे थे, उनका रात देर से लौटना धीरे-धीरे आदत बन गया था।

अपना सामान बांध कर लावा-लश्कर समेत हम सहारनपुर पहुँच गये थे। राकेश ने बिल्कुल सही कहा था,सभी काम निपटाते हुए मेरा बुरा हाल हो जाता था। बच्चों के लिए कोई ढंग की आया नहीं मिल रही थी जैसे- तैसे घर के काम के लिए एक अच्छी बाई मिल गयी थी। मेरी हालत दिन पर दिन बिगड़ती जा रही थी। परेशान होकर मैंने माँ को कुछ समय के लिए सहारनपुर आने के लिए पत्र लिखा था। मुझे बिल्कुल भी आशा नहीं थी कि माँ स्वयं न आकर नैना को भेज देंगी। राकेश का सीमाहीन खुलापन और आशिकाना मिज़ाज मुझे भीतर तक डराने लगा था। मेरे लिए नैना जैसी जवान और खूबसूरत लड़की को घर में रखना उचित नहीं था। बेचारी माँ उसके दामाद को जानती ही कहाँ थी, शादी के बाद राकेश पीलीभीत मुश्किल से दस दिन भी नहीं रहे थे। मैं जब कभी पीलीभीत चलने का आग्रह करती थी तब राकेश चिढ़ जाते और कहते थे,

"उस कोयले की खान में एक ही हीरा था और उसे मैंने चुरा लिया अब वह मेरे पास है,मुझे वहाँ जाने की कोई आवश्यकता नहीँ है। पीलीभीत में मेरे लिये एक दिन भी व्यतीत करना आसान नहीं।"

तब नैना छोटी बच्ची दिखती थी,किन्तु अब उसके चेहरे से नज़र नहीं हट रही थी। पांच फुट और सात इन्च का कद, मख्खन जैसी काया और दूध सा धुला रंग मैं समझ नहीं पा रही थी कि वह किस प्रकार मेरी सहायता कर सकती थी। मैने तुरंत माँ को फोन लगाया था, पांच- छः घंटियो के बाद माँ ने फोन का रिसीवर उठाया था,

"हैलो, कहो वेणु बेटा नैना पहुँच गयी? उसे कोई भी काम बताने में संकोच मत करना। उसे मैने तुम्हारी सेवा करने के लिये ही सहारनपुर भेजा है। जब तक तुम्हारा कोई उचित बन्दोबस्त नहीँ हो जाता उसे वापस पीलीभीत भेजने के बारे में सोचना भी नहीं यहाँ उसकी किसी को भी आवश्यकता नहीं है।"

माँ की मेरे लिये चिन्ता जानकर मेरे मुँह से कोई भी बात नहीं निकल सकी थी।मैंने भी अपने आप को समझा लिया था कि मैं व्यर्थ में ही ज्यादा सोच रही थी,फिर भी मन अंदर से व्याकुल और आशंकित था। मैने तय कर लिया था कि मुझे जरा भी लापरवाही नहीं बरतनी चाहिए।

नैना बहुत शीघ्र ही बच्चो से घुल-मिल गयी थी, बच्चे भी उसे पसंद करने लगे थे। सबसे अधिक संतोष की बात यह थी कि नैना राकेशजी से हमेशा दूरी बनाए रखती थी, राकेश की बातों का एक छोटा सा उत्तर,जैसे किसी ने उसे पूरी ट्रेनिंग दे कर और समझा बुझाकर भेजा था। अचानक मुझे लगने लगा था कि इस सबके पीछे बुआजी के अलावा और कोई नहीं हो सकता था। बस एक प्रश्न मेरे दिमाग को झकझोरने लगा था, बुआजी? परन्तु कैसे? मेरी याददाश्त के अनुसार बुआजी और राकेश का आमना-सामना कभी भी पांच -दस मिनट से अधिक नहीं हुआ था। राकेश की ज्यादा बातें करने की आदत मुझे भी पसंद नहीं थी। जो भी था मेरे लिए अच्छा था,फिर भी मैं अपने आप को हमेशा तनावग्रस्त पाती थी। नैना मुझसे भी बहुत कम बात करती थी, बस काम से काम और "हाँ"और "नहीं" । इस सबके बावजूद मेरी रातों की नींद उड़ गयी थी, एक ही प्रश्न खाये जाता था कि आखिर इस लड़की के मन में क्या चल रहा था। नैना ने सहारनपुर आने के बाद मुझसे एक बार के अतिरिक्त पीलीभीत लौटने का जिक्र नहीं किया था, तत्पश्चात मैंने भी उससे वापस पीलीभीत जाने के बारे में कुछ नहीं पूछा था।

राकेश की आँखो की चमक और बेपरवाही मुझे कचोटने लगी थी। बाथरूम में गुनगुनाना, आफिस से एक लंबे समय के बाद जल्दी घर लौटना, मेरे तानों को अनसुना करना इत्यादि। इन लक्षणों ने मेरा दिन का चैन और रातों की नींद छीन ली थी।

एक दिन शाम के समय बच्चे नजदीक के पार्क में खेलने जाना चाहते थे, नैना ने जूही और दीनू को तैयार कर दिया था और स्वयं भी तैयार हो गयी थी। नारंगी रंग की साड़ी और मेरे द्वारा दिये गये कानों के बुन्दे उस पर सुन्दर लग रहे थे। मेरे लिये यह एक मौका था उसका ध्यान कहीं बाहर लगाने का इसलिए मैंने बहुत जोश के साथ अनुमति दी थी,

"हां, क्यों नहीं बच्चो को अच्छा लगेगा और तुम भी दिन भर घर में –"

मेरा वाक्य पूरा भी नहीं हुआ था और दीनू नैना को घसीटकर बाहर निकल गया था।

पार्क में जाने का सिलसिला जूही और दीनू को अच्छा लग रहा था, नये दोस्त और उनके खेलना उन्हे पसंद आ रहा था। एक दिन जूही ने किसी अमन भैया और

उनके साथ हंसी मजाक का जिक्र किया था, मैं उनके देर से लौटने का कारण समझ गयी थी। मुझे सचमुच बहुत शांति और खुशी मिली थी। एक दिन आफिस से जल्दी लौटने और तीनों की अनुपस्थिति से नाराज होकर राकेश उल्टे पैर पार्क की और चले गये थे। पंद्रह-बीस मिनट में राकेश भुनभुनाते हुए जूही,दीनू और नैना के साथ लौट आए थे।

जूही पैर पटकते हुए कमरे में चली गयी थी, दीनू सुबकते हुए आ कर मेरी गोद में बैठ गया और नैना बेफिक्र, मुस्कुराते हुए आंगन में डटी रही थी।

समय के साथ मेरी परेशानियाँ बढ़ती जा रही थी। मैं किससे क्या कहूँ कुछ समझ नहीं पा रही थी। बुआजी रेणु दीदी के पास लखनऊ में है ऐसा माँ ने बताया था किन्तु क्यों इसका उत्तर माँ के पास नहीं था अथवा वह बताना नहीं चाहती थी।

राकेश के चेहरे की रंगत और नैना का अपने आप को सुन्दर दिखाना मुझसे सहन नहीं होता था मेरे द्वारा दी गई वस्तुएं उस पर बहुत जचती थी इसलिए मैंने अपनी पुरानी वस्तुऐं उसे देना बंद कर दिया था,मन करता था अपनी सभी वस्तुऐं वापस छीन कर महरी को दे दूँ।

रेणु दीदी का दो-तीन बार फोन आया था किन्तु मैंने चुप्पी साध ली थी, क्या कहूँ समझ नहीं पा रही थी। ऐसा महसूस होता था कि मैं एक गहरी खाई में गिर गई हूँ और मुझे बाहर निकलने का कोई रास्ता नहीं नज़र आता था।

(7)

नैना

अचानक फोन की घंटी बजी किन्तु मैंने सोचा मुझे कौन फोन करेगा वेणु दीदी देख लेंगी। फोन की घंटी घनघनाती रही और वेणु दीदी सोती रही थी।

मैंने फोन का रिसीवर उठाया दूसरी ओर से राकेश जी का स्वर सुनाई दिया,

“नैना तुम अभी इसी समय लखनऊ फोन करो और अपनी माँ से बात करो” इसके अतिरिक्त और कुछ नहीं कहा और रिसीवर पटक दिया।

उनके बात करने के तरीके से कड़वाहट साफ झलक रही थी, क्या हुआ मैं समझ नहीं पा रही थी। मैं बीस -पच्चीस मिनट इस पेशोपेश में खड़ी रही कि माँ से क्या कहूँ, कैसे कहूँ? बहुत हिम्मत जुटा कर मैंने नंबर डायल किया। रिसीवर रेणु दीदी ने उठाया था किन्तु कुछ भी कहे, सुने बगैर रिसीवर नीचे रख दिया था एक मिनट के बाद माँ की आवाज़ सुनाई दी गला रुंध रहा था,

“बेटी तुझे माँ की जरा सी भी फिक्र नहीं,मैं अब बहुत कम दिनों की मेहमान हूँ। तू मुझे जीवित देखना चाहती है तो तुरन्त लखनऊ आजा, हम साथ में पीलीभीत लौट जाऐंगे।” आगे और कुछ नहीं, उन्होंने रिसीवर नीचे रख दिया था।

मुझे आभास हो गया था कि उनकी रुलाई फूट पड़ी थी। मैं एक ऐसे मोड़ पर खड़ी थी जहां से तुरन्त वापस लौटने का अर्थ था सब कुछ लुटा कर खाली हाथ चले जाना। मैं स्वेच्छा से एक दलदल में फंस गयी थी, क्यों? मामी जी से प्रतिशोध, घृणा, उम्र की चपलता अथवा कुछ और, समझ नहीं पा रही थी। मुझे पीलीभीत के बजाय सहारनपुर में रहना अच्छा लग रहा था, मामी जी का रोजाना का खटराग मुझे नागवार था। सहारनपुर में किसी भी प्रकार की कोई तकलीफ नहीं थी पीलीभीत के घुटन भरे माहौल से मुक्त यहाँ बच्चों के साथ समय आराम से गुजरता

था और सबसे महत्वपूर्ण राकेश जी ने मुझे जीवित होने का अहसास करवाया था। मैंने अपने-आप को संयमित किया और झूठ बोला,

"माँ, मैंने यहाँ एक कोचिंग कक्षा में प्रवेश ले लिया था, अब केवल दस दिनों की कक्षाएं शेष रह गयी हैं—-"

इतना बोल कर मैं रुक गयी थी, आँसू टपक रहे थे, जुबान लड़खड़ा रही थी। इससे अधिक झूठ बोलना मैंने सीखा ही नहीं था। मैंने पुनः कोशिश की और बस इतना ही बोल पायी थी,

"मैं यहाँ एक महायुद्ध की तैयारी कर रही हूँ।" मैंने फोन काट दिया और रिसीवर नीचे रख दिया था।

मेरे अपने शब्द कानों में हथौड़े की तरह प्रहार कर रहे थे। अपने आप को संभालते हुए मैं कमरे में चली गई और दरवाजा बंद कर लिया था। मैं बिल्कुल भी रोना नहीं चाहती थी, जिस दृढ़ता के साथ मैंने एक फैसला लिया था उसी दृढ़ता के साथ उस पर कायम रहना चाहती थी।

पीलीभीत से मामीजी ने एक गेंद की तरह उछाल कर मुझे सहारनपुर फैंक दिया था। मेरी इच्छा, मेरी स्वीकृति, मेरी बीमार माँ, किसी की भावना की कोई भी कद्र नहीं थी। हमारा कोई वजूद नहीं था, सिर पर छत और दो वक्त की रोटी ने हमें पराधीन कर दिया था। मामाजी, श्री चन्द्र प्रकाश हमें पूरा विश्वास दिला कर पीलीभीत ले गये थे कि हम परिवार के सदस्य थे और उस अधिकार के साथ सबके साथ रहेंगे। हमारा दुर्भाग्य था कि मामाजी भी हमें छोड़ कर चल बसे थे। मामाजी ने मामीजी का हाथ पकड़ कर कहाथा "तुम नैना और बहिन का पूरा ख़याल रखना।"

यह मामाजी के अंतिम शब्द थे तत्पश्चात उनकी आवाज़ चली गई थी, उनकी सांसे बस और दस दिनों की मेहमान थीं।

पीलीभीत से सहारनपुर तक की यात्रा एक डरावने सपने की तरह मुझे कंपकपा देती थी। वेणु दीदी के घर में घुसते ही 'स्वागत' के शब्दों ने मेरे रोम-रोम को पीड़ा की आग में झौंक दिया था। राकेश जी और वेणु दीदी के स्वार्थ से सराबोर शब्दों ने मेरे हृदय को चीर डाला था। यह दर्द एक नासूर बन कर दिन प्रतिदिन घृणा की गरमी के साथ बह रहा था।

मेरी प्राथमिकता थी मैं वेणु दीदी की अधिक से अधिक मदद करूँ क्योंकि मेरे सहारनपुर के प्रवास का उद्देश्य यही था। वेणु दीदी और बच्चों की देखभाल करते हुए पूरा दिन बीत जाता था। मामीजी ने मुझे, अपने बाबूजी की राजकुमारी को एक श्रमिक से अधिक और कुछ नहीं माना था। जूही और दीनू स्कूल से आने के पश्चात अधिकाँश समय मेरे आसपास ही रहते थे। शुरुआत में वेणु दीदी ने राहत की सांस ली थी किन्तु गुजरते दिनों के साथ उनका व्यवहार शुष्क होता गया था यह रूखापन बढ़ते-बढ़ते कड़वाहट का रूप ले रहा था। यह क्या मेरा कसूर था कि राकेश जी मेरे पीछे-पीछे रसोई में चले आते थे, अपनी छोटी- छोटी जरूरतों के लिए मेरा नाम पुकारते थे। सच कहूं तो मुझे घर में मेरी उपस्थिति का अहसास होने लगा था। नित्य- प्रति की खटपट से ऊब कर राकेश जी ने मेरा पीछा करना बंद कर दिया था किन्तु अवसर मिलते ही बिना इजाज़त मेरे कमरे में घुसना प्रारम्भ कर दिया था। मैंने वेणु दीदी का हवाला देते हुए नाराजगी भी जताई थी किन्तु उनके चेहरे पर शर्म का कोई भाव नहीं दिखाई दिया था। धीरे-धीरे राकेश जी का व्यक्तित्व,उनका विस्तृत ज्ञान मुझे प्रभावित करने लगा था, उनकी मीठी बातें और हंसी मजाक मुझे भाने लगे ऐसा महसूस होता था कि कोई तो है जिसे मेरी फिक्र थी,मेरा मन बहलाता था। मैं समझ ही नहीं पाई कि कब मैं राकेश जी के वशीभूत होती चली गयी थी। वेणु दीदी की छटपटाहट और नाराजगी में मुझे एक क्रूर आनंद आने लगा था, क्या यह मामीजी के दुर्व्यवहार का प्रतिशोध था? क्या यह मेरी निर्लज्जता थी? रसोई में गैस पर रखे पतीले पर आँखे जमी होने के बावजूद दूध पतीले से उफन कर बहने लगता है। 'अंगुली पकड़ते-पकड़ते हाथ पकड़ लेना' यह मुहावरा किसी महाज्ञानी ने जीवन के अनुभवों का निचोड़ निकाल कर ही बनाया होगा। बात करते हुए मेरी कलाई पकड़ लेना, मेरे बालों में प्यार से अँगुलियाँ घुमाना एक आम बात हो गयी थी। मुझे समीप आने वाले खतरे की आहट सुनाई देने लगी थी, किन्तु राकेश जी के सानिध्य का हर लम्हा वर्षो के पश्चात बंजर भूमि पर बरसने वाली ठंडी फुहार से कम नहीं था। राकेश जी का मुझे बाहों मे भरने का प्रयत्न और यह सिलसिला कदम दर कदम आगे बढ़ता चला गया था।

एक रात मुझे लगा वेणु दीदी मेरे कमरे के दरवाजे तक आईं और वापस लौट गयी थी। कुछ समय बाद मियां बीबी के झगड़े के मोटे-मोटे शब्द और तीखे बाण मुझे सुनाई दे रहे थे।

वेणु दीदी ने बार-बार मुझे पीलीभीत लौट जाने के लिए कहना शुरू कर दिया था किन्तु मेरे क्षत-विक्षत हृदय के जख्मों पर राकेश जी द्वारा लगाये गये मरहम ने अहंकार का रूप ले लिया था। एक दिन मैंने पूछ ही लिया था,

"दीदी मैं यहां केवल दस -पंद्रह दिनों के लिए ही आई थी किन्तु इससे पहले आपने कभी भी मेरे वापस लौट जाने के बारे में विचार क्यों नहीं किया?"

अनेक बार माँ से बात करने का मन करता था किन्तु यह सोचकर हिम्मत नहीं हुई थी कि उनसे क्या कहूँ। मुझे सुनाते हुए, वेणु दीदी ने अपनी माँ से अपनी समस्या का समाधान पाने के लिए राकेश जी के सुपर बास से शिकायत करने का मशवरा भी मांगा था उनकी माँ, भार्गव परिवार की 'चाणक्य' ने क्या कहा मुझे नहीं मालूम।

वेणु दीदी की मनोदशा कुछ बिगड़ने लगी थी। एक रविवार को उन्होंने राकेश जी के सामने संदूक से गुलाबी लहंगा और चोली निकाल कर जला दिया था। बच्चे सहम कर मेरे कमरे में आ गये थे। मैंने दोनों को अपनी छाती से लगाकर रेडियो 'फुल वाल्यूम' पर कर दिया था। बच्चों को पानी पिलाया एवम् जो चॉकलेट राकेश जी मेरे लिए लाये थे हमने मिलकर खत्म कर दी थी। शाम को पुष्पा ने आकर दरवाजा खटखटाया और मैंने दरवाजा खोला था। मैंने बाहर आकर देखा तूफान के बाद की शांति छाई हुई थी। महरी बर्तन साफ कर रही थी, और मिसरानी खाना पका रही थी, मैं अपने पानी का जग भरने के लिए रसोई में घुसी तब मिसरानी बोली थी, "साहब और मेम साहब खाना बाहर खाएंगे आप जूही और दीनू के साथ भोजन कर लीजिए।"

मैं बच्चों के लिए प्लेट में खाना परोस कर रसोई से बाहर निकल आई थी। जूही ने चुपचाप खाना शुरू कर दिया था, किन्तु दीनू जिद्द कर रहा था इसलिए मैंने उसे अपने हाथों से खिलाना शुरू कर दिया था। मैं अनुभव कर रही थी बच्चे बहुत भूखे थे और मुझे भी बहुत भूख लगी थी पिताजी ने सिखाया था कुछ भी हो जाए अपना क्रोध अन्न पर नहीं निकालना चाहिए। कुछ समय बाद जूही और दीनू सो गये थे। रात के दस बज गये किन्तु वेणु दीदी और राकेश जी वापस नहीं लौटे थे। मैंने अपनी प्लेट लगाकर धीरे-धीरे खाना शुरू कर दिया था, मैं वेणु दीदी और राकेश जी के चेहरों के भाव पढ़ना चाहती थी, लेकिन उन दोनों ने भी संभवतः कुछ तय कर लिया था।

उस रात राकेश जी मेरे कमरे में नहीं आये। सच कहूं एक टीस पूरे बदन को झनझना गयी थी, दिमाग में हजारों तूफान उठ रहे थे, नींद आँखो से कोसों दूर

थी। यकायक अपमानित, अभिमानी नारी ने मेरे विचारों को हाँकना शुरू कर दिया था, मैं बेवजह मेरी तुलना वेणु दीदी से करने लगी थी। मैं भरपूर यौवन की दहलीज पर खड़ी थी और वेणु दीदी,दो बच्चो की माँ भला मुझसे ज्यादा सुन्दर और आकर्षक कैसे हो सकती थी, हंसी और कंटीली मुस्कराहट मेरे खिलौने थे जिनसे मैं खेल रही थी। मुझे याद नहीं वेणु दीदी कब हंसी या मुस्कराई थी। इस सोच ने फैसला सुना दिया था और मन में हुंकार उठी कि अब राकेश जी मुझे छोड़ नहीं सकते। मैं समझ नहीं पा रही थी उद्वेगों का यह खुला प्रवाह कहां बह रहा था,इसके आगे क्या?

सुबह के नौ बज रहे थे,मैंने तय कर लिया था कि मैं राकेश जी के आफिस जाने के बाद ही बाहर निकलूंगी। वेणु दीदी ने मेरे कुर्सी पर बैठते ही बिना किसी भूमिका के कहना शुरू किया था,

"बुआजी, रेणु दीदी और माँ के फोन आ रहे थे इसलिए मैंने राकेश से कहा है कि वह तुम्हारे लिए लखनऊ के लिये टिकट ले कर लौटे।"

मैंने कुछ भी नहीं कहा और चुपचाप चाय पीने लगी थी।चाय पीते हुए मन के एक कोने ने मुझे आश्वस्त किया था कि राकेश जी टिकट लेकर नहीं आएंगे। सात बजे राकेश जी का फोन आया कि वह किसी सहयोगी के साथ 'डिनर' कर रहे थे।

वेणु दीदी फोन पर बात कर रही थी। किससे? मेरी माँ से,अपनी माँ से, रेणु दीदी से?मुझे मामीजी की तनिक भी परवाह नहीं थी किन्तु मेरी माँ क्या उत्तर दे सकती थी, उसके प्राण निकल सकते थे। मैंने हिम्मत जुटा कर वेणु दीदी से कहा था,

"कृपया मेरी माँ को कुछ भी मत बताइयेगा वह बीमार है, उनके प्राण निकल जाएंगे। जो कुछ भी कहना है मैं स्वयं कह सकती हूँ।"

"अच्छा!!!!!!"

वेणु दीदी की त्योरियां चढ़ गयी थी और आँखे बाहर निकल आने को थीं, उन्होंने भोजन नहीं किया था और ड्राइंगरूम में सोफे पर पैर फैला कर राकेश जी के आने का इन्तजार कर रही थी। मैं भोजन कर अपने कमरे में बंद हो गयी थी। मन बहुत व्याकुल था, सागर की लहरों की भांति चट्टानों से टकरा कर तितर-बितर हो रहा था। कैसे एक स्वच्छ जल का रैला बहते-बहते गंदा और अशुद्ध हो जाता है।

पीलीभीत में व्यतीत किये गये दिन, माँ के बहते हुए आँसू, अपनी बुआ के संरक्षण में नरेन्द्र की बदतमीज़ी, पीलीभीत से सहारनपुर तक का सफ़र इन सभी घटनाओं ने मुझे बदल कर रख दिया था। ईश्वर की शपथ जो कुछ हो रहा था उसकी मैंने कभी चाह या कल्पना तक नहीं की थी।

वेणु दीदी और मैं नाश्ता कर रहे थे, उनके एक हाथ में चाय का प्याला और दूसरे हाथ में अखबार थामे वह पढ़ने का नाटक कर रही थी कभी-कभी चुपके से मुझे देखते हुए मैंने उन्हे पकड़ लिया था। अचानक मुझे न जाने क्या हो गया था मैं पूछ बैठी थी,

"दीदी क्या हम दोनों इसी तरह एक साथ नहीं रह सक—"मेरा वाक्य पूरा भी नहीं हुआ था वह झपट कर खड़ी हो गई थी और मैं कुछ समझ पाती इसके पहले ही उन्होंने जोर से एक चाँटा मेरे गाल पर मारा और भुनभुनाते हुए अपने कमरे में चली गयी थी। मैं हतप्रभ् बुत बनी खड़ी थी, मैंनेफैसला कर लिया था मुझे राकेश जी का सामना उनकी पत्नी की उपस्थिति में ही करना था। मैं पूछना चाहती थी कि मेरे भविष्य के बारे में वह क्या सोच रहे थे। दो दिनों के घटनाक्रम में मुझे मेरी दशा शिकारी के जाल में फंस गयी बेबस चिड़िया जैसी लगने लगी थी।

मैंने शाम का भोजन बच्चों के साथ जल्दी खा लिया था और अपने कमरे में चली गयी थी। अचानक दरवाजे को धकेल कर वेणु दीदी ने कमरे में प्रवेश किया और एक कुटिल मुस्कान के साथ लखनऊ का टिकट मेरे बेड पर फैंकते हुए कहने लगी थी,

"टिकट देख लेना, अपना सामान समेट लो आज रात की ट्रेन है। जरा जल्दी करना केवल एक घंटा शेष है।"

"रात की ट्रेन है" यह जुमला सुनते ही मेरे तन बदन में आग लग गयी थी, मैंने लपक कर टिकट उठाया और उसके दो टुकड़े करके वेणु दीदी के मुँह पर फैंक दिये थे।

"अपने पति से पूछिएगा मेरे साथ किया गया उनका व्यवहार किस रिश्ते की परिधि में आता है? मैं कोई खिलौना नहीं जिसके साथ कोई भी राकेश खेल कर हाथ झाड़कर निकल जाये।"

वेणु दीदी ने कोई भी जवाब नहीं दिया और कमरे से बाहर निकल गयी थी। मेरी सहनशक्ति जवाब दे चुकी थी, मैं अपना आपा खो बैठी थी और मैं भी उनके पीछे

कमरे से बाहर निकल आयी थी। राकेश जी आंगन में खड़े अपने दोनों कान मेरे कमरे की ओर चिपकाये अपने शिकार की मनोदशा का जायजा ले रहे थे।

"राकेश जी मैंने आपकी धर्म पत्नी से एक पश्न पूछा किन्तु उनके पास कोई जवाब नहीं क्योंकि मेरे प्रश्न का उत्तर आपके पास है।"

राकेश जी ने बिना नजर मिलाए बस इतना कहा था,

"देर हो रही है गाड़ी का समय हो रहा है, अपना सामान ले कर आओ मेरा ड्राईवर तुम्हें स्टेशन छोड़ आएगा।"

मैंने तय कर लिया था कि मैं राकेश जी के मुँह से उनका अंतिम निर्णय सुनकर ही रहूँगी।

"वाह-वाह, दिन ढलने के पश्चात ही आपका असली चेहरा सामने आता है आज इतनी घबराहट क्यों हो रही है? आपने यह कैसे मान लिया कि आप मुझे कभी भी घर छोड़कर चले जाने का आदेश देने का अधिकार रखते हैं। मेरे बदन को छूते हुए आपकी मानसिकता क्या थी, एक जानवर से अधिक कुछ और नहीँ। मैं अपनी फरियाद लेकर पहले आपके विभाग के सबसे शीर्ष ऑफिसर और तत्पश्चात परिवार और समाज के पास जाऊँगी।"

वेणु दीदी राकेश जी का हाथ पकड़कर उन्हे खींचते हुए उनके कमरे में ले गयी थी और जोर से दरवाजा बंद कर लिया था। मैं एक निरीह, घायल प्राणी की तरह खड़ी रह गई थी। मुझे अपने-आप पर शर्म आने लगी थी, एक संभ्रांत परिवार में जन्म लेने वाली संस्कारी लड़की का इस तरह से शालीनता की सारी हदे तोड़ देना मुझे अच्छा नहीं लग रहा था लेकिन कौन बता सकता था कि मैं क्या करूँ। जो कुछ भी हो, मैं ही दोषी हूँ इस बात को मैं किसी भी कीमत पर स्वीकार नहीं कर सकती थी। घिसटते हुए कदमों से मैंने अपने कमरे में जाकर दरवाजा बंद कर लिया था और निढाल बिस्तर पर गिर गयी थी।

सुबह के नौ बज रहे थे, ब्रश करते हुए मुझे लगा वेणु दीदी किसी से वार्तालाप कर रही थी और आदमी की आवाज़ बहुत जानी पहचानी लग रही थी। मैंने कौतूहल वश जरा सा दरवाजा खोल कर झाँका वेणु दीदी नरेन्द्र से बातचीत कर रही थी। नरेन्द्र को देखकर मैं हक्की- बक्की हो गई थी। इस कमीने प्राणी को मामी जी ने भेजा था अथवा वेणु दीदी ने कोई योजना बना कर बुलाया था, इस प्रश्न का उत्तर कौन दे सकता

था? मेरे पूरे शरीर में झुरझुरी छूट रही थी,यह व्यक्ति किस उद्देश्य से आया था और पीलीभीत जाकर क्या हंगामा कर सकता था इसका उत्तर मेरे जहन में पूर्णतः स्पष्ट था।

नरेन्द्र मेरे कमरे के दरवाजे पर खड़ा होकर जोर-जोर से मेरा नाम पुकार रहा था किन्तु मैंने इस पर कोई भी ध्यान नहीं दिया था। जैसा कि उसका उतावला स्वभाव था उसने मेरे कमरे का दरवाजा पीटना प्रारंभ कर दिया था,किन्तु मेरा दरवाजा खोलने का कोई भी इरादा नहीं था। अन्ततः परेशान होकर मैंने भड़ाक से दरवाजा खोला और वही हुआ जो होना था, नरेन्द्र कुमार मेरे कमरे की चौखट पर धड़ाम से गिर गया था। वेणु दीदी के लिये यह दृश्य उनकी सहनशीलता के बाहर था वह भागते हुए आयी और नरेन्द्र को सहारा देते हुए पूछा,

"तुम्हें कोई चोट तो नहीं आयी?" फिर मेरी तरफ देखते हुए कहने लगी थी,

"बेशर्मी की भी हद होती है क्या कोई घर आए मेहमान के साथ इतना बुरा सलूक करता है।"

नरेन्द्र बार-बार कह रहा था किउसे चोट नहीं आई फिर भी वेणु दीदी अपनी झल्लाहट छुपा नहीं पा रही थी और नरेन्द्र को खीजते हुए बोली थी,

"तुम्हें इस लड़की से मिलने की इतनी क्या जल्दी थी जब वह नाश्ता ठूंसने आती तभी मिल लेते"

नरेन्द्र जैसे शातिर को समझने में समय नहीं लगा होगा कि मामला कुछ गंभीर था। वेणु दीदी के इस ताने के बाद बाहर जाकर नाश्ता करने की मेरी इच्छा बिल्कुल खत्म हो गई थी। मैं शाम होने की प्रतीक्षा करते हुए सो गई थी। जब मेरी आँखें खुली पांच बज चुके थे राकेशजी के आफिस से लौटने का समय हो रहा था, मैं पिछली रात के तनाव के कारण ठीक से सो नहीं पायी थी इसलिए बिना स्नान किये ही सो गयी थी। मैंने शीघ्रता से सब कुछ निपटाया और तैयार हो गयी थी। राकेशजी आफिस से आ गये थे मैने दरवाजे से झांक कर देखा राकेश जी नरेन्द्र के नमस्ते को अनदेखा करते हुए अपने कमरे में घुस गए थे।

दस मिनट भी नहीं बीते थे कि दरवाजा खटखटाने की आवाज सुनाई दी थी, मैंने शांति के साथ दरवाजा खोला सामने राकेश जी थे।

"नैना! वेणु बता रही थी तुम दोनों में कुछ अनबन हुई है और तुम सुबह से कमरे में बंद हो, आओ हम सभी साथ खाना खा रहे हैं।"

इतना कह कर राकेश जी चले गए थे। यह कौन सी चाल थी मैं समझने की कोशिश कर रही थी। मैंने जल्दी से मेरी मनपसंद पीले रंग की साड़ी पहनी और जूड़ा बनाकर डाईनिंग रूम में चली गयी थी। मुझे देखकर वेणु दीदी का चेहरा बुझ सा गया था किन्तु नरेन्द्र के चेहरे पर चमक छा गयी थी, वह कुछ गलतफहमी का शिकार हो गया था। राकेश जी की आँखे कुछ पलों के लिए मेरे ऊपर ठहर गई थी किन्तु उन्होंने शीघ्र ही निगाहें फेर ली थी। नरेन्द्र मुझे एकटक घूर रहा था और मुझे अटपटा लग रहा था। खाना खाते हुए नरेन्द्र ने बड़े नाटकीय ढंग से कहा था,

"नैना! तुम बहुत सुन्दर लग रही हो क्या बात है तुम सहारनपुर आ कर बेहद खूबसूरत हो गयी हो।"

वेणु दीदी ने बिना समय खोए तपाक से बोला था,

"अरे, किस बात की देर है तुम दोनो का विवाह संपन्न करवा देते हैं तुम नैना को यहाँ से ही विदा करा के ले जा सकते हो।"

मेरे क्रोध की कोई सीमा नहीं थी, मैंने प्लेट को एक तरफ खिसका दिया और अपने कमरे में जाकर दरवाजा बंद कर लिया था। मुझे अब पूर्ण विश्वास हो रहा था कि नरेन्द्र का आगमन कोई इत्तेफाक नहीं था, यह मामीजी और वेणु दीदी का बड़ा षडयंत्र था, किन्तु मैं कोई छोटी बच्ची नहीं थी कि कोई मेरा जबर्दस्ती विवाह करवा सकता था।

सुबह के दस बज रहे थे,नरेन्द्र मुझे आवाज दे रहा था कि मैं बाहर निकलकर नाश्ता कर लूं। मैं तड़के उठ कर अपना चाय नाश्ता बना कर कमरे में ले आई थी क्योंकि मैं नरेन्द्र का सामना नहीं करना चाहती थी। मैंने उसकी पुकार को अनसुना कर दिया था। जब से यह नरेन्द्र आया था मैं बच्चों से भी बात नहीं कर पा रही थी, पूरा समय कमरे में बंद रहना किसी सजा से कम नहीं था। लगभग दो घंटो के पश्चात किसी के द्वारा कमरे का दरवाजा थपथपाने की आवाज़ सुनाई दी थी, दरवाजा खोला तब देखा नरेन्द्र खड़ा था उसने कमरे में प्रवेश करते हुए कहना शुरु किया था,

"नैना, मैं आज वापस पीलीभीत लौट जाऊँगा इसलिए तुमसे मिलने आया हूं। बल्कि सही कहूँ तो तुमसे आखिरी बार पूछता हूँ कि तुमने हमारे विवाह के लिए क्या फैसला किया है?"

मैंने बिना एक क्षण गंवाऐ उसके प्रश्न का जवाब दिया था,

“नरेन्द्र तुम यह मुझसे पहले भी कई बार पूछ चुके हो और मेरा उत्तर आज भी नहीं है।”

जैसा नरेन्द्र का स्वभाव और चरित्र था उसने कहना प्रारंभ कर दिया था,

“तुम यहाँ क्या कर रही हो? वेणु दीदी भी कह रही थी उन्हे तुम्हारी कोई जरूरत नहीँ है, तुम जबरदस्ती यहाँ रह रही हो। तुम कब तक यहाँ पति की तलाश करती रहोगी या तुम्हें कोई मिल —-”

मैंने बिना कुछ कहे नरेन्द्र को बाहर निकल जाने का इशारा किया था और स्वयं बाथरूम में घुस गयी थी।

मन बहुत उत्तेजित और अशांत था। वेणु दीदी ने मुझे प्रताड़ित करने के लिए नये-नये पैंतरे अपनाना शुरू कर दिया था। बच्चे भी मुझे देख कर अपनी माँ की गोद में जा बैठते थे। मैंने समझ लिया था कि मेरा सहारनपुर छोड़ कर जाना ही उचित था। वेणु दीदी नारी होकर भी मुझे ही अपराधी समझती थी, उनके पति ने शालीनता की संपूर्ण मर्यादाएं तोड़कर एक कुंवारी लड़की का कौमार्य भंग किया था लेकिन उन्हे अपने पति से कोई शिकायत नहीं थी। समाज ने सदैव स्त्री को ही पतिता, कुलटा, लज्जाहीन इत्यादि उपनामों से अपमानित किया है, पुरुष प्रधान समाज में पुरूष के सौ खून माफ। मेरे मन में पराजय की जो आग जल रही थी उसका कोई निदान नहीं था।

पूरी रात सही गलत की व्याख्या करने में गुजर गयी थी, मैंने इस घर को त्याग देने का निर्णय कर लिया था। कहाँ जाऊंगी का डर मैंने मन से निकाल फेंका था। बिजली की गति से उठकर मैंने अपना बैग उठाया और टटोलना शुरू किया, मैं जानना चाहती थी कि मेरे पास कितनी रकम शेष रह गयी थी। कुल मिलाकर बस चार सौ रुपये और एक हजार राकेशजी द्वारा दिये गये मेरे पास थे, जिन्हे मैंने संभाल कर अपने पर्स में रख लिया था। वेणु दीदी द्वारा प्रदान की गयी सभी वस्तुएं मैंने बेड के ऊपर रख दी थी, खिड़की पर सजाकर रखी गयी पुस्तकें वहीँ पड़ी रहने दी, भार के अतिरिक्त और कुछ नहीं था। मैं दरवाजा खोल कर बिना मुड़े बाहर निकल गयी सड़क पर खड़े हुए मैं तय नहीं कर पा रही थी कि क्या करूं,कहां जाऊं,मेरी मंजिल क्या थी? दूर-दूर तक कोई वाहन नहीं नजर आ रहा था किन्तु मैंने रुकना मुनासिब नहीं समझा था और बैग उठाये चलती जा रही थी।

रास्ते में वही दूधवाला सायकिल पर गुनगुनाते हुए पैडल मारते चला जा रहा था, मैने उसे अनदेखा करते हुए चेहरा घुमा लिया था। मैं लगभग एक घंटे के समय में स्टेशन पहुँच गयी थी। थकान के मारे मेरा बुरा हाल था इसलिए सबसे पहले जो बेन्च दिखाई दी थी उस पर धराशायी हो गई थी। मेरे पास मात्र चौदह सौ रुपये थे और टिकट खरीदने के बाद क्या बचेगा मुझे कुछ भी अंदाजा नहीं था। एक विकट प्रश्न मुँह बाए खड़ा था एक टिकट लेकिन कहां जाने का? मेरे इस जीवन में पीलीभीत जाने का कोई संयोग कभी बनेगा इसका मुझे कोई भी अंदेशा नहीं था और लखनऊ जाऊं भी तो कैसे? मुझे लग रहा था इस पूरी दुनिया के दरवाज़े मेरे लिए बंद हो गये थे। थकान और प्यास से मेरा सिर चकराने लगा था। पाँच रुपये की पानी की बोतल खरीदने के लिए खड़ी हुई थी किन्तु पुनः बैठ गयी थी। एक -एक रुपये का महत्व समझ में आ रहा था। एक छोटा लड़का चाय की केतली लिये हुए मेरे पास रुका था, मैंने चाय के लिए मना करते हुए पानी का नल कहां मिल सकता था इसकी जानकारी मांगी थी और सार्वजनिक सुविधा के लिए लगे हुए नल के पास जाकर पानी पिया था। मुझे अहसास हो रहा था कि आसपास से गुजरने वाला प्रत्येक मुसाफिर मुझे घूरता हुआ जा रहा था। मैंने समझ लिया था कि स्टेशन पर इस तरह बैठना अनुचित है और शीघ्र ही किसी भी जगह का टिकट खरीद लेना लाजिमी था। ऐसा लगने लगा था कि पूरे देश की छोड़ो मुझे इस राज्य के बरेली, पीलीभीत, लखनऊ और सहारनपुर के अतिरिक्त किसी अन्य स्थान के बारे में कुछ भी जानकारी नहीं थी। अचानक मेरी दृष्टि अखबार के एक पन्ने पर चली गयी थी जिसे शायद कोई यात्री छोड़ गया था। मोटे अक्षरों में मथुरा से संबंधित खबर छपी थी मैंने तुरंत अखबार वहीँ गिराया और तेज कदमों से टिकट खिड़की तक पहुंच गई थी, एक यात्री टिकट ले रहा था उसके हटते ही मैंने खिड़की के नजदीक मुँह रख कर कहा था,

“एक टिकट मथुरा, क्या कीमत है?”

टिकट खिड़की पर बैठे बाबू को कोई जल्दी नहीं थी उसने बड़े इत्मीनान से पूछा था,

“केवल एक टिकट,अकेली जा रही हैं, किसके यहाँ जा रही हैं?”

मेरे सब्र का बांध टूट रहा था किन्तु मैंने संयमित हो कर रौब से कहा था,

“मैं नेताजी के यहाँ जा रही हूँ जल्दी से टिकट दीजिए मेरी ट्रेन छूट जाऐगी”और एक सौ रुपये का नोट विंडो से अंदर खिसका दिया था। पता नहीं नेताजी के

जिक्र का रौब पड़ा था अथवा कुछ अन्यथा, कुछ नोट और चिल्लर के साथ बाबू ने एक टिकट खिड़की के बाहर खिसका दिया था। शायद टिकट बाबू को कुछ गलतफहमी हो गई थी उसने पाँच सौ रूपये के हिसाब से पैसे लौटाए थे। रूपये उठाते हुए मेरा हाथ कांपा था किन्तु दूसरे ही क्षण उनकी जरूरत की सच्चाई मेरे सामने थी। ईश्वर ने चाहा तो मैं सूद समेत इसी टिकट खिड़की पर स्वयं आकर लौटा दूंगी। टिकट और पैसे मुट्ठी में कस कर पकड़े प्लेटफार्म की तरफ दौड़ पड़ी थी। एक बेंच पर बैठ कर ट्रेन का समय देखा एक घंटा शेष था। पंद्रह रुपये के आलू- पूरी का भोजन और एक पानी की बोतल खरीद कर ट्रेन का इन्तजार करने लगी थी।

दूसरे दर्जे के डिब्बे में मेरी बर्थ थी और मैं डरते हुए जाकर बैठ गयी थी। मुझे कुछ भी जानकारी नहीं थी कि ट्रेन कब मथुरा पहुँचेगी। आसपास के सहयात्री बड़ी अजीब नज़रो से मेरा मुआयना करने लगे थे और मुझसे बातचीत करने के लिए उत्सुक लग रहे थे। मैंने साड़ी के अंचल से अपने-आप को ढक लिया था और आँखे बंद करली थी। अब मेरा दिमाग मशीन की तरह से चलने लगा था मथुरा स्टेशन कब आएगा, गाड़ी से उतर कर मैं कहां जाऊंगी, क्या कोई रिश्तेदार या जान पहचान का यहाँ रहता था, मैं एकदम शून्य थी। मेरे दिमाग में राकेश,वेणु, जूही, दीनू नामों की शख्सियत का कोई वजूद नहीं रह गया था, यह सभी नाम अर्थहीन और फालतू हो गये थे।

दोपहर के चार बज रहे थे ट्रेन मथुरा पहुँच गयी थी, सभी यात्री अपना सामान समेट कर नीचे उतर रहे थे, मैं जड़ के समान बैठी थी, मेरा शरीर सीट से चिपक गया था और मुझे लग रहा था कि बचा हुआ जीवन इस ट्रेन में ही गुजार देना चाहती हूं, यकायक ध्यान आ गया कि मेरे पास टिकट बस मथुरा तक का ही था। मैंने साथ बैठी हुई महिला से पूछा,

"यह स्टेशन मथुरा ही है?"

इसके पहले कि वह महिला कोई उत्तर दे मेरी सहायता के लिये उतावले अन्य नौजवान यात्री ने मेरा बैग उठाने की कोशिश करते हुए कहा था,

"जल्दी उतरिये ट्रेन चलने वाली है।"

मैने अपना बैग उठाया और प्लेटफार्म पर उतर कर खड़ी हो गई थी। मुझे कहीं नहीं जाना था, औ

मेरे पास मथुरा पहुँचने का कोई मंतव्य नहीं था। मैं ट्रेन के सामने कूद कर आत्महत्या कर लूँ इसके अतिरिक्त कोई और रास्ता नहीं था। इस निर्णय पर दुबारा विचार कर ही रही थी कि एक वृद्ध मेरे सामने आ खड़े हुए थे।

“बेटी! तुम्हारा चेहरा कुछ जाना पहचाना सा लग रहा है किन्तु स्मरण नहीं कि तुम्हें कहां देखा था। तुम मथुरा किसके घर आई हो?”

इन वृद्ध का क्या मकसद और मतलब था कुछ भी समझ नहीं पाई थी, मैं इन्हे जानती नहीं थी और कभी कोई मुलाक़ात हुई थी ऐसा याद नहीं आ रहा था। मेरे हावभाव से कुछ अप्रसन्न होकर वह वृद्ध आगे बढने को थे कि मैंने उन्हे रोकते हुए पूछा था,

“मेरे लिए मथुरा बिल्कुल अनजान जगह है और मुझे यहाँ एक रात के लिए रुकना है, क्या आप कोई धर्मशाला का पता बता सकते हैं?”

वृद्ध महाशय ने मुड़ते हुए कहा था,

“बेटी! कुछ याद आ रहा था, मैंने तुम्हें राकेश के विवाह के अवसर पर पीलीभीत में देखा था तुम्हारा वेणु बहू से क्या संबंध है?”

उनके इस परिचय से मैं बेहद घबरा गयी थी, मैंने आव देखा न ताव और तेजी से दौड़ लगाना शुरू कर दिया था। वृद्ध महाशय की स्मृति का लौटना पूरे परिवार में खलबली मचाने के लिए पर्याप्त था। सहारनपुर, पीलीभीत और लखनऊ का त्रिकोण किस तरह की एक भद्दी और अलग तरह की बहस, दोषारोपण और अपने बचाव में उलझ रहा होगा इसका मुझे कोई भी अनुमान नहीं था, किन्तु मेरी माँ के हिस्से में आँसुओ का समुंदर आया होगा इसमें मुझे कोई भी संदेह नहीं था।

मैंने वृंदावन में गुज़र बसर करने वाली महिलाओं की एक टोली को कीर्तन करते हुए निकलते देखा और बिना किसी सोच विचार के इस टोली में शामिल हो गयी थी। क्या मथुरा पहुँचना ईश्वर का एक इशारा था? मैं इन स्त्रियों के पीछे-पीछे चलने लगी थी और दिमाग में एक ही सवाल उमड़ रहा था कि यह सभी कहां रहती हैं मथुरा अथवा वृन्दावन? मैंने अपने वस्त्रों का अवलोकन किया नारंगी रंग की साड़ी पुरानी होने के कारण भगवा दिखने लगी थी।

इस टोली में लगभग बीस स्त्रियाँ थी, दस मिनट के पश्चात यह टोली बायीं तरफ एक गली में मुड़ गयी तब मेरी जान में जान आयी थी, मैंने पीछे मुड़कर तीसरी बार देखा वह वृद्ध महाशय कहीं नहीं दिखाई दिये थे। यह मेरे लिए निर्णय की घड़ी

थी इन स्त्रियों के पीछे चलते हुए वहाँ चली जाऊँ जहाँ यह सब जा रही हैं अथवा मुड़कर कहीँ बैठकर अपने भविष्यके बारे में सोचूं। दिमाग सुन्न होगया था और पैर मानो जमीन में गड़ गये थे भूख और प्यास से बेहाल मेरा शरीर धड़ाम से सड़क पर गिर गया था और मैं मूर्छित हो गयी थी। होश आने पर मुझे अहसास हो रहा था कि मैं एक बिस्तर पर लेटी हुई हूं और वही कीर्तन करने वाली महिलाओं की मंडली मुझे चारों तरफ़ से घेरकर एक प्रश्न चिन्ह बन कर खड़ी हुई थी। मैं अचानक एक झटके के साथ खड़ी हो गयी थी और अपना पर्स और बैग को ढूंढना शुरू कर दिया था।

एक अधेड़ उम्र की सन्यासिन ने मेरा पर्स और बैग हाथ में पकड़ाया ही था कि एक वृद्ध महिला ने पूछा,

"बेटी कहां जा रही हो?"

मेरे मौन ने उनकी उत्सुकता को और बढ़ा दिया था,और उस महिला ने सीधा पूछ लिया था,

"घर छोड़कर भागी हो?"

उनका उम्र का अनुभव था और तीर निशाने पर लगा था, मैंने अपना चेहरा घुटनों में दबाकर ज़ोर-ज़ोर से रोना शुरू कर दिया था। उनमें से दस -पंद्रह स्त्रियां इधर-उधर तितर बितर हो गयी थी और शेष वहीँ बैठ गयी थी। मुझ में रोने की ताकत भी नहीं बची थी किन्तु आसपास मंडराते सवालिया चेहरों से बचने का यही सही तरीका था और मैंने अपना चेहरा घुटनों में दबा कर रोने का कार्यक्रम जारी रखा था। इस तरह कितना समय निकल गया मुझे याद नहीं और मैं बिस्तर पर लुढ़क कर सो गयी थी।

अचानक किसी ने मुझे झिंझोड कर जगा दिया था और वही वृद्ध महिला पानी का ग्लास और थाली लेकर खड़ी थी। उसनै बड़े प्यार से मेरे सिर पर हाथ रखते हुए कहा था,

"बेटी रात होने को आई है तुम्हे भूख भी लगी होगी मैं भोजन लाई हूँ तुम खालो।"

मैंने लगभग छीनते हुये ग्लास लिया और एक ही सांस में उसे खाली कर दिया था। वृद्ध महिला भोजन की थाली रख कर चली गयी थी।

सभी सन्यासी महिलायें एक ओर जमा हो रही थी और कुछ समय में आरती प्रारंभ हो गयीं थी। कुछ श्लोको के साथ समापन किया गया था। यह सभी श्लोक मुझे कंठस्थ थे किन्तु उस समय मैं एक श्लोक भी पूरा नहीं बोल पाई थी। मेरा मन आत्मग्लानी से भर गया था, भक्ति भाव से ओतप्रोत महिलाओं के सत्संग से मन को शांति मिल रही थी।

प्रति दिन माँ के साथ गाते हुए कुछ भजन मुझे भी याद हो गये थे प्रत्येक शिवरात्रि पर माँ, पिताजी और मैं उपवास करते थे, पूरे दिन भजन और श्लोको के साथ पूजा की तैयारियां होती थी। मुझे शिव रुद्राष्टकम् बहुत अच्छा लगता था। सभी सन्यासी महिलाओं के आग्रह पर मैने भी एक भजन 'वृंदावन का कृष्ण कन्हैया 'सुनाया था। सभी को मेरी आवाज बहुत मीठी लगी थी। वृद्ध महिला ने मुझे एक और भजन सुनाने का आग्रह किया किन्तु मुझे स्वयं पर भरोसा नहीं था कि मैं शिवरूदाष्टकम पूरा सुना पाऊँगी। अकस्मात मैने सुनाना शुरू किया, मैं गा रही थी और मेरी आंखो से अविरल अश्रुधारा बह रही थी। भजन पूरा हो गया था और मैं पत्थर की तरह जड़ हो गयी थी उस क्षण मुझे अपनी नियति वृंदावन जाकर ईश्वर की भक्ति में लीन हो जाने की लग रही थी। रात के दस बजे थे सभी लोग सोने की तैयारी में लग गये थे। वृद्ध महिला अपने स्थान से उठ कर मेरे समीप आ कर बैठ गयी और कहने लगी थी,

"बेटी तुम किसी सभ्रांत और संस्कारी परिवार की बच्ची मालूम होती हो तुम्हारे इस हाल का कारण क्या है?"

मुझे अहसास था कि मुझे अपने बारे में बताना ही होगा इससे बचने के लिए मुझे यहाँ से भाग जाना होगा लेकिन कहाँ? दिमाग को यह प्रश्न एक हथौड़े की तरह ठोक रहा था, इसलिये मैंने अपना उत्तर सोच कर रखा था।

"मेरे पिता की मृत्यु के कारण मामा मुझे और माँ को अपने साथ ग्वालियर ले गये थे। जब तक मामा जीवित थे जीवन शांतिपूर्ण तरीके से चल रहा था। मैनै वहीँ कालेज में दाखिला ले लिया था। एक वर्ष पश्चात मामाजी का देहान्त हो गया और हम पर दुखों का पहाड़ टूट पडा था, हमारी हैसीयत एक नौकरानी से ज्यादा नहीं रह गयी थी। माँ ने शीघ्र ही बिना किसी जानकारी और पड़ताल के मेरा विवाह शिवपुरी के परिवार के बेटे के साथ संपन्न कर दिया था। मेरे पति एक अध्यापक थे उन्होने दहेज की कोई भी इच्छा जाहिर नहीं की थी यह कमी मेरी सास को

लगातार खलती रही। एक दिन मेरे पति विद्यालय से लौटते हुए एक्सीडेंट का शिकार हो गये और उनका देहान्त हो गया था। मेरी सास ने मुझे मनहूस बताते हुए घर से निकाल दियाऔर यही मेरी कहानी है। मेरे पास जीने के लिए कुछ भी नहीं है।"

यह कहते हुए मैं फिर फफक-फफक कर रोने लगी थी। वृद्ध महिला बिना एक शब्द बोले उठकर चली गई थी। मेरी कहानी पर उनका विश्वास मेरे लिये गौण था, मुझे केवल सुबह का इन्तजार था।

सुबह जब मेरी आँखें खुली तब मैंने महसूस किया कि कहीं यात्रा की तैयारी हो रही है। एक महिला चाय का कप मेरे हाथ में पकड़ा कर बोली थी,

"तुम चाय पीकर तैयार हो कर अम्मा के पास चली जाओ वह बात करना चाहती हैं। हम सब आज वृंदावन लौट रहे हैं।"

मुझे निर्णय लेना था इन लोगों के साथ वृंदावन चली जाऊँ अथवा यहीं भटकती रहूँ। मैं बुत बनी बैठी थी इतने में एक दूसरी महिला आई और बोली

"जल्दी तैयार हो जाओ हम आज यह धर्मशाला खाली करके वृंदावन लौट रहे हैं अम्मा शायद तुम्हारे ठिकाने के बारे में जानना चाहती है।"

मैं ठिकाने का पश्न दिमाग में लेकर बाथरुम में घुस गयी थी। यकायक जीवन की कठोर सच्चाई का खयाल आया और मैंने बिना किसी जल्दबाजी के ठीक से स्नान करने का फैसला लिया पता नहीं फिर कब मौका मिलेगा।

मैं तैयार होकर अम्मा के सामने जाकर खड़ी हो गयी थी। वह माला जप रही थीं उन्होंने हाथ से इशारा करते हुए बैठने के लिए कहा था। लगभग दो मिनट के बाद उन्होंने बोलना शुरु किया था,

"तुम्हें मालूम हो गया होगा हम सभी वापस वृन्दावन लौट रहे हैं। तुम्हारी कहानी कोई नयी नहीं है इस देश की हजारों माताऐं और बहनें इसी तरह के दुःख से पीड़ित हैं, तुम भाग्यशाली हो शिक्षा तुम्हारे पास है। तुम इधर - उधर भटकने के बजाय अपनी माँ के पास लौट जाओ तुम दोनों एक दूसरे का सहारा बन सकती हो। अभी तुम्हारी उम्र ही क्या है बहुत लंबा जीवन तुम्हारे सामने है।"

मै इस फरमान को सुनकर घबरा गई थी मेरे मुँह से निकल गया था

"मेरी माँ पंद्रह दिनो से लापता हैं कहां गई है कोई नहीं जानता। उन्हे कोई क्यों ढूंढेगा मुझे लगता है वह वृन्दावन ही गयीं होंगी आपका सहारा मिल जाए तो मैं अपनी माँ को ढूंढ सकती हूँ।"

अम्मा कुछ समय तक कुछ नहीं बोली थी, फिर चेहरा आगे करके बोली थी

"मैंने तुम्हारा नाम भी नहीं पूछा क्या नाम है तुम्हारा?"

"स्नेहा "

"बेटी तुमने अभी दुनिया देखी नहीं है तुम्हारी उम्र और रंग-रूप बिना किसी संरक्षण के तुम्हारी दुश्मन है हम सभी लाचार और असहाय स्त्रियाँ किसी का भी सहारा नहीं बन सकती।"

मैंने अधीर होकर अपना आपा खो दिया था और मेरे मुँह से निकल गया था,

"अम्मा अपना जीवन समाप्त कर देने के अतिरिक्त मेरे पास और कोई विकल्प नहीं है।"

हताशा और पीड़ा ने मुझे दबोच लिया था बिना कुछ कहे मैं कमरे से निकल गयी थी मैने रोते हुए अपना सामान समेट लिया और दरवाजे की तरफ बढ़ गयी थी। अम्मा ने मुझे पुकारा

"स्नेहा "

और ऊँची आवाज़ में कहने लगी

"ऊपर वाला तुम्हारी मदद करेगा, तुम हमारे साथ चलो वही होगा जो तुम्हारे भाग्य में विधाता ने लिखा है।"

हम सभी शाम तक वृन्दावन पहुँच गये थे।

अम्मा के पास एक कोठरी थी जिसमे उन्होंने मेरा सामान भी रख लिया था। हम सभी ने भोजन बनाने में मदद की और नौ बजे तक खा भी लिया था। कीर्तन में वह महिलायें भी शामिल थी जो मथुरा नहीं गयी थी। कीर्तन संक्षिप्त था क्योंकि रात हो गयी थी और सुबह जल्दी उठने का नियम सभी पर लागू था।अम्मा ने मुझे सुबह जल्दी उठने के नियम का पालन करने की ताकीद की थी।

वहां सभी स्त्रियों ने बाल बहुत छोटे काट रखे थे,बालों के लिए साबुन और तेल की व्यवस्था एक आर्थिक समस्या थी। श्रृंगार का कोई अर्थ अथवा महत्व नहीं रह गया था, नारीत्व को मजबूरियों ने कुचल डाला था। अब मैं भी इन्ही में से एक थी, मैंने भी स्वयं बाल काट लेने का निश्चय कर लिया था। मेरा निर्णय दिल से ज्यादा दिमाग से लिया गया था। मथुरा में वृद्ध महाशय से सामना मेरे लिये कभी भी समस्या का कारण बन सकता था इसलिए अपने रहन सहन पहनावे में परिवर्तन आवश्यक था। मेरे घने काले बालों की मेरे द्वारा की गई दुर्दशा देखकर आश्रम की स्त्रियाँ आवाक रह गई थी। साड़ी का आँचल सिर पर लपेटकर रखना भी मैंने सीख लिया था जैसा अन्य लोग करते थे, वैसा करते हुए दस दिन निकल गये थे कोई भी मेरी खोज खबर लेते हुए नहीं आया था, शायद वृद्ध महाशय ने दिलचस्पी लेना मुनासिब नहीं समझा था। मैंने राहत की सांस ली थी। एक दिन बरामदे से गुजरते हुए एक महाशय से टकरा गई थी, उनका पहला सवाल था,

“आप यहाँ कब से रह रही हैं?”

मेरी किस्मत, अम्मा भी यहीं से गुजर रही थी और उन्होंने स्थिति संभाल ली थी।

“राकेश जी, यह हमारे साथ मथुरा से आई है, बेचारी वक्त की मारी दुखी नारी है पढ़ी लिखी है आपको अपने आफिस में चपरासी की जरुरत थी आप चाहें तो—-”

राकेश जी ने आदेश दिया था

“दीदी कल आप इसे आफिस में भेज दें।”

मुझे पूरी तरह से हिला देने के लिए एक नाम ही बहुत था। मन से मिटा दिया गया नाम मेरा पीछा करते हुए फिर सामने आकर खड़ा हो गया था, मैंने अम्मा से कहा था,

“मुझे डर लगता है मैं आफिस में काम नहीं कर पाऊँगी।”

अम्मा ने तेज आवाज में झिड़कते हुए कहा था,

“ऐसी छुईमुई बनकर कैसे जिन्दगी गुजारोगी, हिम्मत जुटाओ और काम करो। हमारे मैनेजर साहब बहुत ईमानदार और भले पुरूष हैं जब से इन्होने काम संभाला है हम सभी का जीवन भी सरल हो गया है। कल सुबह नौ बजे मेरे साथ चलना चपरासी का काम है, आफिस की साफ सफाई मैनेजर के पहुँचने के पहले हो जाना

चाहिए। पढ़ी लिखी हो दो काम ज्यादा करोगी तो अच्छा होगा और हाँ, तुम्हे कोई तनख्वाह नहीं मिलेगी लेकिन यहाँ रहने से कोई नहीं रोकेगा। चलो रसोई में कुछ हाथ बटाओ।"

मैं अनमनी सी पेशो-पेश में अम्मा के पीछे चल पड़ी थी। रात भर यही सोचती रही पता नहीं यह मैनेजर कैसा है, मैं साफ सफाई का काम कर सकूंगी अथवा नहीं, मेरी बेवकूफी का हर्जाना अम्मा को न भुगतना पड़े इत्यादि।

मैं दूसरे दिन सुबह जल्दी से सब काम निपटा कर आठ बजे आफिस के सामने खड़ी होगयी थी वहां जाकर देखा आफिस के दरवाजे पर बड़ा ताला लटक रहा था। वहीँ खड़े-खड़े मैनेजर का इन्तजार करने के अलावा और कोई चारा नहीं था। पूरे नौ बजे मैनेजर साहब पधारे थे, मैने सकपकाते हुए दीन भाव से उनकी तरफ देखा और तुरन्त नजरें हटा ली थी। मैनेजर साहब ने ताला खोलते हुए मेरी तरफ प्रश्नवाचक निगाहों से देखते हुए पूछा था,

"तुम्हे कोई काम था?"

मैंने खिसियाते हुए उत्तर दिया था

"आफिस की सफ़ाई करनी थी किन्तु ताला लगा था।"आफिस की चाबी पकड़ाते हुए मैनेजर साहब बोले

"मै आधा घंटे के पश्चात बाहर किसी काम से जा रहा हूं मुझे लौटने में एक घंटा लग सकता है तुम इस अंतराल में सफाई कर लेना।"मैंने चाबियों का गुच्छा हाथ में जकड़ लिया और सीधा रसोई की तरफ भागी थी। मैने सुबह से चाय भी नहीं पी थी, नाश्ता खत्म न हो गया हो इस चिन्ता के साथ तेज कदमों से रसोई की तरफ चल पड़ी थी।

अम्मा ने मुझे देखते ही आवाज़ लगाई थी,

"स्नेहा, बहुत देर लगा दी, तुम्हारे लिए नाश्ता रखा है आकर खा लो।"

नाश्ता खतम कर मैंने जो कुछ हुआ था अम्मा को सुना दिया था। अम्मा ने उसी समय आफिस के सामने जाकर खड़े हो जाने की ताकीद की थी। मैंने दूर से ही देख लिया था मैनेजर के आफिस के दरवाजे पर ताला लटक रहा था। मैनेजर की अनुपस्थिति मेरे लिए बहुत सुखद थी, मैं शीघ्र ही सफाई करके चली जाना चाहती

थी। कमरा बहुत बिखरा हुआ धूल से भरा हुआ था। संभवतः काफी समय से साफ नहीं हुआ था, मैं जल्दी से काम निपटा कर भाग जाना चाहती थी किन्तु सफाई करते हुए मुझे लगभग एक घंटा बीत गया था। सभी कागज और फाइल तरीके से लगा रही थी कि मैनेजर साहब लौट आए थे और दरवाजे पर खड़े हुए कभी कमरे को कभी मुझे देख रहे थे। मैने कांपते हाथों से कलम को बजाय होल्डर में डालने के टेबल पर रख दिया था और बिना कुछ सुने या कहे कमरे से बाहर निकल आई थी, जल्दबाजी में चाबियां ताले में लटकती हुई रह गई थी। अम्मा ने पूछा था सफाई के बारे में एक संक्षिप्त जवाब देकर मैंने चाबियों के बारे में पूछ लिया था,

"सफाई के बारे में मैनेजर साहब बताएँगे, मुझे कल सफाई के लिए जाना है कि नहीं आप आज शाम तक बता देंगी तो अच्छा होगा, चाबियां दरवाजे के ताले में लगीं रह गई थी आज मिल जाये तो बेहतर होगा" यह कहकर मैं रुक गई थी।

अम्मा सिर हिलाकर आगे बढ़ गयी थी। मैने मन में सोचा यह सफाई का झंझट खत्म हो जाए तो मेरे मन को शांति मिलेगी। दिनभर अम्मा के आगे पीछे घूमते हुए शाम ढल गई मुझे उनका मौन अखर रहा था,अरे कुछ तो बताती कि मैनेजर साहब को मेरी सफाई कैसी लगी थी। मन बहुत बेचैन और उखड़ा-उखड़ा था समझ नहीं पा रही थी कि मैं वास्तव में क्या चाहती थी। हम सभी लोग बाहर दालान में अपनी चटाई और चादर बिछा कर सोते थे, कोई भी जगह किसी के लिये निश्चित नहीं थी, कहीं भी जहाँ जगह मिले हम अपनी चादर बिछा कर सो जाते थे। मैं अम्मा की चटाई बिछा रही थी कि वह मेरे पास आई और आफिस के दरवाजे के ताले की चाबी पकड़ाते हुए धीमे स्वर में बोली थी कि संभाल कर रखना।

चाबी का हाथ में आना एक खजाने की कुंजी मिलने जैसी खुशी का अहसास था, मन में उठने वाली सभी भावनाओं ने पलटी मार दी थी। मैं सुबह जल्दी जाकर सफाई निपटा सकती थी इसमें मैनेजर से मुलाकात की गुंजाइश नहीं थी, रसोई और अन्य संबंधित कार्यों के बजाय आफिस की सफाई बेहतर काम था, आराम से पंखे के नीचे बिखरी फाइलें और पेपर तरीके से लगाना था। मैनेजर साहब को शायद पढ़ने का शौक था एक अलमारी में लगभग तीस किताबें रखी थी। कुछ मथुरा और वृन्दावन के समाचार पत्र भी नियमित रूप से आते थे, कुल मिलाकर पढ़ने की पर्याप्त सामग्री थी। सुबह का समय आफिस की सफाई करते हुए आराम से निकल रहा था। एक दिन मैंने नोटिस किया कि खिड़की पर लगा हुआ पर्दा बेहद गंदा हो गया था इसे मैंने स्वयं धोने का विचार किया था और

दूसरे दिन टांगने में भी कोई परेशानी नहीं थी, लेकिन बिना इजाजत लिए यह सब करना उचित नहीं था। अम्मा मैनेजर साहब से पूछ सकती है लेकिन अम्मा का उनसे मिलना और याद रख कर पूछना समय लगा सकता था। पता नहीं मैनेजर को अब तक दिखाई क्यों नहीं दिया था प्रत्येक व्यक्ति सफाई पसंद नहीं होता मैं बिना मतलब अपना दिमाग खपा रही थी। मैने आफिस के दरवाजे पर ताला लगाया और चल पड़ी थी। कुछ दिनों तक आना जाना और सफाई का सिलसिला चलता रहा था किन्तु खिड़की पर टंगा गंदा पर्दा मेरी आँखो को चुभता रहता था। एक दिन मैंने इस समस्या का निदान खोज लिया था बिना समय गंवाये एक कागज और कलम उठाया और लिखना प्रारंभ किया था मैनेजर को कैसे संबोधित करूँ एक बड़ा प्रश्न था, कागज और कलम टेबल पर रख कर ताला लगाकर मैं चली गई।

मैनेजर से इजाज़त लेना जरूरी था किन्तु बात संबोधन पर अटक जाती थी। वह कभी हम महिलाओं के क्षेत्र मे नहीं आते थे, उन्हे कभी किसी से बात करते हुए भी नहीं देखा था अम्मा से चर्चा करूँगी तो वह भड़क सकती थी वैसे हमारी मुलाकात भी कम होती जा रही थी। दिन में कहां रहती है, क्या करती हैं कुछ भी मालूम नहीं था।

एक दिन आफिस की टेबल की सफाई करते हुए अन्य किसी के लिखे गए प्रार्थना पत्र पर मेरी निगाहें पड़ी थी 'आदरणीय श्री मैनेजर साहब' बस मेरा काम बन गया था टेबल से कागज और कलम उठा कर मैंने लिखना शुरू किया था,

आदरणीय श्री मैनेजर साहब,

जय श्री राधे कृष्ण

आपसे एक विनती है खिड़की का पर्दा बहुत गंदा हो गया है इसे ले जा कर धोने की इजाजत चाहती हूँ।

सफाई करने वाली सन्यासी

मेरे हिसाब से इतना बहुत था, अधिक कुछ और लिखना गलतफहमी पैदा कर सकता था। कागज़ को बिना फोल्ड किये टेबल पर रख दिया था। पांच दिन निकल गये और कुछ भी प्रतिक्रिया नहीं थी। मुझे बहुत बुरा लग रहा था अपने आप

पर क्रोध आ रहा था, भाड़ में जाए परदा मेरा क्या सरोकार, पत्र लिखना महा बेवकूफी थी।

अम्मा से बोल दिया था तबियत ठीक नहीं आप किसी अन्य बहिन को भेज दें। पूरे तीन दिन मै सफाई करने के लिए नहीं गयी थी। एक रात अम्मा ने चाबी वापस मांगी तब मैंने रुआंसी होकर उनसे पूछा था

"मैनेजर साहब को मेरी सफाई पसंद नहीं है अथवा मेरी तीन दिन की छुट्टी से नाराज हैं?"

अम्मा ने खेद भरी आवाज़ में कहा था,

"मैनेजर ने कुछ नहीं कहा है, यह तो आश्रम की स्त्रियाँ खुसर-फुसर करने लगी हैं इसलिए उनमें से किसी एक को भेज दूंगी, तुम रसोई के काम में ज्यादा हाथ बटाना शुरू कर दो।"

मैंने कुछ भी नहीं पूछा और सिर झुका कर खड़ी रही थी। अम्मा आगे कुछ और कहे बिना चाबी लेकर चली गयी थी। मैं रसोई की तरफ बढ़ गयी थी पानी पीने के लिए, वापस आकर मैंने अम्मा और अपना बिछौना लगाया और सो गयी थी।

रसोई का काम करते हुए माँ और बेना का चेहरा सामने आकर खड़ा हो जाता था डबडबाई आँखों के आंसू पसीना पौंछने के बहाने अपने पल्लू से पौंछ लेती थी। पूरा हफ्ता निकल गया था रंजना,आश्रम की एक और महिला, का सफाई कार्य कैसा चल रहा था, मैनेजर को उसका काम अच्छा लगता है या नहीं ऐसी बहुत सारी बातों की जानकारी पाने की उत्सुकता बढ़ती जा रही थी।

एक दिन संध्या की आरती के पश्चात् मैंने रंजना को रोककर पूछा था कि उसका सफाई का कार्य कैसा चल रहा था। उसने उत्तर देने के बजाय पूछा था

"तुम सफाई का काम कैसे करती थी मैनेजर हमेशा नाराज रहता है और चीजों को व्यवस्थित न रखने के नाम पर डांटता रहता है। मैं अम्मा को बोल दूँगी मुझे आफिस की सफाई का काम नहीं करना है।" यह कह कर रंजना आगे बढ़ गयी थी।

मैंने भी कुछ नहीं कहा और बिछौना लगाने के लिए चली गई थी। दूसरे दिन सुबह जल्दी उठ कर स्नान करने के लिए मैं जा रही थी तब अम्मा ने चाबी मुझे पकड़ा कर सफाई के लिए कहा था। मैने ताला खोला और झाड़ू उठाया था कि मेरी नजर

खिड़की पर पड़ी वहां एक नया और साफ पर्दा लटक रहा था। मेरे दो पंक्ति के पत्र से मैनेजर को बुरा लगा और उनकी सफाई पसंदगी पर आक्षेप लगा होगा ऐसा मेरा सोचना था। सफाई पूरी करके ताला लगा कर चाबी पल्लू से बाधते हुए मैं रसोई की तरफ बढ़ गयी थी।

मुझे वृंदावन आए दो महीने बीत रहे थे कहीं से कुछ भी प्रतिक्रिया नहीं थी। क्या मथुरा में मिले वृद्ध महाशय ने अपनी बहू और समधिन से कुछ भी नहीं कहा और पूछा था? संभवतः उनके बेटे राकेश और बहू वेणु ने इस पर चुप्पी साध कर कुछ भी जवाब नहीं दिया था,यह सोचकर मुझे बहुत राहत मिली थी। मैं जानती थी परिवार में किसी को भी मेरे बारे मे जानकारी प्राप्त करने में कोई दिलचस्पी नहीं थी। मेरी माँ और रेणु दीदी को राकेश जी और वेणु दीदी ने कोई झूठी कहानी बनाकर सुनाई होगी ऐसा मेरा विश्वास था। माँ रोते-रोते मर गयी थी अथवा जिन्दा थी इसका मुझे कोई भी अंदाजा नहीं था। नित्य पहनने वाली दो पुरानी साड़ियां अब फटने को आ गई थी और बेग में रखी दो साड़ियां मेरे बाबूजी का मेरे जन्मदिन पर दिया गया तोहफा था। एक बिल्कुल चटक गुलाबी, मैं ने केवल एक बार दसवीं कक्षा के बाद दी गई फेयरवेल समारोह में पहनी थी। माँ और बाबूजी मुझे बहुत प्यार से एकटक देखते रहे थे, मैने सुना था माँ गर्व से बाबूजी को कह रही थी,

“हमारी बेटी को कोई राजकुमार ब्याह कर ले जाऐगा, हमें कोई चिंता करने की आवश्यकता नहीं है।”

मैं अपना आपा खो बैठी थी और दहाड़ मार कर रोने लगी थी। आसपास की स्त्रियां मेरे को घेरकर, घूरते हुए रोने का कारण पूछने लगी थी मेरी पीड़ा का उद्वेग रूकने का नाम नहीं ले रहा था और आँसुओ का झरना तीव्र गति से बह रहा था। एक बहिन भाग कर गयी थी और अम्मा का हाथ पकड़ कर उन्हे खींच लाई थी। अम्मा ने आते ही मुझे अपनी बाहों में भर लिया था और मेरे दर्द का ज्वार फट कर बहने लगा था, मैं अम्मा की बाहों में बेसुध हो गयी थी। जब मेरी आँखें खुली मैंने अपने-आप को अम्मा के कमरे में लेटे हुए पाया था। जीवन की बदली हुई भयावहता और मेरे हृदय में उठने वाली टीस ने मेरे धैर्य और विवेक को लील लिया था। मैं एक पत्थर की मूरत की भांति बैठी हुई थी, रात का भोजन अम्मा और मैंने कमरे में ही किया था। हमेशा की तरह सुबह जल्दी उठ कर कमरे की सफाई करने के बाद मैंने रसोई में जाकर सब्जी काटना शुरु कर दिया

था। हम लोग अपनी मन की बातें भोजन बनाते हुए करते थे किन्तु आज सभी मौन थीं, मुझे अच्छा नहीं लग रहा था, मैं भी अपना मूड बदलना चाहती थी और मैने एक भजन गुनगुना शुरू कर दिया था, अन्य बहिनें भी मेरे साथ गुनगुनाने लगी थीं। रात को सोने से पहले मैंने अम्मा से बाजार जाकर अपने लिए साड़ी खरीदने की इजाजत माँगी थी। अम्मा हिचकिचा रही थी उन्हे लगता था मैं रास्ता भूल कर भटक जाऊंगी उन्होने सुमन बहिन को मेरे साथ चले जाने का आग्रह किया था। तड़के मैं सफाई के लिए आफिस की तरफ जा रही थी तब मुझे कुछ ऐसा महसूस हुआ कि कुछ विशेष आयोजन की तैयारी हो रही थी, मैने किसी से भी जानने की कोशिश नहीं की थी वैसे भी मेरा परिचय बाहर काम करने वालों से नहीं था। मैने ताला खोला और अंदर कदम रखा ही था कि किसी ने पीछे से पुकारा,

“जरा सुनिये क्या आप सफाई के लिए आयीं है?”

मैंने पीछे मुड़कर देखा था मैनेजर साहब बहुत सारा सामान लिये खड़े थे। आगे लपककर मैनेजर के हाथों से सामान लेते हुए मैने सिर हिलाकर कहा था

“जी हाँ मुझे अम्मा ने आफिस की सफाई का काम सौंप रखा है। क्या मुझसे कोई गलती हो गई है?”

मैं बिना उत्तर की प्रतीक्षा किये कमरे में घुस गयी थी और हाथ में पकड़ा सामान जल्दी से मेज पर पटक दिया था रखते हुए दो पैकेट नीचे गिर गये थे। हड़बडाहट में दो पैकेट उठाते हुए मेरे मुँह से निकल गया था

“सोरी”

मैनेजर साहब अवाक एकटक मुझे देख रहे थे। मैं समझ नहीं पा रही थी कि सफाई शुरू करूँ या नहीं किन्तु मैनेजर बिना कुछ कहे बाहर निकल गये थे। आफिस विभिन्न प्रकार के सामान से भरा अस्तव्यस्त पड़ा था। कुर्सी और मेज पर रखे थैले उठाकर जमीन पर ही एक लाइन से लगा दिये थे और दूसरी तरफ कुर्सी पर रखे प्लास्टिक के फूलों की मालाओं को बिना हाथ लगाए कमरे का दरवाजा बंद कर ताला लगाकर चली गई थी।

रात्रि को अम्मा से पूछा था कि आश्रम में क्या होने वाला है आफिस में बाहर से सजावट का सामान लाया गया है। अम्मा ने कहा था

"अरे बेवकूफ इतना भी नहीं मालूम जन्माष्टमी का पर्व है और आश्रम में हम सब धूमधाम से मनाएंगे। कल आफिस से सजावट का सामान लेकर आना और तुम सभी मिलकर आश्रम को सजा देना।"

रक्षाबंधन का पर्व कब निकल गया इसका अहसास तक नहीं हुआ था। मुझे इस समय शुभम भैया की सख्त जरूरत थी किन्तु वह कहां है, कैसे है मुझे कोई भी जानकारी नहीं थी। भाई-बहिन के अमिट प्रेम और सच्चे रिश्ते की लफ्फाजी कई वर्ष पहले अपना अर्थ खो चुकी थी, बचपन का प्यार और निर्मलता की दास्तान अर्थहीन निकली थी।

मैं शुभम् भैया के दोनों हाथों को राखियों से भर देने की जिद्द करती थी, आठ वर्ष की उम्र तक शुभम् भैया को भी कोई एतराज़ नहीं था स्कूल और मोहल्ले में राखियों से भरे हाथों का प्रदर्शन वह बड़े गर्व से करते थे किन्तु बाद में यह सब उनको मूर्खता लगने लगा था। मुझे मेरे बहते हुए आँसू अब इन सभी यादों का तर्पण लग रहे थे।

अगले दिन मैं आफिस की तरफ जा रही कि अम्मा ने बीच में ही रोक कर पूछा था

"आज बहुत देर कर दी तुम्हें बोला था कि आज और भी बहुत काम करने हैं। सफाई का काम शीघ्र निपटा कर सजावट का सामान निकाल कर ले आना।"

मेरे सामने समस्या थी कि मुझे यह नहीं पता था कि मैनेजर की अनुमति जरूरी है अथवा नहीं? मैने देर से जाने का फैसला मैनेजर से मिलने की खातिर ही किया था। मैंने सफाई कार्य शुरू किया था कि मैनेजर साहब मुझे झाड़-पौंछ करते देख कर दरवाजे की चौखट पर ही ठिठक कर खड़े हो गए थे मैं उन्हे अनदेखा करते हुए अपना काम करती रही। सजावट के सामान के सारे बैग बाहर निकाल कर रख रही थी कि मैनेजर तेज कदमों से आए और थैलो की तरफ इशारा करते हुए पूछा

"आपने यह सभी थैले बाहर क्यों निकाल कर रख दिये हैं? यह सामान विशेष तौर पर जन्माष्टमी उत्सव के लिये लाया गया है।"

मैं चार कदम आगे बढ़ी और मैनेजर के चेहरे पर नजरें जमाते हुए बोली थी

"अम्मा ने यह सभी सामान मंगवाया है सजावट के लिए क्या मैं यह सामान ले कर जा सकती हूँ?"

मैनेजर साहब ने एक छोटा सा उत्तर दिया था "ठीक है "

और आफिस में घुस गये थे। मैने मैनेजर को पहली बार नजदीक से देखा था, शरीफ व्यक्ति लग रहे थे मेरा उनको अनदेखा करने का कोई कारण नहीं था। मैंने सभी सामान उठाने की कोशिश की थी किन्तु एक बैग गिर गया था जिसकी आवाज़ से मैनेजर ने अपना चेहरा रजिस्टर से ऊपर उठाया और कहा था

"सामान बहुत है और भारी भी आप रहने दीजिए मैं किसी के हाथ भिजवा दूंगा।"

मैंने दो बैग उठाये और आफिस के सामने की तीन सीढियां उतर कर चल पड़ी थी मुझे अपनी चूक पर बहुत ग्लानि हो रही थी कि मैंने मैनेजर को नमस्ते भी नहीं कहा था। कितने शर्म की बात है मैंने अपने माता-पिता द्वारा दी गई सभी शिक्षाओं को भुला दिया था और मैनेजर को उनके बारे में गलत धारणा बनाने का मौका दिया था। मेरा मन पछतावे से भर गया था।

मैंने सामान अम्मा के कमरे में रख दिया था और रसोई की तरफ चल पड़ी थी। गरमी बहुत थी इसलिए घबराहट हो रही थी मैंने अपने कदम मंदिर की तरफ बढ़ा दिये थे। हवा का झोंका आ-जा रहा था, मंदिर की सीढ़ियों पर बैठ कर आराम मिल रहा था। समय निकल रहा था किन्तु आगे क्या? पिताजी को कविताऐं पढ़ने का बहुत शौक था वह स्कूल के पुस्तकालय से महान कवियों की पुस्तकें घर लाया करते थे। एक दिन मैंने कुछ कविताएँ पढ़ी और मुझे अच्छी लगने लगी थी। अपनी इस दुर्दशा का, जिसके लिये शत प्रतिशत मैं स्वयं जिम्मेदार थी कहीं कोई अंत नहीं है इस तड़प के साथ आँखो से आँसुओ का रैला बह निकला था। महादेवी वर्मा लिखित पंक्तियाँ और अर्थ पूर्णतः याद नहीं था किन्तु हृदय में उमड़ रही थीं और मुझे अपनी दशा का बयान करती लग रही थी,

'वह तुम्हारा स्वर्ग अब मेरे लिये परदेश ही है,

क्या यहाँ मेरा पहुँचना आज निर्वासन नहीँ है?'

अम्मा दूर से आवाज लगा रही थी और घुटनों पर हाथ धरे मेरी तरफ आ रही थी। मैंने हड़बड़ाते हुए साड़ी संभाली और अम्मा की तरफ दौड़ पड़ी थी।

"अरे मरी कब से चिल्ला रही हूँ कान में तेल डाल कर बैठी थी क्या? आज भोजन की छुट्टी है?"

मैं बिना कुछ कहे अम्मा के पीछे चल पड़ी थी। मैंने रसोई में देख लिया था कि लौकी की सब्जी बनी थी, पानी वाली। मेरा मन वैसे भी ठीक नहीं था और लौकी ने रही सही कमी पूरी कर दी थी। जब भी घर में यह सब्जी बनती थी माँ मेरे लिये आलू की भाजी अलग से बनाती थी, मैं केवल आलू और भिंडी खाती थी। मेरा गला रुंध गया था और छाती पर पत्थर जैसा बोझ लग रहा था हाथ का कौर मुँह तक नहीं पहुँच रहा था। अम्मा सब कुछ देख रही थी किन्तु कुछ बोली नहीँ। सब लोग खाना खतम कर उठ रहे थे किन्तु मेरी थाली में भोजन वैसा ही रखा था मैंने बड़े-बड़े कौर मुँह में ठूंस कर पानी के साथ निगल लिये थे और थाली उठाकर धोने के लिए चल पड़ी थी। अम्मा ने पूछा था

"तुम आफिस से सभी बैग क्यों नहीं लेकर आई, मेरे कमरे में तुमने केवल तीन बैग ही रखे हैं, तुम आजकल सुनती नहीं हो पता नहीं तुम्हारा दिमाग कहां रहता है।"

"मैनेजर साहब ने सारा सामान किसी और के हाथ भेजने की बात कही थी।"

अम्मा ने बेरुखी के साथ बोला था,

"मैनेजर को भरोसा नहीं हुआ कि तुम सारा सामान सही सलामत ले जा सकती हो, ठीक है अब तुम सब जाकर सामान ले आओ जन्माष्टमी सिर पर है और बहुत काम करना है।"

मैं अन्य बहिनो के साथ आफिस के तरफ जा रही थी तभी कमला बहिन अचानक से कहने लगी थी,

"क्या बात है अम्मा तुम से ख़फा लग रही थी"

मैंने कोई भी जवाब नहीं दिया था और चुपचाप चलती रही। तभी दूसरी बहिन शारदा जी, हमसे उम्र में बहुत बड़ी थी ने कहा था,

"अम्मा को प्रत्येक वर्ष की तरह पूरे उत्सव की तैयारी करनी है,अब उनकी आयु भी बहुत हो गयी है थक जाती है।"

जन्माष्टमी का उत्सव धूमधाम से मनाया गया था, मेरे लिए यह अलग अनुभव था। नीरस, घड़ी की सुईयों के साथ घिसटती जिंदगी में कुछ पल आनंद और भक्ति के साथ बीते थे। एक और तथ्य, जो मेरे लिए मायने रखता था भोजन की थाली रसहीन नहीं थी।

मैं सफाई पूरी कर जा रही थी कि सामने से मैनेजर आ रहे थे, मैंने सिर झुका कर नमस्कार किया और जाने वाली थी कि मैनैजर ने मुझे रुकने का इशारा किया। एक अजीब से डर के मारे मेरा दिल जोर से धड़कने लगा था मैं निस्तब्ध खड़ी होगयी थी बिल्कुल वैसे ही जैसे बटन बंद कर देने से कोई भी मशीन शांत हो जाती है। मैनेजर ने आफिस के भीतर जाने का संकेत किया और स्वयं अपनी कुर्सी पर जाकर बैठ गये थे।

"तुम्हारा नाम क्या है, कहां तक पढ़ाई की है?"

मैंने थरथराते होठों से धीमी आवाज़ में उत्तर दिया था

"मैं बी.ए. फाइनल का एक्जाम नहीं दे पाई थी।"

मैनेजर ने फिर पूछा था,

"मां-बाप की इकलौती संतान हो?"

"हाँ " एक संक्षिप्त जवाब देकर मैं फिर चुप हो गयी थीं।

क्या इनको भी पूरी कहानी सुनानी होगी लेकिन मुझे अम्मा को सुनाई कहानी अक्षरशः याद नहीं थी। मैनेजर कुछ आगे पूछते उसके पहले मैं तेज कदमों से आफिस के बाहर निकल आई थी। मैनेजर को अचानक मेरे बारे में सब कुछ जानकारी प्राप्त करने की आवश्यकता किसलिए आन पड़ी थी। इस सवाल का जवाब मेरे पास नहीं था और इस आश्रम में एक भी जीव ऐसा नहीं था जिससे मैं इस बारे में बात कर सकूँ, चलो आज के लिए बला टली ऐसा सोचते हुए मैने चैन की साँस ली थी। मैंने मन ही मन एक समाधान खोज लिया था, मैनेजर के सामने पड़ने की हर संभावना को खत्म कर देना था।

जनमाष्टमी का उत्सव धूमधाम से मनाया गया था श्रद्धालुओं की भीड़ उमड़ पड़ी थी मैने इतना विशाल और भव्य उत्सव इसके पूर्व कभी नहीं देखा था। इस वातावरण से प्रेरित होकर मैंने भी मीरा बाई की भांति कृष्ण की पुजारिन बन कर जीवन व्यतीत करने का मन बना लिया था। सुबह चार बजे जागकर, स्नान करके मंदिर में पूजा अर्चना और एक-दो भजन गाना अपनी दिनचर्या में शामिल कर लिया था। चाय आदि निपटा कर मैं आफिस की सफाई के लिए जाने लगी थी कुछ दिनों से जल्दबाजी में सफाई ठीक नहीं हो रही थी अब मेरे पास बहुत समय था। अकेले शांति के साथ मेरे कृष्ण के भजन गुनगुनाते हुए काम करना मुझे बहुत

अच्छा लगता था। मैं सफाई के उच्चतम स्तर की तरफ बढ़ रही थी। एक दिन पास के बगीचे से पूजा-अर्चना के लिये तोड़ कर लाने वाले फूलों में से दो गुलाब मैंने आफिस में सूने पड़े गुलदस्ते में लगा दिये थे किन्तु मैं आधे रास्ते से वापस लौट गयी और फूल निकाल लाई थी। मन शंकित होगया था कि कोई इसका गलत अर्थ निकाल सकता था। इन वैलेन्टाइन वाले नकलचियों ने गुलाब की सुन्दरता, सुगंध और खुशनुमा प्रभाव का अर्थ ही बदल दिया था।

एक दिन मिलने पर अम्मा ने पूछा था कि आजकल जल्दी उठ कर मंदिर जाना,दिन भर खोयी-खोयी गुनगुनाते रहती हो क्या हुआ है? मैं इस प्रश्न का इंतजार कर रही थी किन्तु उत्तर नहीं सोचा था।

“अम्मा मुझे मंदिर जाना अच्छा लगता है।”

अम्मा ने बात पलटते हुए कहा था कि मैनेजर साहब तुम्हारी बहुत प्रशंसा कर रहे थे उन्हे साफ -सफाई का काम पसंद आया। मैंने कुछ भी नहीं कहा था समझ में नहीं आ रहा था कि क्या कहूँ, महीने गुजर रहे थे बिना किसी फेर बदल के प्रति दिन एक सी दिनचर्या। एक दिन आफिस का ताला खोलकर मैंने प्रवेश किया था और मेरी निगाह मेज पर रखे एक सफेद लिफ़ाफ़े पर पड़ी थी जिसके ऊपर मेरा नाम लिखा था। कौतूहल वश मैंने लिफ़ाफ़ा खोल लिया इसमें सौ-सौ के पांच नोट रखे थे। इसी के साथ एक दो पंक्तियों का पत्र भी संलग्न था।

स्नेहा बेटी,

यह तुम्हारी सेवा का वेतन नहीं है बल्कि तुम्हारे काम की उत्तमता का इनाम है।

नीचे कोई भी हस्ताक्षर नहीं था।

‘बेटी ‘ शब्द का संबोधन मुझे अपने अतीत की ओर खींच ले गया था। मैं अपने बाबूजी और अम्मा की प्यारी बेटी थी किन्तु अब मैं इस संबोधन का अधिकार गवां चुकी थी। मेरा पूरा दिल तेजी से धड़क रहा था किन्तु आंसू की एक भी बूंद नहीं छलकी थी। मैने पत्र अपने साथ ले लिया, इनाम वापस लिफाफे में डाल कर मेज पर रख दिया और ताला लगाकर चल पड़ी थी। कोई भी हस्ताक्षर नहीं था इसलिए समझ नहीं पा रही थी कि यह पत्र मैनेजर ने लिखा था अथवा कोई और हस्ती भी है जिसका आना जाना आफिस में लगा रहता था। अम्मा सब कुछ जानती है उनसे ही पूछना सही था। मैने शाम की आरती के बाद पत्र दिखाते हुए उनको पांच सौ रुपये की जानकारी भी दी थी।

“अच्छा है आगे पीछे रुपयों की जरूरत पड़ती रहती है,संभाल कर रख लेना।”

“किन्तु अम्मा मैंने रुपये लिये नहीं वापस लिफाफे में ही रख दिये।”

“तुम्हे रुपयों की जरूरत नहीं है, क्या अपने साथ बहुत माल लेकर आई हो? तुम खुशकिस्मत हो तुम्हे पूरे पांच सौ रुपये मिले यहाँ हमें रुपये देने वाला कौन बैठा है।”

“अम्मा आपसे पूछे बिना—-”

अचानक अम्मा ने मेरा हाथ पकड़ा और खींचते हुए आफिस की ओर चल पड़ी थी। दरवाजा बंद था मतलब मैनेजर कहीं चले गये थे, मैंने चैन की साँस ली और अम्मा के हाथ में चाबी थमा दी थी अम्मा ने जल्दी से दरवाजा खोला और कमरे में घुस गयी थी लिफाफा मेज पर रखा हुआ था, उन्होंने तपाक से लिफ़ाफ़ा उठाया और बाहर निकल आई थी मुझे इशारा किया था कि दरवाजा बंद कर दो। पांच सौ- सौ के नोट उनकी कमर में बंधे रूमाल में लपेटते हुए बोली थीं,

“तुम्हे जब भी जरूरत पड़े मांग लेना, वैसे यहाँ सब कुछ मिल ही जाता है।”

हम दोनों अम्मा के कमरे की तरफ चल पड़े थे। कमरे के बाहर अम्मा रुक गयी थी और मुझे इस घटना का जिक्र किसी और से नहीं करने की हिदायत देते हुए कमरे के अंदर चलीं गयी थी।

मेरे मस्तिष्क में लिफ़ाफ़ा ही घूम रहा था, लिफाफा अनछुए रखा था। क्या मैनेजर आफिस नहीं आए थे? उनको मैंने छुट्टी करते हुए कभी नहीं देखा था, जन्माष्टमी के उत्सव की भागम-भाग से थक गये थे हो सकता है बीमार पड़ गये थे। कुछ भी हुआ हो मेरे लिए यह विचारणीय था कि मेज पर लिफ़ाफ़ा न देखकर मैनेजर मेरे बारे में क्या धारणा बना रहे होंगे। यह विचार मेरे मस्तिष्क में बार-बार कौंध रहा था और मेरा हाल एक पुरानी उक्ति जैसा था ‘न माया मिली न राम’। मुझे अपने-आप पर खीझ आ रही थी पांच सौ रुपयों की धन राशि हाथ से निकल गयी थी।

दिन, सप्ताह और महीने बीत रहे थे और मैं मझधार में पड़ी नाव की तरह हिचकोले खा रही थी। मैं सफाई समाप्त कर कमरे का ताला लगा रही थी मैनेजर मेरे पीछे आकर खड़े हो गए थे मैं घबरा कर दूर हट गयी थी मैनेजर ने अपनी चाबी से ताला खोलते हुए मुझे अंदर आने का इशारा किया और स्वयं कमरे में घुस गए थे। मैं कांपते पैरों से अंदर जाकर खड़ी होगयी थी और मैने नमस्ते की मुद्रा में हाथ जोड़ लिए थे। मैनेजर मुझे एकटक देख रहे थे और बोले

"तुम्हारी तबियत तो ठीक है?" मैंने सिर हिला दिया था।

"हमारे चेयरमैन का एक स्कूल है, पास में ही है, वहां अध्यापिका का स्थान खाली है पढ़ाने का कार्य करोगी? लेकिन सफाई का काम समाप्त करके ही जाओगी दस बजे का समय है।"

"आश्रम की बहिन लोग –"

मैनेजर बात काटते हुए बोले "तुम्हें चिंता करने की जरुरत नहीं है। यहां व्यर्थ समय बरबाद करने के बजाय कुछ अच्छा काम करो। कल सुबह नौ बजे आफिस आकर मुझसे पत्र लेकर चली जाना, पता पत्र में लिखा है।"

मैंने बिना नजर उठाये कहा था,

"धन्यवाद् आपने मेरी जिंदगी को जीने का अर्थ दे दिया है।"

मैनेजर ने कुछ उत्तर नहीं दिया और रजिस्टर में कुछ लिखने लगे।

मैं आफिस से बाहर निकल गयी और सीधा मंदिर की सीढ़ियों पर बैठ गयी थी। आश्रम के जंजाल से बाहर आने का इससे अच्छा मौका और कोई नहीं हो सकता था। मैने स्कूल में पढ़ाने का निश्चय कर लिया था।

मुझे अम्मा से इस विषय पर चर्चा करने का मन में विचार आया था किन्तु जिस तरह से उन्होंने पांच सौ रुपये अपनी कमर में खौंस लिये थे उससे मेरा मन बहुत खिन्न था लेकिन उन्हे इस बदलाव से अनभिज्ञ रखना भी ठीक नहीं था।

शाम को आरती के बाद अम्मा पैर फैलाकर विश्राम कर रही थी मैंने उन्हे मैनेजर के सुझाव के बारे में बताया और उसी सांस में अपना स्कूल में पढ़ाने का निर्णय भी सुना दिया था। अम्मा कुछ देर तक चुप रही फिर कहा,

"अच्छा है आज तक यह अवसर किसी और को नहीं मिला तुम सुन्दर हो, जवान हो तुम्हें और बहुत मौके मिलेंगे।"

अम्मा की यह प्रतिक्रिया मुझे अच्छी नहीं लगी थी,

"अम्मा मैं पढ़ी लिखी हूँ यह आपने नहीं कहा।"

अम्मा ने मेरी बात को अनसुना कर दिया था

"तुम्हे वेतन मिलेगा कभी-कभी हमारी मदद भी कर देना।"

यह कहते हुए अम्मा उठ कर चली गयी थी। यह बात किसी बहिन ने कही होती तब मुझे बुरा नहीं लगता किन्तु अम्मा की टिप्पणियों से मेरा मन दुखी था। रात को नींद नहीं आई, इस नये सफर में क्या लिखा था, कैसे लोग मिलेंगे, जीवन के कड़वे अनुभवों ने सकारात्मक सोचने की क्षमता ही छीन ली थी। प्रत्येक पुरूष में राकेश जी की छवि दिखती थी अपना रंग-रूप मुझे वरदान नहीं अभिशाप लगने लगा था।

सुबह जल्दी उठ कर सफाई समाप्त करते हुए आठ बज गये थे मेज पर रखा पत्र किसी रेवती शरण जी के नाम था। मैंने पत्र मोड़कर अपनी साड़ी की तहों में सुरक्षित रख लिया था। तैयार हो कर घड़ी में, जिसे रात को अपने बैग से निकाल कर, चाबी भरकर सही समय मिला लिया था, नौ बज रहे थे। मेरी चाय नाश्ता करने की कोई इच्छा नहीं थी, घूरती हुई आंखो और ढेर सारे प्रश्नों का जवाब मेरे पास नहीं था। मैंने पत्र सावधानी से अपने पर्स में रखा, पल्लू कानों के पीछे खोसने के बजाय सिर पर ओढ़ते हुए मैं आश्रम के दरवाजे से बाहर निकल गयी थी। स्कूल पास में ही था, केवल दस मिनट लगे थे। नौ बजकर बीस मिनट पर मैं अपनी किस्मत के दरवाजे पर खड़ी थी। दरवाजे पर खड़े दरबान ने तुरंत कमान संभाल ली थी,

"क्या काम है, किससे मिलना है,कहां से आई हो?"

एक ही साँस में पूछे गये तीन प्रश्नों के उत्तर में मेरा एक ही पश्न था,

"मुझे रेवती शरण जी से मिलना है उनका आफिस किधर है?"

"स्कूल दस बजे शुरू होता है और अभी तक कोई नहीं आया है।"

पहला दिन है लेट नहीं होना चाहिए इस विचार से मैं जल्दी पहुँच गयी थी। मैं गेट के सामने से हटकर एक तरफ खड़ी हो गयी और दस बजने का इंतजार करने लगी थी।

मैंने अपनी घड़ी में समय देखा ठीक दस बजे स्कूल के बरामदे में लटकते घंटे से टन-टन-टन की तेज ध्वनि के साथ दरबान ने पूरा गेट खोल दिया और इसी के साथ छात्रों का रैला अंदर जाने लगा, अध्यापक और अध्यापिकाओ का झुंड भी अंदर जाने लगा था मैंने नोटिस किया चार अध्यापिकाऐं और दो अध्यापक कुल छः लोगों का स्टाफ था। मैं आगे बढ़कर अंदर जाने ही वाली थी कि मुझे सुनाई दिया कि किसी ने मेरा नाम पुकारा था, मैंने ठिठक कर मुड़कर देखा एक महाशय

उम्र पचास से अधिक अपनी साइकिल से उतर रहे थे, दरबान ने आगे बढ़कर उनसे साइकिल ली और खड़ा हो गया था।

वृद्ध महाशय मेरे पास आकर बोले,

"मैं रेवती शरण हूँ चलिए आफिस में बैठकर बात करेंगे।"

आफिस मैनेजर के आफिस की तुलना में बहुत बड़ा था। किन्तु बहुत अव्यवस्थित, फाइलों और यूनिफार्म की गठरियों का ढेर जमीन पर पड़ा था, एक लोहे की पुरानी अलमारी रिटायरमेन्ट की प्रतीक्षा में खड़ी थी, एक पुराना टाइपराइटर मेज पर पड़ा था। मैंने अवलोकन की आदत को विराम देते हुए मैनेजर साहब का पत्र रेवती शरण जी के सामने रख दिया।

रेवती शरण जी ने पत्र पढ़ा और पहला प्रश्न किया,

"तोऽऽऽ आप आश्रम में कब से रह रही हैं?"

"ज्यादा समय नहीँ हुआ है" इतना कह कर मैं चुप हो गयी थी।

रेवती मशरण जी ने मेरी रुआंसी आंखों को पढ़ लिया था।

"हमारे स्कूल में अभी केवल पांचवी कक्षा तक पढ़ाई होती है हमारा इरादा इसे अगले वर्ष आठवीं कक्षा तक कर देने का है। तुम को आगे का आदेश और जानकारी प्रधानाचार्य देंगे चलिये उनके आफिस चलते हैं।"

रेवती शरण जी तेज कदमों से आगे चल रहे थे और मैं उनके पीछे धीरे-धीरे चल रही थी। दो कमरों के आगे प्रधानाचार्य का आफिस था, रेवती शरण जी ने आगे बढ़कर मैनेजर का पत्र प्रधानाचार्य के सामने रख दिया था। पत्र पढ़ने के बाद प्रधानाचार्य ने मुझे देखते हुए पूछा था

"आपक स्कूल में पढ़ाने का कोई अनुभव है?"

"नहीं "

"आपकी क्वालिफीकेशन क्या है?"

"सर मैं कुछ कारणों से बी ए फ़ाइनल की परीक्षा नहीं —"

"आपको पढ़ाना अच्छा लगता है?"

“सर, मेरे पिताजी भी प्रधानाचार्य— और मैं चुप हो गयी थी। पिताजी का परिचय मेरे हृदय की गहराइयों में कैद था। जिस व्यक्ति की तारीफ पूरा जिला करता था मैं उसका जिक्र तक नहीं कर सकती थी, मुझसे बढकर अभागिन इस दुनिया में कोई और नहीं थी। मैंने अपने को संभाला और कहा,

“मेरे पिताजी अब इस दुनिया में नहीं है।” बरबस आखों से छलकते आँसुओ को मैंने रूमाल से पौंछ लिया था।

“आप आज से ही पढ़ाने का काम शुरू करना चाहेंगी – “

“मैं आज से ही काम शुरू करना चाहूंगी”

प्रधानाचार्य ने सामने रखी हुई काल बेल को दबाया और तुरंत अवतरित हुए चपरासी को आदेश दिया,

“इन्हे चौथी कक्षा में ले कर जाओ आज वहां कोई भी अध्यापक नहीं है।”

मैंने झुककर धन्यवाद कहा और चपरासी के पीछे चल पड़ी थी। मैने देख लिया था प्रधानाचार्य ने रेवती शरण जी को बैठने का इशारा किया था।

कक्षा में मची उछल कूद को मैनें दूर से ही देख लिया था। मेरे प्रवेश करते ही सभी छात्र अपने-आप कुर्सियों पर बैठ गये थे। अध्यापक का कुर्सी पर बैठने के बारे में पिताजी कहते थे कि कुर्सी पर बीमार और आलसी शिक्षक बैठते हैं। मैंने सभी छात्रों को उनका नाम बताने के लिये कहा था अधिकांश बच्चों ने अपना नाम बड़ी शालीनता के साथ बताया किन्तु कुछ ऐसे थे जिन्होंने उनका नाम बताया ही नहीं। उदासीनता का नाटक करते बच्चों को मैनै नजरें गड़ा कर ध्यान से देखा और समझ लिया था कि इन सभी के साथ विशेष मेहनत करनी पड़ेगी। मैंने अपना नाम भी बताना उचित समझा।

“बच्चों-”

“हम बच्चे नहीं हैं” अपना नाम नहीं बताने वाले ग्रुप का एक छात्र बैठै-बैठे ही बोल रहा था।

“जिन छात्रों ने अपना नाम नहीं बताया है वह सभी बारी-बारी खड़े हो कर अपना नाम बतायें।”

शैतान टोली के सभी छात्रों ने अपना नाम बताया। मैंने श्वास लेते हुए सोचा चलो एक पड़ाव पार हुआ।

"आज का यह पीरियड किस विषय का है?"

पूर्वी सिंघल, शालीन और होशियार जान पड़ती थी, ने खड़े होकर बताया,

"मैडम यह पीरियड इंगलिश का है पहले हमें रीटा मैडम पढ़ाती थीं उनकी शादी हो गयी और वह आगरा चली गई।"

मैंने मन में सोचा कि मैं कहीँ नहीं जाऊँगी। इंग्लिश पढ़ाने में मुझे कोई कठिनाई नहीं थी। पिताजी इंगलिश और गणित मुझे स्वयं पढ़ाते थे,उनके अनुसार यदि नींव कमजोर रह गई तब आगे बहुत कठिनाई होती है।

घंटे से टन-टन आवाज आई और सभी छात्र टिफिन निकाल कर जाने की तैयारी में थे। मैं कक्षा में ही बैठी रही मुझे कहीं नहीं जाना था, टिफिन देख कर मुझे भूख का अहसास हुआ किन्तु मेरे पास कोई टिफिन बाक्स नहीं था।

प्रधानाचार्य का चपरासी दरवाजे से ही बोला था "आपको साहब बुला रहे हैं " मैं कुर्सी से उठकर चल पड़ी थी। आफिस के दरवाजे पर नेमप्लेट लगी थी जिसे मैंने नोटिस नहीं किया था।

अभिषेक गुप्ता,बी.ई., बी.एड

प्रधानाचार्य

यह बी.ई. और बी.एड का कॉम्बिनेशन मेरी समझ के परे था, साड़ी का पल्लू सिर पर ठीक करते हुए मैने दरवाजा खुला था फिर भी धीरे से खटखटाया,

गुप्ता जी के हाथ में मैनेजर का लिखा हुआ पत्र था।

"आइए, बैठिए"

"सर, आपने मुझे बुलाया था"

"मैनेजर के पत्र के साथ आपका कोई बायोडेटा नहीं है और न ही कोई अन्य जानकारी।"

मैं कुछ क्षणों तक कुछ नहीं कह पाई थी किन्तु इस घड़ी का सामना करने की मैंने तैयारी कर रखी थी।

"सर, मेरा कोई सर्टिफिकेट अथवा कोई बायोडेटा नहीं है नियति मुझे आश्रम के दरवाजे तक ले आई है।"

"फिर भी कोई स्कूल, कालेज, परिवार कुछ तो बताने के लिए होगा।"

"मेरे माता-पिता इस दुनिया में नहीं है और मेरा कोई अपना इस दुनिया में नहीं है। इससे अधिक जानकारी मेरे पास नहीं है। आप मुझे अनाथ, बेसहारा, लाचार या अन्य कुछ जो भी चाहें कह सकते हैं।" मैं इसके आगे कुछ नहीं बोल पाई थी।

मेरा गला रुंध गया था मैंने बहने लगे आँसुओ को रूमाल से पौंछा और पहली बार अपना चेहरा उठाकर अपनी नजरें प्रधानाचार्य के मुख पर जमा दी थी।

पांच मिनट तक कोई कुछ भी नहीं बोला था। प्रधानाचार्य कोई वृद्ध अथवा बड़ी उम्र के नहीं थे, मेरे अनुमान से लगभग पैतीस के लग रहे थे।

"आपने बी.ए. फाइनल की परीक्षा नहीं दी, क्या आप यह परीक्षा दे कर एक संपूर्ण डिग्री नहीं प्राप्त् करना चाहती हैं? आपकी शिक्षा किस विश्वविद्यालय से हुई थी इतना स्मरण आपको होगा ही।"

"सर, मैने अपने अतीत के पन्नों पर काली स्याही फेर दी है, मुझे अपने गुजरे हुए समय से कोई उम्मीद अथवा सरोकार नहीं है।" यह कहते हुए मैने कुर्सी से उठने का यत्न किया था लेकिन प्रधानाचार्य ने मुझे बैठने का इशारा किया था।

"ठीक है,आप एक टेम्परेरी टीचर की तरह कार्य करिये जब तक हम आपको इस तरह रख सकते हैं, मैं आपको कोई समय सीमा नहीं दे सकता हूँ। आपकी कार्य राशि केवल रू1500 आपको मैनेजर से मिलती रहेगी। हाँ, एक बात का ध्यान रखियेगा आपको जो भी कार्य सौंपा जायेगा आप करेंगी, मेरा मतलब है आफिस के कार्य में भी आप सहयोग करेंगी।"

"सर, अब मुझे कौन सी कक्षा में जाना है?"

"आज आप आश्रम जा सकती हैं, आपकी कार्य सारिणी शाम को मैनेजर दे देंगे। आप प्रत्येक समस्या और प्रश्न के लिये मेरे पास ही आएंगी आसपास अन्य लोगों

से मेलजोल से दूर रहें आपके लिये बेहतर है। आपके प्रति उनकी उत्सुकता और कौतुहल के कारण बढ़ाई गयी नजदीकियों को आप मित्रता मत समझियेगा, उनके पास आपके लिए सैकड़ों प्रश्न हो सकते हैं और आपके पास तो किसी भी प्रश्न का जवाब नहीं है। मेरी एक सलाह और भी है आप अपनी वेशभूषा को एक टीचर जैसा रखिये मै नहीं चाहता कि छात्रों में कोई उत्सुकता अथवा उलझन बढ़े आप जा सकती हैं।"

मुझे सब कुछ अजीब और अलग लग रहा था। आश्रम और स्कूल के नियम और वातावरण में सामंजस्य कैसे हो पाएगा मेरी चिंता का सबसे बड़ा विषय था। कुल मिलाकर मैनेजर का मेरे जीवन में दखल और आवश्यकता बढ़ रही थी, प्रधानाचार्य और मेरे बीच का सेतु मैनेजर ही था। स्कूल में मेलजोल बढ़ाना मेरे इतिहास के लिए घातक था इसका अहसास मुझे भी था।

स्कूल के बाहर निकलने के लिये दरबान ने गेट खोलने के साथ ही सलाम ठोका जिसका मैंने सिर हिलाकर जवाब दिया था। मन को एक अनछुए संतोष का आभास हुआ। स्कूल से आश्रम की दूरी कम थी किन्तु दिमाग में पैडल मारते विचारों की रफ्तार बहुत तेज थी। अभिषेक गुप्ता जी की बी.ई. और बी.एड. डिग्री का समायोजन बेहद विचित्र लग रहा था। मैंने कोई डिग्री,सर्टिफिकेट नहीं दिया था लेकिन फिलहाल मुझे चयनित होने की खुशी थी, मैं स्कूल में पढ़ाने का यह अवसर किसी भी कारण से नहीं खोना चाहती थी। आश्रम का द्वार सदैव बंद रहता था किन्तु बाहर से खोल सकने का प्रावधान था जिसे मैंने पहली बार यहां देखा था। हैंडल को घुमाया और दरवाजे के अंदर बना खिड़कीनुमा छोटा दरवाजा खुल गया था। प्रवेश करते हुए एक अजीब झिझक लग रही थी अंदर जाने की इच्छा नहीं थी किन्तु मेरी मजबूरी थी। भूख से मेरा बुरा हाल था लेकिन सीधा खाना खाने के लिए रसोई में घुसना उचित नहीं समझा था। अपना पर्स और घड़ी रख कर मैं कमरे से बाहर आ रही थी कि अम्मा मिल गई थी

"बेटी, तुम्हें काम मिल गया बहुत अच्छा हुआ, बिना कुछ खाये क्यों चली गई थी? रसोई में अभी भोजन चल रहा है जाओ और तुम भी खालो।"

स्कूल से आते हुए स्टेशनरी की दुकान दिखाई दी थी वहां रुक कर मैंने चौथी कक्षा की अंग्रेजी की पुस्तक ख़रीद ली थी। भोजन उपरांत सभी लोग विश्राम करते थे इसलिए यह समय पुस्तक पढ़ने के लिए उपयुक्त था, लेकिन कहाँ बैठकर? पुस्तक

लेकर मंदिर की सीढ़ियों पर बैठ रही थी उसी समय कुसुम बहिन मंदिर से पूजा की थाली लेकर बाहर निकल रहीं थीं,

"मास्टरनी को भी पढाई करनी पड़ती है"

मैंने कुसुम बहिन का व्यंग्य अनसुना करते हुए कहा था,

"कुसुम बहिन समय है तो बैठिये बात करेंगे।"

कुसुम बहिन पास आकर बैठ गयी थी।

"पढ़ाने का काम मिल गया है किन्तु कितने दिन चलेगा मुझे मालूम नहीं।"

"क्यों? तुम पढ़ी लिखी हो देखने में भी अच्छी हो स्कूल में पढ़ाने के लिए और अधिक क्या चाहिए? अच्छा, तुम्हें कुछ मेहनताना भी देंगे या मुफ्त में काम करवा रहे हैं।"

"अभी तक कुछ मालूम नहीं है"यह कहते हुए मैंने अंग्रेजी की पुस्तक खोल दी थी।

उठते हुए कुसुम बहिन चूकी नहीं थी, "अरे मैं कैसे बैठ गयी, करने के लिए ढेर सारे काम पड़े हैं।"

मेरा भी मूड खराब हो गया था, शाम की आरती की तैयारी का समय हो रहा था। मैं भी कुसुम बहिन के साथ चल पड़ी थी। मैने देख लिया था किशोर, मैनेजर का असिस्टेंट एक लिफ़ाफ़ा लिये आ रहा था। उसे देखकर मैंने रुक जाना उचित समझा था,

"कुसुम बहिन आप चलिये मैं यह पुस्तक रख कर आती हूँ।"

नजदीक पहुँचते ही किशोर ने लिफ़ाफ़ा मुझे थमा दिया था,

"आपको ही ढूंढ रहा था, मैनेजर साहब ने आपको देने के लिये दिया था।" यह कहते हुए वह वापस लौट गया।

मैंने लिफ़ाफ़ा पुस्तक के बीच में रख लिया था और अम्मा के कमरे में अपना बैग खोलकर पुस्तक रख दी थी।

मेरा प्रति दिन का काम था शाम के समय मंदिर में जल भर कर रखना मैंने कलश और सभी बर्तन धोकर जल भर दिया था

संध्या आरती का समय मन को शांति देता था, मेरा भजन'मेरे तो गिरधर गोपाल दूसरो नकोई,' सभी को बहुत पसंद आया था। अम्मा की तबियत ठीक नहीं थी इसलिए उन्हे आने में देर हो गयी थी वह आते-आते मेरा भजन सुन रही थी उन्होंने पास आकर मुझे गले लगा लिया था मेरा भावुक मन बिलख-बिलख कर रोने लगा था।

अम्मा ने मेरा चेहरा उनके हाथों में ले लिया था,

"स्नेहा, क्या हो गया है तू एक अच्छी टीचर बन कर हमारा मान रखेगी, हम सभी बहुत खुश हैं।"

रात्रि की आरती के पश्चात् सभी सोने की तैयारी में जुट गये थे मैंने अम्मा और मेरा बिछौना लगा दिया था, मुझे एक शांत और एकांत स्थान की तलाश थी जहां बैठकर मैं लिफ़ाफ़ा खोलकर अगले दिन का कार्यक्रम जानना चाहती थी,पूरे आश्रम में पच्चीस वाट से ज्यादा का बल्ब कहीं नहीं था।

स्कूल का समय दस बजे का था,आफिस की सफाई निपटा कर मैं स्नान करने के लिए चल पड़ी थी,कोई भी बाथरुम खाली नहीं था, मैंने बाहर खड़े होकर प्रतीक्षा करने का निर्णय लिया था। मैं जल्दी-जल्दी तैयार हो कर स्कूल के लिए निकल रही थी तभी सुमन बहिन ने एक पैकेट मुझे थमा दिया था,

"तुम्हारा नाश्ता है इस प्रकार कितने दिन तक भूखी रहोगी? समय निकाल कर अवश्य खा लेना।"

आश्रम में सभी भाग्य की विडम्बनाओं से त्रस्त थे और यह पारस्परिक प्रेम हमारी शक्ति था। मानवीय कमजोरियाँ कभी-कभी हावी हो जाती थी किन्तु मन में घर नहीं बनाती थी।

स्कूल का दरवाजा बंद था, मैं एक तरफ खड़ी होगयी थी और दस बजने का इंतजार करने लगी थी।

मुझे चौथी कक्षा में जाना था लेकिन समी छात्र प्ले ग्राउन्ड की ओर जा रहे थे। मुझे अपना स्कूल,सुबह की एसेम्बली और प्रार्थना सभी का स्मरण हो आया था, मेरे कदम ग्राउन्ड की तरफ़ बढ़ रहे थे किन्तु मुझे दिये गये पूरे दिन के निर्देश में इसका जिक्र नहीं किया गया था।

मैं वापस चौथी कक्षा के कमरे में जाकर कुर्सी पर बैठ गयी थी। यह अछूतों जैसा व्यवहार मुझे दुःखी कर रहा था। अपने अतीत पर पछतावा कोई उम्मीद की किरण नहीं दिखा सकता था किन्तु इतने बंधित, घायल और मजबूर जीवन के साथ कब तक समझौता कर पाऊँगी?

यहां आकर मैने बड़ी गलती की थी मुझे माँ के पास लखनऊ चले जाना चाहिए था कोई भी कैसे जान सकता था कि मेरे साथ क्या हुआ था किन्तु इसकी जानकारी मामीजी को थी और उनके नालायक भतीजे का शातिर दिमाग अब तक कितनी आग लगा चुका था इसकी मुझे जानकारी नहीं थी। मैं छात्रों के शोर से चौंक कर खड़ी हो गई थी। एसेम्बली ख़तम हो गयी थी और छात्र अपनी कक्षाओं में जा रहे थे।

कुछ छात्रों ने गुड मार्निग कहा था।

सभी छात्र अपनी कुर्सी पर बैठ गये थे। रश्मि जल्दी से खड़ी होगयी थी और अंग्रेजी में बोलने की कोशिश कर रही थी,

“madam, last teacher up to five lessons, now today sixth lesson”

वृंदावन के स्कूल की चौथी कक्षा की छात्रा का प्रयास सराहनीय था।

“रश्मि, तुम्हारी अंग्रेजी अच्छी है और तुम सभी को अंग्रेजी सीखने के लिए व्याकरण का ज्ञान होना जरूरी है इसलिए हम पहले व्याकरण पढ़ेंगे। इस विषय को ‘English Language ‘ कहते हैं मतलब अंग्रेजी भाषा। सही प्रयोग की जानकारी के बिना किसी भी भाषा का सही उपयोग नहीं कर सकते हैं। हम नाउन, इसे हिन्दी भाषा के व्याकरण में संज्ञा कहते हैं के सही नियमों से शुरू करेंगे।”

दो पीरियड निकल गये थे, मुझे पता चल गया था कि कई दिन लगेंगे। इस वर्ष किताब की विशेष जरूरत नहीँ थी।

घंटा बजते ही सभी छात्र फुर्ती से टिफ़िन उठा कर बाहर निकल गये थे मुझे भी भूख लग रही थी, मैने पेकेट निकाला और दोनों चटनी लगी रोटियाँ खतम कर दी थी।

दो पिरियड पाँचवी कक्षा को गणित पढ़ाकर रेवती शरण जी से निर्देश प्राप्त करना था मैं उनके आफिस के तरफ बढ़ गयी थी।

रेवती शरण जी एक रजिस्टर में सिर गड़ाये बैठे थे, मुझे देखकर सामने रखी कुर्सी पर बैठने का इशारा किया था पाँच मिनट तक रेवती जी ने अपना सिर रजिस्टर से नहीं उठाया था। मैं थकान महसूस कर रही थी और आश्रम जाने की आज्ञा मांगना चाहती थी किन्तु तभी रेवती जी ने अपना सिर ऊपर उठाया,

"आराम से बैठिये, पानी पीऐंगी? " बस इतना ही और जिस रजिस्टर में सिर घुसा कर बैठ थे उसे मेरी तरफ खिसका कर कहा था,

"छात्रों के दो माह की फीस का विवरण है, उनका अलग-अलग टोटल लिख दें।"

इतना कह कर उन्होंने पास की कुर्सी पर रखे ढेर से एक रसीद बुक मेरे सामने रख दी थी।

"आप छात्रों का नाम, रकम, तारीख उनके खाली स्थान पर लिख दें, हस्ताक्षर मैं कर दूंगा।"

मुझे प्रधानाचार्य के अंतिम वाक्य का अर्थ समझ में आ गया था और यह भी कि स्कूल में मेरी नियुक्ति एक क्लर्क के तौर पर हुई थी टीचर नहीं, मुझे दोनों काम करने थे। इस सत्य ने मेरी पढ़ाने की जिजीविषा को छीन लिया था। इस स्थान में मुझे एक गुड़िया की तरह नाचना था, जिसका हर कदम, क्रियाकलाप दूसरों के अधिकार में था।

मैंने रजिस्टर बंद करके एक तरफ रख दिया था यह देखकर रेवती जी चकित रह गये थे।

इसके पूर्व कि वह कुछ बोलते मैंने कहा था,

"श्रीमान जी, मैं जानना चाहती हूँ कि मेरी नियुक्ति एक अध्यापक की हुई है अथवा क्लर्क की तरह, क्योंकि मैं दोनों के बीच तालमेल नहीं बैठा पाऊँगी।" मेरा स्वाभाविक मिजाज ढक्कन तोड़ कर बाहर निकल गया था।

रेवती जी अपनी कुर्सी से उठ खड़े हुए और दरवाजे के तरफ बढ़ते हुए बोले

"आपके प्रश्न का उत्तर केवल गुप्ता जी ही दे सकते है।"

मैं पैर पटकते हुए उनके पीछे चल पड़ी थी। मुझे रेवती शरण जी के साथ देखकर प्रधानाचार्य जी उलझन में पड़ गए थे।

रेवती जी ने मेरे शब्दों को अक्षरशः प्रधानाचार्य को सुनाकर मेरे विचारों से अवगत करवा दिया था।

इसके पूर्व गुप्ता जी कुछ कहते मैंने अपनी इच्छा जाहिर की थी

"सर, मैं कुछ महीनों के पश्चात अपना आवेदनपत्र लेकर आऊंगी, आप मुझे क्षमा करें।"

गुप्ता जी कुछ नहीं बोले बस मुझे एकटक देखते रहे।

मैंने अधीर होकर कहा था,

"सर, मैं वापस आश्रम लौट सकती हूँ?"

गुप्ता जी ने अपना सिर हिला दिया था।

जिस गेट से मैं एक ठंडी बयार की तरह अंदर गयी थी, एक तूफ़ान की तरह बाहर निकल आई थी। स्कूल से कुछ कदम दूर भगवान शिव का एक छोटा सा मंदिर था, मुझे शांति से विचार करना था कि अब क्या करना है। मेरे लिए इससे अधिक उपयुक्त स्थान आश्रम में नहीं था। मैंने बी. ए. फाइनल की परीक्षा देने का निर्णय कर लिया था, मेरे पास इससे संबंधित सभी कागजात थे। मुझे आगरा युनिवर्सिटी के अंतर्गत आने वाले कॉलेज की तलाश करना था और इसकी जानकारी केवल मैनेजर ही दे सकते थे, किन्तु उनसे जिस गोपनीयता की मुझे आवश्यकता थी उसकी कोई उम्मीद नहीं थी। आश्रम में एक लोकल समाचार पत्र आता था लेकिन उसे पढ़ने की सार्थकता पहले कभी महसूस नहीं हुई थी। इन सभी विचारों के साथ मैं खड़ी होगयी और आश्रम की तरफ बढ़ गयी थी।

इसके पूर्व कि मैनेजर तक समाचार पहुँचे मैं आफिस जाकर 'अपना अखबार' की सात-आठ प्रतियाँ निकालकर ले आना चाहती थी। मैं आश्रम में घुसते ही आफिस चली गई थी किन्तु मैनेजर को वहाँ देखकर कुछ क्षणों के लिए ठिठक गई थी।

मैनेजर ने मुझे देखा और प्रश्न वाचक नजर के साथ अपना मुँह ऊपर उठाया।

"सर, मुझे 'अपना अखबार ' की कुछ प्रतियाँ चाहिए, आपकी इजाजत हो तो मैं ले जा सकती हूँ?"

बहुत अच्छी बात थी कि मैनेजर बहुत कम बोलते थे उन्होंने सिर हिलाकर पुराने अखबारों के तरफ इशारा कर दिया था। मैंने बिना समय गंवाये आठ अखबार

उठाये और धन्यवाद कहते हुए बाहर निकल आई थी चूंकि सफाई मैं कर रही थी अखबारों पर धूल मिट्टी का नामो-निशान नहीं था।

मंदिर की सीढ़ियां, एक अनुकूल स्थान,पर जाकर मैंने अखबार फैलाया और कॉलेज का नाम ढूंढने लगी। पूरे आठ अखबार छान मारे थे किन्तु कोई भी कॉलेज का नाम नहीं दिखाई दिया था। हताश होकर मैं सभी अखबार समेट कर रख रही थी तभी किसी विवाह समारोह के आयोजन की सूचना छापी गई थी उस पर मेरा ध्यान चला गया था। अखबार पुराना था तारीख निकल गयी थी फिर भी मैं जिज्ञासा वश पढ़ने लगी थी। मुझे अपने इस विचार पर हंसी आ गई थी, न मुझे निमंत्रण था और न ही जाने का इरादा और समाचार भी पुराना था। समारोह स्थल कोई कॉलेज था, मैने फटाफट अपनी छोटी डायरी पर्स में से निकाल कर पता लिख लिया था। यह कॉलेज मेरे काम का नहीं था फिर भी वहाँ से उपयुक्त कॉलेज की जानकारी प्राप्त करना संभव था। जीवन एक मजाक बन कर रह गया था, पुराने अखबार के टुकड़े मेरे भविष्य का निर्माण कर रहे थे।

मैं बहुत संतोष के साथ खड़ी होगयी थी। अखबार आफिस में यथा स्थान रख कर मैंने अम्मा के कमरे का रुख किया था और अपना सामान रख कर रसोई के तरफ चल पड़ी थी भूख लग रही थी किन्तु शाम की आरती के लिए पानी की व्यवस्था मेरी जिम्मेदारी थी इसलिए इसे पूर्ण करना था। आरती होने के पश्चात कुछ बहिनें स्कूल के बारे में जानना चाहती थीं। आश्रम में अधिकतर बहिनें उम्र के कई पड़ाव पार कर चुकी थी किन्तु उत्सुकता की कोई आयु नहीं होती है। विडंबना यह थी कि मेरे पास बताने के लिए कुछ भी नहीं था।

सुबह जल्दी उठ कर सफाई का कार्य निपटा कर मैं स्नान करने के लिए गई थी बाथरूम में कोई नहा रहा था मुझे किसी भी प्रकार की जल्दी नहीं थी। तैयार हो कर मैं नाश्ता करने के लिये रसोई की तरफ जा रही थी कि कुसुम बहिन नाश्ते का पैकेट लिए आ रही थी, मैंने उन्हे एकदम गले से लगा लिया था। चौंकते हुए कुसुम बहिन मुस्कुराते हुए कह रही थी,

“आज स्कूल नहीं जाना है?”

“जाना है कुसुम बहिन किन्तु आपका मुस्कुराता चेहरा देख कर जाना है। यह मौका कभी-कभी मिलता है।”

कुसुम बहिन बिना कुछ कहे मुड़कर रसोई में घुस गयी थी।

मैंने कमरे से अपना पर्स और सर्टिफिकेट का लिफ़ाफ़ा उठाया पुस्तक छोड़ दी थी और बाहर निकल आई थी। मुझे कॉलेज की लोकेशन का कुछ भी पता नहीं था इसलिए मैंने रिक्शा किया था। मेरा पूरा ध्यान मार्ग में आने वाली दुकानों पर केन्द्रित था क्योंकि प्रति दिन रिक्शा लेने जितने पैसे मेरे पास नहीं थे। पुनः एक बार पांच सौ रुपये गवां देने का अफसोस मन को कचोटने लगा था। कालेज एक किलोमीटर दूर था, रिक्शा चालक ने पांच रूपये मांगे थे और मैने दे दिये थे। पहली बाधा गेट पर खड़ा दरबान था,

"मैड़म किससे मिलना है।"

"दरबान जी मुझे आफिस के बड़े बाबू से बात करनी है।"

"किसलिए, क्या समस्या है?"

"मेरे सर्टिफिकेट में कुछ ठीक करवाना है।"

"जाईये " और दरबान ने फाटक खोल दिया था।

मैं कॉरिडोर में चलते हुए कमरों पर लगी तख्ती पढ़ते हुए बढ़ रही थी कि एक कमरे की तख्ती पर लिखा था

सूरजभान गुप्ता, हेड क्लर्क

कमरे में एक बहुत लंबी- चौड़ी मेज के सामने एक वृद्ध महाशय, पूर्ण रूप से बाबू दिखाई देने वाले व्यक्ति कुर्सी के पीछे सिर टिका कर ऊंघ रहे थे अथवा संभवतः गहन विचार में डूबे हुए थे। मैं चुपचाप उनके समक्ष जाकर खड़ी हो गयी थी। उनकी तंद्रा टूट गयी थी, उन्होंने अपना चश्मा उठाया और आखों पर लगा कर अपना चेहरा मेरी तरफ बढ़ाते हुए पूछा,

"बताइये क्या काम है?"

उनके आराम में खलल डालने का मुझे अफसोस था किन्तु मेरी समस्या भी गंभीर थी।

"नमस्ते सूरजभान जी, माफ कीजिए गलत समय पर आपके आफिस में बिना पूछे चली आई" मैं कुछ क्षणों के लिए रुक गयी थी।

"कोई बात नहीं, बताएं आप इस कॉलेज की छात्रा नहीं लगती है, आप लेक्चरर की पोस्ट के लिए निवेदन पत्र देने आई हैं?"

"नहीं, मैं कुछ जानकारी प्राप्त करने के लिए आई हूँ। मैने आगरा यूनिवर्सिटी से बी ए सेकेन्ड इयर तक किया है कुछ पारिवारिक विपदाओं कै कारण मैं फाइनल की परीक्षा नहीं दे पाई थी,अब मैं फाइनल की परीक्षा देना चाहती हूँ। क्या मैं इस कालेज से फार्म भरकर प्राइवेट छात्र की भांति परीक्षा दै सकती हूँ?"

सूरजभान जी ने कुछ समय सोचने के पश्चात पूछा था,

"आप कौन सी धारा से हैं?"

मैं कुछ भी समझ नहीं पा रही थी कि सूरज भान जी ने स्पष्ट किया था

"मेरा तात्पर्य यह है कि आपने किस विषय की पढ़ाई की थी,आर्टस, कॉमर्स-"

"सर मैं आर्टस की स्टूडेंट हूँ और इंगलिश मेरा मेन विषय था। लगभग दो वर्ष का समय बीत गया—"

"अभी समय है, आप दो दिनों के बाद आकर मिलें, आपका नाम क्या है मेरा मतलबत पूरा नाम क्या है?"मैंने धन्यवाद के साथ दो दिनों के बाद उनके मार्ग दर्शन की आवश्यकता पर जोर दे कर पुनः उपस्थिति होने की सूचना दी थी और आफिस से बाहर निकल गयी थी। मेरे खाने का पैकेट पर्स में था और भूख भी लग रही थी किन्तु समझ नहीं पा रही थी कि किस स्थान पर बैठ कर खाऊं,पास में एक साधारण सा रेस्तराँ दिखाई दिया था, एक कप चाय का आर्डर दे कर मैंने अपने पैकेट से खाना शुरू कर दिया था।

आश्रम के आफिस के बाहर के बरामदे से गेट से आने -जाने वालों पर नज़र रखी जा सकती थी मैने फाटक खोल कर पाँच कदम रखे थे कि मैंने देखा किशोर तेज गति से चलते हुए मेरी तरफ आ रहा था मैं रुक गई थी।

"दीदी आपको मैनेजर साहब ने बुलाया है।"

मैं इस बुलावे का कारण अच्छी तरह से जानती थी, कुछ भी पूछे बिना आफिस की ओर चल पड़ी थी।

मुझे मैनेजर ने सख्त निगाहों से देखते हुए कहा था,

"बैठिये, आप कहां से आ रही हैं? मुझे ज्ञात हुआ है कि आज आप स्कूल नहीं गयी हैं क्या मैं इसका कारण जान सकता हूं?"

"मैनेजर साहब, आप मेरे पिताजी के बराबर हैं और आपने मेरे लिए जो प्रयत्न किया उसके लिए मैं बहुत आभारी हूँ, मैने स्कूल नहीं जाने का निश्चय किया क्योंकि एक टीचर की नियुक्ति के लिये मेरे पास योग्यता ही नहीं है और इस अयोग्यता के कारण मेरी नियुक्ति एक अध्यापक की तरह नहीं हो सकती है इसका अहसास मुझे करा दिया गया है। मुझे कोई भी शिकायत नहीं है सब जगह नियम होते हैं और नियमों का पालन भी होना चाहिए। मैं एक दिशाहीन और शैक्षणिक अयोग्यता के साथ निर्देशों के कटघरे में कैद होकर काम नहीं कर सकती हूँ। मैं आप सभी की ऋणी हूँ कि आप सभी ने मेरे शैक्षणिक अधूरेपन का आभास करवा दिया।"

"अब क्या करना चाहती हो?"

"सर, मुझे आपके अतिरिक्त विश्वास और मदद का भरोसा किसी से भी नहीं है, मैं बीए फाइनल की परीक्षा देना चाहती हूँ।"

"यह एक सुन्दर विचार है किन्तु यह कैसे हो पाएगा कोई जानकारी है?" कहते-कहते मैनेजर सोच में पड़ गए थे।

"सर, इसकी जानकारी प्राप्त् करने के लिए मैं आज सीतादेवी सिंघल कॉलेज गयी थी किन्तु विशेष जानकारी नहीं मिल पाई।"

"आपकी शिक्षा किस विश्व विद्यालय से हुई थी यह भी महत्वपूर्ण है।"

"मैंने आगरा यूनिवर्सिटी से दो वर्ष की पढ़ाई की है किन्तु कुछ पारिवारिक विपदाओं के कारण फाइनल की परीक्षा नहीं दे सकी थी।"

मेरे जीवन की उथल पुथल के साथ 'विपदाओं' शब्द का प्रयोग उचित था, समस्या शब्द कमजोर था। पिताजी के स्वर्गवास के साथ विपदाओं का सिलसिला शुरू हुआ था मैं नहीं जानती कब खत्म होगा।

"मुझे कुछ समय लग सकता है किन्तु तुम्हारे इस निर्णय से मैं प्रसन्न हूँ, तुमने अपनी कमी को शीघ्र ही पहचान लिया है।"

"सर,मुझे पढ़ाई के लिए समय चाहिए और इसके लिए कॉलेज की लाइब्रेरी से बेहतर स्थान नहीं है, आप मेहरबानी करके स्कूल छोड़ने के सत्य को उजागर न करें।"

"बेटी, तुम्हारा हौसला कभी नहीं टूटना चाहिए" मैं भावनाओं के आवेग में आगे बढ़कर मैनेजर के पैर छूना चाहती थी किन्तु उन्होंने रोक दिया था। मुझे इस तरह भावनओं के वेग में नहीं बहना चाहिए अपनी भावुकता पर नियंत्रण रखना सीखना था।

मैं सीढियां उतर कर रसोई की ओर जा रही थी दूर से सविता बहिन ने उनके पास बुला लिया था। मैं उनके सामने जाकर खड़ी होगयी थी उन्होंने बैठने का इशारा किया था। सविता बहिन ने उनके पास रखी केतली में से एक कप, चाय भर कर मेरे सम्मुख रख दिया था।

"मैनेजर के आफिस से आ रही थी?"

"उन्होने बुलाया था,स्कूल के बारे में जानना चाहते थे।"

"कैसा लगता है, तुमने इसके पूर्व किसी पाठशाला में पढ़ाया था?"

"बच्चों का साथ एक नयी उर्जा और खुशी प्रदान करता है।"

"तुम्हारे अपने बच्चे,अरे छोड़ो मैं भी क्या पूछ रही हूं, तुम तो विवाह के कम समय में ही विधवा हो गयी थी।"

मैं चाय का प्याला नीचे जमीन पर रख कर खड़ी हो गई थी।

"शाम की आरती का समय हो रहा है।"

मैं अपने ही बुने झूठ के जाल में उलझती जा रही थी। अपने यौवन को काले रंग से ढकना मेरी नियति नहीं हो सकती थी कहते हैं कि झूठ के पांव नहीं होते इसलिए यह ज्यादा दूर तक नहीं चल सकता किन्तु सच्चाई का सामना होने का क्षण, इस विचार मात्र से मेरा भय बढ़ता ही जा रहा था। जो भी हो बीए की डिग्री प्राप्त करने के लिए मुझे सब कुछ सहना था। अम्मा सो रही थी दबे पाँव जाकर मैंने सामान बैग में रख दिया था। मैं शाम के सभी कार्य पूरे कर मंदिर की सीढ़ियों पर बैठ गयी थी। मैनेजर ने आश्वासन दिया था लेकिन मुझे भी अपने प्रयास जारी रखना था। मैंने पुनः सीता देवी कॉलेज जाकर प्राइवेट छात्र के रजिस्ट्रेशन की जानकारी प्राप्त करने का मन बना लिया था।

सुबह दस बजे पहुँच जाना उपयुक्त नहीं था। मैं जानती थी कि इस समय सभी लोग अपने नित्य के काम में व्यस्त रहते हैं। आफिस की सफाई करते हुए मैने कुछ अखबार उठा लिये थे और सर्टिफिकेट के फोल्डर में रख कर आश्रम से बाहर निकल गयी थी। मैंने तय कर लिया था कि मैं कॉलेज में दो बजे से पहले नहीं जाऊँगी। मेरे पास चार घंटों का समय था किन्तु समझ नहीं पा रही थी कि क्या करूं, कैसे और कहाँ इतना लंबा समय व्यतीत कर सकती थी इसकी कुछ भी जानकारी नहीं थी। मैं पैदल चल रही थी रिक्शा चालक मेरे पास रुक रहे थे किन्तु मुझे उनकी कोई जरूरत नहीँ थी।मेरे लिए इस फिजूल खर्ची का कोई औचित्य नहीं था और समय की भी कोई कमी नहीं थी। मैंने किसी से लाइब्रेरी का पता पूछ कर वहाँ बैठकर समय का सदुपयोग करने का फैसला किया था। मैं दुकानों के सामने से चलती जा रही थी तभी मेरी नजर पुस्तकों की दुकान पर गयी थी और इस दुकान से लाइब्रेरी का पता लेकर आगे बढ़ गयी थी। लगभग दो किलोमीटर की दूरी पर एक साधारण सी लाइब्रेरी थी। सभी स्कूल और कालेजों में उनकी अपनी लाइब्रेरी होती है इसलिए इस तरह की लाइब्रेरी में बहुत कम लोग जाते थे। मुझे चलते-चलते दो घंटे बीत गए थे और वापस लौट कर सीता देवी कॉलेज भी जाना था इसलिए इस राजकीय लाइब्रेरी में बैठने का समय ही नहीं बचा था। मेरे पैर जवाब दे रहे थे और कालेज पहुँचने के लिए लगभग दो किलोमीटर दूर चलना था। एक छोटे रेस्तरां में मैंने एक कप चाय का आर्डर दिया, यह कुर्सी पर बैठने की अनुमति के लिए आवश्यक था। मैंने अपना पैकेट खोल कर खाना शुरू कर दिया था।

कॉलेज के गेट तक पहुँचने में दो घंटे लग गए थे, दरबान का रटा रटाया सवाल,

“किससे मिलना है?”

“सूरजभान जी ने बुलाया था”

“नौकरी के लिये आई हो, कोई सिफारिश है? मैं तुम्हें बता रहा हूँ बिना सिफारिश वालों को बुलाते रहते हैं तुम्हारी चप्पल घिस जायेगी किन्तु नौकरी नहीं मिलेगी। यह इन्टरव्यू केवल दिखावा है।”

मैंने कोई भी उत्तर नहीं दिया था, दरबान का अनुभव मेरे किसी काम का नहीं था, शायद हाल-फिलहाल बेकार था। मैं सीधा सूरजभान जी के आफिस के तरफ बढ़ गयी थी, उनकी कुर्सी खाली थी शायद किसी काम से बाहर निकल गये थे। मैं

कुर्सी पर जमकर बैठ गयी थी और प्रतीक्षा करने लगी थी। थकान और नींद के कारण मेरी आँखें बंद हो रही थी किन्तु मैं बार-बार खोलने का प्रयास कर रही थी। अचानक कुर्सी घसीटने की आवाज ने मुझे एलर्ट कर दिया था और मैं हड़बडाते हुए खड़ी होगयी थी।

“सर, नमस्ते, मैं कल आई थी मुझे बीए फाइनल की परीक्षा का फार्म, प्राइवेट छात्र के तरह भरना है और इस बारे में पूरी जानकारी भी चाहिए। मैंने आपको बताया था कि पारिवारिक विपदाओं के कारण मैं फ़ाइनल की परीक्षा नहीं दे पाई थी। आप मेरी कुछ मदद कर दे तो आपकी बहुत कृपा होगी।” मैंने यह सब एक ही साँस में बोल दिया था क्योंकि बीच में पूछे गये प्रश्न समय की बर्बादी के अलावा और कुछ नहीं थे।

“आप वृंदावन में कहां रहती हैं?”

“सर,शायद आपको विचित्र लगेगा, मैं एक आश्रम में रहती हूँ। माता-पिता के निधन के बाद मामा अपने यहाँ ले गए थे किन्तु उनके देहान्त के बाद मामीजी ने मुझे घर से निकाल दिया था।”

“अरे!!”

सूरजभान जी कुछ कहना चाहते थे किन्तु रुक गये थे।

“तुम आश्रम कैसे पहुँच गयी?”

“मैंने बे-सहारा स्त्रियों के लिए आश्रम है ऐसा पढ़ा था। सर, आप मेरी कुछ मदद करें, बीए की डिग्री प्राप्त करने के बाद मुझे नौकरी मिलने की उम्मीद है। मैं जीवन भर आश्रम में नहीं रह सकती।”

“देखो बेटी, तुम्हे आगरा यूनिवर्सिटी से बीए का फार्म मंगवाना चाहिए और सीधा यूनिवर्सिटी से ही पत्राचार करना चाहिए।”

अपने आप को अनाथ कहते हुए मेरा दिल चीत्कार करता था,संभवतः माँ जीवित थी और मेरी याद में अब उनके पास रोने के लिए आंसू भी शेष नहीं रहे होंगे। मेरा लौट जाना उनके लिए एक और नये जख्म को जन्म देना था। मेरी खोज खबर का कोई भी प्रयास न दिखाई देना मुझे विश्वास दिलाता था कि अब मेरी माँ इस संसार से चली गई थी।

मैं एकदम उठ खड़ी हुई थी,धन्यवाद दिया और आफिस से बाहर निकल गयी थी। अचानक मुझे ऐसा लगा कि किसी ने मुझे रुकने के लिए कहा था मैंने पीछे मुड़कर देखा शायद तीस-पैतीस की आयु का एक नौजवान, बड़े-बड़े डग भरते हुए मेरी तरफ़ चला आ रहा था।

"आप क्या नयी लेक्चरार है,कब से जोइन कर रहीं हैं?"

"नहीं, मैं एक छात्रा हूँ कुछ जानकारी प्राप्त करने के लिए आयी थी।"कहते हुए आगे बढ़ गयी थी। मेरी इच्छा नहीं थी कि किसी भी नये चेहरे पर ध्यान दूं, अपना परिचय देना कष्टदायक होता जा रहा था।

आश्रम में घुसते ही किशोर मिला था,

"दीदी, मैनेजर साहब ने कल सुबह दस बजे आफिस आने के लिए कहा है।"

"ठीक है " और मैं चल पड़ी थी।

आरती की तैयारी करते हुए एक ही सवाल दिमाग में घूम रहा था सुबह दस बजे क्यों? स्कूल नहीं जाकर आफिस में क्या बड़ा काम था, सभी जिज्ञासाओं का स्वागत नहीं कर सकती थी और अनसुना करना पाँव पर कुल्हाड़ी मारना था। जीवन एक मझधार के बीच खड़ा था तैरना मुझे आता नहीं था और डूबना स्वीकार्य नहीं था।

सुबह जल्दी उठ कर सफाई, स्नान इत्यादि के बाद मैंने अपना फोल्डर उठाया और आफिस पहुँच गयी थी। दरवाजे पर ताला लटक रहा था, चाबी मेरे कब्जे में थी किन्तु सफाई के बाद ताला खोलना मेरे अपने अधिकार में नहीं ऐसा मेरा विश्वास था। मैंने कॉरिडोर में चक्कर लगाना शुरू कर दिया था मैनेजर को आते देखकर चक्कर लगाना बंद किया और आफिस पहुँच गयी थी।

"आज कुछ विलम्ब हो गया, चलिए।"

मैं खड़ी रही थी, मैनेजर का आदेश सुन कर बाहर निकल जाऊंगी।

"बैठो, ऐसे सिर पर मत खड़ी रहा करो।"

मैनेजर ने अपना बैग खोला और कुछ कागज निकालकर मेरे सामने रख दिये थे।

"यह बीए फाइनल का फार्म है, यहाँ बैठकर भरो। अपने सर्टिफिकेट लायी हो कि नहीं?"

मैंने फोल्डर अपनी गोद से उठाया और मेज पर रख दिया था। पर्स से पेन निकाला और फार्म पढ़ने लगी थी। फोल्डर से सभी कागज निकालकर फार्म भरना शुरू कर दिया था, मैट्रिक का सर्टिफिकेट और उसके तथ्य मेरी जन्म कुंडली की तरह सामने खुले पड़े थे। मेरी कलम थम गयी थी और मैं बुत की तरह बैठी थी। समझ नहीँ पारही थी कि कैसे अपने झूठ का चीर-हरण देख पाऊँगी यह मेरी नियति थी अथवा मेरे कर्मो की सजा, इतनी जिल्लत भरी जिंदगी से मौत बेहतर थी। मैने अपने कागज समेटने शुरू कर दिये थे।

“आपने फार्म पूरा भर दिया?”मैनेजर ने आफिस में प्रवेश करते हुए पूछा और फार्म पढ़ने लगे थे।

“आपका फार्म पूरा खाली है इतने समय में आपने अपना नाम तक नहीं लिखा है।”

बिना कुछ कहे मैंने अपना फोल्डर और पर्स उठाया और बाहर निकल आई थी किन्तु वापस मुड़कर फार्म उठा रही थी कि मैनेजर ने गरजती हुई आवाज में कहा था,

“कहां जा रही हो? बैठ जाओ।”

पांच मिनट तक सन्नाटा छाया रहा था।

“तुम्हारी कशमकश मैं समझ रहा हूँ। मुझे तुम्हारे बारे में जानकारी है, तुम्हारे पिताजी के मित्र वृंदावन के स्कूल से रिटायर होकर यहाँ बस गये हैं तुम्हे आश्रम से बाहर निकलते हुए देखकर हैरान हो गये थे,इसलिए मुझ से मुलाकात हुई थी। उनका तबादला तुम्हारे पिताजी के रिटायरमेन्ट से पहले हो गया था उन्हे तुम्हारे पिताजी के देहान्त की जानकारी थी किन्तु तुम्हारी माताजी और तुम्हारे बारे में कोई जानकारी नहीं थी। अब चुपचाप फार्म भरो सच्चाई के साथ।”

मैं हक्की-बक्की मैनेजर का मुँह ताकती रही थी।

“समय बहुत कम है फार्म पूरा भर कर सर्टिफिकेट के साथ मेरी ड्राअर में रख कर जाना।”

दिमाग में सवालों और जवाबों का मेला लगा था कि “ समय कम है” के जुमले ने मेरा ध्यान फार्म पर केन्द्रित कर दिया था। फार्म भरने में काफी समय लग रहा था पेन भी काम नहीं कर रहा था। शुक्र है कि मैनेजर साहब एक पेन मेरे सामने

रख कर गये थे। इस बीच किशोर दो दफ़ा कमरे में झांक कर गया था लेकिन मैंने इस पर ध्यान नहीं दिया था। पूरे दो घंटों के बाद मैंने फार्म के साथ यथोचित सर्टिफिकेट संलग्न करके फोल्डर में डाल कर मेज की दराज़ में रखने के लिए बढ़ी थी कि

"रहने दो, इसे मुझे दे दो।"

मैनेजर वापस आ गये थे। मेरे दिल पर से शंका का पत्थर हट गया था। किशोर दो बार झांक कर गया था कौतूहलवश वह निकालकर देख सकता था।

"सर, कोई गलती हो तो मुझे बुला लीजियेगा मैं कल बाहर नहीं जाऊँगी।"

मैं दो मिनट खड़ी रही किन्तु मैनेजर के कुछ भी नहीं कहने पर आफिस से बाहर निकल गयी थी।

मैंने ईश्वर को उसकी कृपा के लिए धन्यवाद दिया था। मुझे भरोसा हो रहा था कि मेरा भविष्य राकेश चंद्र जी के हाथ में सुरक्षित था। आगे एक ही लक्ष्य था पढ़ाई करना और सफलता प्राप्त् करना।

पेट की हलचल ने स्मरण करवाया कि सुबह से कुछ नहीं खाया था। मैने हमेशा की तरह अपने कागज और पर्स बैग में रख दिये थे और रसोई की तरफ चल पड़ी थी। सभी भोजन कर रहे थे,थाली उठाकर कटोरी में दाल और दो रोटी डालकर बैठ गयी थी।

कुसुम बहिन ने मेरी तरफ मुखातिब हो कर पूछा था,

"आज तुम स्कूल नहीं गयी मैनेजर से कुछ काम था क्या?"

"हां, स्कूल से संबंधित कुछ हिसाब मैनेजर को समझाना था। मैं स्कूल में कुछ समय आफिस का छोटा- मोटा काम भी करती हूँ।"

मुझे महसूस हुआ कि अब मैं झूठ सफाई से बोलने लगी हूँ लेकिन कब तक? कुछ महीनों की बात है बीए की डिग्री प्राप्त करने का इंतजार था। डिग्री प्राप्त करने के बाद क्या नौकरी मिल जाएगी, क्या अलग किराये का घर मेरी तनख्वाह से मिलेगा और न जाने कितने प्रश्न मुझे घेरे रहते थे। मैने निर्णय कर लिया था कि शीघ्र ही इस जंजाल से बाहर निकल जाना था अन्यथा इस तरह जीने का क्या अर्थ।

आरती की तैयारी पूरी करके मंदिर की सीढ़ियों पर बैठ गयी थी। मजबूरन आरती में सम्मिलित हो गयी थी किन्तु मन इधर-उधर भटक रहा था, कान्हा की मूरत के प्रति भक्ति-भाव नहीं केवल शिकायतों का अंबार था। रात को नींद नहीं आयी थी समझ में नहीं आ रहा था कल का दिन कैसे व्यतीत करना था।

प्रति दिन के अनुसार दस बजे नाश्ते का पैकेट पर्स में डालकर बाहर निकल गयी थी। रास्ते में सीता देवी कॉलेज के सामने मेरे कदम रुक गये थे, दरबान ने बिना कुछ पूछे खिड़की खोल दी थी। पूरी कायनात मुझ पर तरस खा रही थी। मेरे कदम बड़े बाबू सूरजभान जी के आफिस की तरफ बढ़ गये थे मुझे देखकर उन्होंने अपना सिर उठाया और ताकते रहे थे। मैंने हिम्मत जुटा कर बोला था,

“सर, मैंने फार्म भर दिया है किन्तु पढ़ने के लिए उपयुक्त स्थान नहीं मिल रहा, आप मुझे इस कॉलेज की लाइब्रेरी में बैठने की इजाजत दे देंगे तो बहुत कृपा होगी।”

“देखो यह सब कुछ मेरे अधिकार में नहीं है, पांच नंबर के कमरे मे प्रिन्सिपल साहब का आफिस है आप उनसे इजाजत मांग सकती है।”

मैंने धन्यवाद कहा और पांच नंबर के कमरे की तलाश में चल पड़ी थी। प्रिन्सिपल के कमरे के बाहर स्टूल पर बैठा चपरासी मुझे देखते ही उछल कर खड़ा हो गया था,

“यस मैडम? प्रिन्सिपल साहब अंदर नहीं है, काम से बाहर गये हैं।”

“कब तक आएगें?” मैंने बाहर रखी दो कुर्सियों के तरफ इशारा करते हुए कहा था “मैं यहाँ बैठ कर इंतजार करती हूँ।”

अंदर बैठे व्यक्ति ने चिल्ला कर पूछा था,

“मनोज, कौन है?

“दिनेश जी, एक मैडम प्रिन्सिपल साहब से मिलना चाहती हैं।”

“उन्हे अंदर भेज दो।”

मैं दिनेश जी को देख कर सकपका गयी थी यह वही व्यक्ति थे जिन्हे मैंने परसों कॉरिडोर में देखा था। दिनेश जी ने अपने होठों पर बड़ी सी मुस्कान के साथ पूछा

“आप यदि एडमिशन के लिए आई हैं तो आपको मालूम होना चाहिए कि बहुत देर हो गयी है।”

“नहीं, मैंने प्राइवेट छात्र की तरह फार्म भरा है। मैं लाइब्रेरी में बैठकर पढ़ने की इजाज़त मांगने के लिए आई हूँ। किसी को भी व्यवधान नहीं पड़े इसलिये जो समय आप तभी —-”

“आपके विषय क्या है?”

“इंगलिश,मैथ्स और इतिहास।”

“आपके सभी विषय ऐसे हैं कि आपको लाइब्रेरी की कोई जरूरत नहीँ है।”

“पारिवारिक विपदाओं के कारण मैं फ़ाइनल की परीक्षा नहीं दे सकी थी, मेरे माता-पिता का देहान्त हो गया है, मेरे पास कोई भी टेक्स्ट बुक्स नहीं है, नयी खरीदने के पैसे मेरे पास नहीं है। इससे अधिक मैं और कुछ नहीं बता सकती हूँ।” यह कहते हुए मैंने अपना चेहरा और आंखे झुका ली थी।

कुछ समय तक दिनेश जी ने कुछ नहीं कहा था, भगवान ही जानता है क्या सोच रहे थे। उन्होंने मेज पर रखी काल बेल दबाई और बाहर बैठे चपरासी ने अंदर प्रवेश किया था।

“आपका नाम क्या है?” दिनेश जी ने लेटर हैड से एक कागज़ फाड़ा और उस पर कुछ लिखा और इस कागज को मनोज को पकड़ाते हुए कहा था,

“इन्हे लाइब्रेरी ले जाओ और यह पत्र पंकजजी को दे देना। मेरी ओर मुड़ते हुए कहा था कि यह आपका कार्ड बनवा देगा।”

“थैंक यू” मेरे मुँह से अनायास ही निकल गया था।

मनोज अपने हाथ के पत्र को लहराते हुए तेज गति से चल रहा था और मैं उसके और मेरे बीच बढ़ते फासले को कम करने की कोशिश करते हुए तेज गति से चल रही थी। लाइब्रेरी काफी दूर थी और दायें,बायें मुड़ते हुए मुझे लग रहा था कि मैं वापस लौटते हुए भटक जाऊंगी। लाइब्रेरी पहुँचते ही मनोज ने पत्र पंकजजी के हाथ में थमाया और कहा,

“दिनेश जी ने इन्हे भेजा है, मैडम आप बैठकर अपना लाइब्रेरी का कार्ड बनवा लीजिये, इसके बाद आप लाइब्रेरी का आनंद उठाइये।”

मुझे मनोज की बेतकल्लुफी और अंदाज पसंद नहीं आया था लेकिन मेरे कुछ कहने से पहले ही पंकजजी ने ऊंचे स्वर में मनोज को झिडक् दिया था,

"मनोज तुम्हे जानना चाहिए कि पुस्तकालय ज्ञान प्राप्त् करने के लिए होता है आनंद के लिए नहीं" और चेहरा घुमाकर दिनेश जी का पत्र/निर्देश/आग्रह क्या था मुझे नहीं मालूम, पढ़ने लगे थे।

"आप इस कॉलेज की छात्रा नहीं हैं इसलिए आपका कार्ड टेम्परेरी होगा और आपको पचास रूपये कार्ड बनवाने के देने होंगे।"

मैंने पर्स खोला और पचास रूपये निकाल कर पंकजजी के तरफ बढ़ा दिये।

"कार्ड बनने में समय लगेगा, आप उधर कुर्सी, सोफा जो भी ठीक लगे बैठ जाइए और अपना नाम पता इत्यादि लिख कर फार्म मुझे दे दीजिए, कल इसी समय आकर कार्ड ले लीजिएगा।" यह कहते हुए मुझे एक फार्म पकड़ा दिया था।

मैं फार्म लेकर दूर मेज के साथ लगी एक सिंगल कुर्सी पर जाकर बैठ गयी थी। फार्म में मेरा नाम, पता, बस मैं दूसरी लाइन पर जाकर रुक गयी थी। मैं अपना सिर पकड़ कर बैठ गयी थी, हे भगवान् आश्रम मेरा पीछा कब छोड़ेगा? कार्ड बनवाना बहुत आवश्यक था, मैंने फार्म भरना शुरू किया था।

पता- राम जी धर्मार्थ संस्था,मुरारी चौक, वृंदावन ।

शेष सभी कालम जल्दी- जल्दी भर कर, फार्म को चार फोल्ड में मोड़कर मैं पंकजजी की तरफ बढ़ गयी थी।फार्म देने के पूर्व मैंने पंकजजी से पूछ लिया था,

"लाइब्रेरी से मेन गेट पहुँचने का कोई सीधा रास्ता—-"

पंकजजी स्वयं उठे और समझा दिया असेम्बली ग्राउन्ड से गुजर कर मेन गेट सामने था। मैंने फटाफट फार्म मेज पर रखा और निकल गयी थी। मैने किसी भी तरह के सवाल जवाब की गुंजाइश नहीं छोड़ी थी। तेज कदमों के साथ मेन गेट के पास पहुँच गयी थी। दरबान ने दरवाजा खोला और मैं बाहर थी। पहले दिन का सैल्यूट अपनी उपयुक्तता खो चुका था दरबान समझ चुका था कि किसी भी समय टपक पड़ने का तात्पर्य किसी मतलब से भटकने के अलावा और कुछ नहीं था।

मुझे पछतावा हो रहा था कि मैंने केन्टीन् का रास्ता और जानकारी नहीं प्राप्त् की थी। दो बजे आश्रम लौटना उचित नहीं समझा था इसलिए उसी छोटे से रेस्तरां

में जाकर एक कप चाय का आर्डर दिया था और कुर्सी पर बैठ गयी थी। पैकेट खोलकर धीमी गति से चबा-चबा कर खाना शुरू कर दिया था। अचानक होंठों पर मुस्कराहट तैर गयी थी, स्कूल की टीचर का पाठ कि भोजन चबाकर खाना चाहिए का स्मरण हो आया था।

तीन बज रहे थे, आश्रम पहुँचनेका सही समय था। आश्रम का द्वार खोला और अंदर घुसी थी कि किशोर ने मैनेजर का आदेश सुना दिया था मैं आफिस की तरफ बढ़ गयी थी।

"आपका फार्म यूनिवर्सिटी को भेज दिया है, बिना किसी अड़चन के अकनोलेजमेन्ट आ जाएगा अब आपको मेहनत से पढ़ाई करनी है।"

"धन्यवाद, मैं आपका अहसान कभी नहीं चुका पाऊँगी, पढ़ने के लिए सीतादेवी कॉलेज के वाइस प्रिन्सिपल ने मेरा लाइब्रेरी कार्ड बनाने की सिफारिश की है। मेरे माता-पिता के पुण्य हैं कि मुझे आप सभी का सहयोग मिल रहा है।"

"सर, एक प्रार्थना है कि मैं अभी भी आश्रम की बहनों की जानकारी में स्कूल जाती हूँ, उन का भ्रम आगे कुछ समय तक बनाये रखना चाहती हूँ और यह आपकी कृपा के बिना संभव नहीं है।"

"तुम चिंता मत करो आश्रम में कोई भी मुझसे मिले बिना प्रवेश नहीं कर सकता। मैंने तुम्हारे पिताजी की ख्याति सुनी है और तुम्हारी मार्कशीट भी देखी है, तुम एक होनहार छात्रा हो और यह आश्रम तुम्हारे रहने की जगह नहीं है।"

मैं जड़वत खड़ी थी, अपने आपको कोस रही थी। मैं एक महामूर्ख थी कि नाम की समानता के कारण दो विपरीत चरित्र के व्यक्तियों का एक जैसा होने की गलतफहमी पाल रही थी।

"मैं जा सकती हूँ?" किन्तु मैनेजर अपने कार्य में लग गए थे, मैंने उन्हे डिस्टर्ब करना उचित नहीँ समझा और बाहर निकल आई थी।

दालान में बैठकर सभी बहिनें चाय का आनंद ले रही थी। दूर से उनके हंसते हुए चेहरे देख कर विचार आया था कि जीवन की सच्चाइयों को आत्मसात कर आगे बढ़कर जीवन जीने की कला इनसे सीख सकते हैं। मैने बैठते हुए एक कप कुसुम बहिन की ओर बढ़ा दिया था।

"तुम्हे स्कूल जाते हुए महीने से ऊपर हो गया है किन्तु तुमने हम सबको मिठाई नहीं खिलाई, क्या तुम्हें अभी तक तनख्वाह नहीं मिली है?" यह कहते हुए कुसुम बहिन ने चाय से भरा कप मेरी तरफ खिसका दिया था।

"अभी तक तो नहीं मिली है वैसे भी सीधी मैनेजर के पास आएगी।" यह कहते हुए मैं शाम की आरती की तैयारी के लिए खड़ी हो गई थी।

दिमाग मिठाई खिलाने की बात पर ही अटक गया था। मेरे पास इस तरह के फालतू खर्च के लिए पैसा नहीं था बाहर निकल कर एक कप चाय के लिए दो रूपये का खर्च मेरी मजबूरी और आवश्यकता दोनों ही थीं। पैदल चलने के कारण पैरों में छाले पड़ गये थे,चप्पल भी जवाब दे रही थी। मैं अपने-आप को कोसते हुए थक गयी थी। बीए फाइनल की परीक्षा और सफलता अंतिम अवसर था। मैंने मैनेजर से फार्म के साथ जमा की जानेवाली फीस के बारे में कुछ भी नहीं पूछा था और इसे एक कर्ज की तरह दिमाग की डायरी में दर्ज कर लिया था। आंसू कब टपकने लगते थे और कब सूख जाते थे इसका अहसास समाप्त होता जा रहा था। सीतादेवी कॉलेज की लाइब्रेरी का कार्ड बिना किसी अड़चन के मिल जाए यह प्रार्थना कान्हा से लगातार कर रही थी। जीवन जरूरतों के अतिरिक्त और कुछ भी नहीं रह गया था।

आफिस की सफाई में अधिक समय लगा कर मैंने कॉलेज पहुँचने का समय साढे दस बजे का तय किया था, मेरे अंदाज से इस समय लाइब्रेरी में बहुत लोगों से टकराने की संभावना कम थी। कितनी दयनीय स्थिति थी कि मैं सामाजिक मानदंडों से नजरें चुराकर जीना चाहती थी, किसी अनजान की उपस्थिति मुझे परेशान करती थी।

दरबान दूर से देखकर दरवाजा खोलने लगा था, मेरे लिए उसने क्या धारणा बना ली थी मुझे कोई सरोकार नहीं था। एसेम्बली मैदान के पास कोई नजर नहीं आता था। लाइब्रेरी में एक कोने की कुर्सी और पुस्तकें मेरे जीवन चक्र को चलाते रहने के लिए पर्याप्त थी, छात्रों की घूरती नजरों का कोई भी अस्तित्व नहीं था।

परीक्षा में बहुत कम समय शेष था, मैनेजर साहब नेआफिस में उपस्थित होने का निर्देश दिया था।

"तुम्हारा प्रवेश पत्र आ गया है,विषयों की परीक्षा की सारणी भी संलग्न है। तुम्हे परीक्षा देने के लिए आगरा जाना पड़ेगा और पूरे दस दिन तक वहां रहना पड़ेगा।"

मेरे पैरों के नीचे से जमीन खिसक गई थी, दस दिन आगरा में रहने के लिए मुझे खर्च के लिए भीख मांगनी पड़ेगी। मेरे मुरझाए चेहरे को देखकर मैनेजर ने कहा था,

“तुम केवल पढ़ाई पर ध्यान दो और किसी तरह की चिंता मत करो। आगरा में मेरी बड़ी बहन हैं, विधवा हैं, तुम उनके साथ रहोगी। चार अप्रैल से परीक्षा शुरू हैं तुम दो तारीख को तड़के आगरा के लिए निकल जाओगी। मैं तुम्हें टिकट दूंगा किन्तु आगरा जाना और दीदी के घर तक पहुँचना तुम्हारी स्वयं की जिम्मेदारी होगी।”

“सर, आश्रम में तूफान मचेगा, मेरे चरित्र पर उँगलियाँ उठेंगी, मैं वापस कैसे लौट कर आ सकूंगी?”

“जब तक रिजल्ट नहीं आ जाता है तुम्हे वापस लौट कर आने की कोई दरकार नहीं है। दीदी अकेली रहती हैं उनके साथ रहना और एक दूसरे का ध्यान रखना।”

मैनेजर की सभी बातें बहुत अजीब लग रही थीं। एक अनजान औरत के यहाँ जाना,उसके साथ रहना वह भी खाली हाथ, कभी कोई इमरजेन्सी हो तो कहां भाग कर जा सकती थी। शंका और संदेह से मेरा सिर चकराने लगा था। मैं बिना कुछ कहे आफिस से निकल गयी थी। मन में विचारों का तूफान शांत नहीं हो रहा था। सज्जनता का चोला पहन कर राकेश चन्द्र कहीं मेरा सौदा तो नहीं कर रहा था। मेरा कोई भी नहीं लगता मेरे प्रति दया भाव किस लिये? यह अब मेरे परिवार की जानकारी भी रखता है, मेरे बाबूजी के मित्र संजीव तिवारी की कहानी सत्य है अथवा मनगढ़ंत, पूरी दुनिया में किसी को भी बिना बताये मैं आगरा नहीं जा सकती थी। फाइनल की परीक्षा का जुनून बोझ बन रहा था। दिमाग का एक कोना कह रहा था कि बीए की डिग्री प्राप्त करने के इतने नजदीक होकर केवल आशंकाओं के आधार पर सब कुछ गवां देना उचित नहीं लगता। इन दो वर्षों ने मुझे बहुत बदल दिया था अब मैं पुरानी छुईमुई नैना नहीं थी किन्तु एक कठोर और जुझारू इन्सान बन गयी थी। मुझे पढ़ाई पूरी करना था, नौकरी करना था और अपना अलग आशियाना बनाना था जिसमें मैं स्वतंत्र, स्वच्छंद रूप से जी सकती थी। मुझे माँ का पता लगाकर उन्हें अपने साथ रखना था।

लाइब्रेरी जाना और बिना हिले घंटों पढ़ना मेरी दिनचर्या थी। एक दिन पंकज जी धीरे से आकर मेरी मेज के सामने की कुर्सी पर बैठ गये थे, मैं उनसे ज्यादा बात नहीं करती थी क्योंकि मेरे पास समय और साहस दोनों नहीं थे। उनके संपूर्ण सफेद

बालों वाले सिर और सौम्य चेहरे में मुझे अपने बाबूजी की झलक दिखाई देती थी। कार्ड लेने के बाद से हमेशा एक मूक अभिनंदन के साथ मैं उनके सामने से निकल कर अपनी जानी पहचानी कुर्सी पर बैठ जाती थी। आज पंकजजी को सामने देख मैं घबराकर खड़ी हो गई थी।

“अरे आप खड़ी क्यों हो गयी है, बैठिये मैं आपकी लगन और मेहनत को इतने दिनों से देख रहा हूँ, आप आजकल के विद्यार्थियों के के लिए मिसाल हैं।”

मैंने कुछ भी नहीं कहा और नजरें झुका ली थी।

“आपके पास समय हो तो हम कैन्टीन चल कर चाय पीते हैं, ज्यादा समय बर्बाद नहीं होगा।”

मैं बिना जवाब दिये उठकर खड़ी होगयी थी और पंकजजी के पीछे चलने लगी थी। चाय का आर्डर देकर हम बैठ गये थे।

“तुम पांच- छः घंटे बिना पानी तक पिये कैसे पढ़ती हो?”

मेरे पास कोई जवाब नहीं था,

“इतनी लगन और मेहनत कोई साधारण सी बात नहीं।”

मुझे समझ नहीँ आया कि वह मुझसे क्या जानना चाहते थे।

“मेरी परीक्षा में बहुत कम समय बचा है। बीए की डिग्री मेरे लिए अत्यंत जरूरी है। वैसे मुझे पढ़ाई के समय भूख -प्यास नहीं लगती है मैं पूरा नाश्ता करने के बाद निकलती हूँ।”

इस आश्रम ने मुझे आश्रय ही नहीं सुरक्षा भी दी किन्तु मैं इसे अपना घर नहीं मानती थी। अपने बारे में परिचय के साथ आश्रम शब्द का प्रयोग मुझे कचोटता था।

मैंने गटागट चाय पीकर पूछा था,

“मैं जा सकती हूँ?” और बिना इजाज़त की प्रतीक्षा किये बाहर निकल आई थी। मैं नहीं जानती क्यों एक अनजाना डर मेरे मस्तिष्क में घर कर गया था, मैं सवालों से भागती फिर रही थी। इस तरह केन्टीन से निकल जाना सभ्यता के खिलाफ था, अपने अशोभनीय व्यवहार के ऊपर मुझे दुःख और खेद होता था किन्तु अपने

ऊपर नियंत्रण नहीं था। लाइब्रेरी जाकर मैंने अपना फोल्डर उठाया, मैं अपने-आप को रोक नहीं सकी थी एक कागज़ का टुकड़ा फाड़ कर उस पर ' सोरी' लिखा और पंकजजी की मेज पर रख कर बाहर आ गयी थी।मुझे देखकर दरबान ने दरवाजा खोला और मैं बाहर निकल आई थी।

मुझे दस दिनों के बाद आगरा के लिए निकलना था, मैनेजर ने पूरा सामान समेट लेने की हिदायत दी थी। इसका एक ही मतलब था कि वापस आश्रम लौट कर आने की संभावना न के बराबर थी। मेरी घबराहट बढ़ती जा रही थी पढ़ाई में मन नहीं लगता था, इस अनजान जगह पर कोई भी मेरा परिचित नहीं था जिसे मैं अपनी उलझन बता सकूँ। एक नन्हा सा जीवन इतनी परतों के भार के नीचे दबा हुआ था कि एक भी पर्त उधेड़ने से डर लगता था। झूठ और फरेब ने मुझे घेर रखा था अब मुझे भी स्मरण नहीं था कि कब, किससे, क्या कहा था। इन सभी जंजालो से कभी मुक्ति मिलेगी अथवा नहीं यह आने वाला समय ही बता सकता था। सभी बहिनों से मुख्यतः अम्मा के सवालों से बचकर सामान समेट कर निकलना मुझे संभव नहीं लगता था।

मैंने तय कर लिया था कि अम्मा को आगरा परीक्षा की संपूर्ण सच्चाई बताकर उनकी सलाह लेकर ही कदम बढ़ाऊंगी, कोई होगा जो कि मेरा ठौर और ठिकाना जानता था।

शाम की आरती के पश्चात् मैंने अम्मा के दोनों हाथ पकड़कर लगभग खींचते हुए कहा था

"अम्मा आपसे बहुत महत्वपूर्ण बात करनी है कुछ समय के लिए चलिये।"

"ऐसी कौन सी बात है कि तू मुझे घसीटकर ले जारही है?"

"कुछ ऐसी बात जिस पर मेरा भविष्य टिका है।"

हम दोनों अम्मा के कमरे की तरफ बढ गये थे, अम्मा पलंग पर बैठ गयी थी और मैं उनके घुटने पकड़कर जमीन पर बैठ गयी थी।

"अम्मा मुझे अगले महीने की दो तारीख को बीए फाइनल की परीक्षा देने आगरा जाना है।" अम्मा की प्रतिक्रिया जानने के लिए मैं चुप हो गयी थीं, किन्तु अम्मा का मौन देखकर मैंने फिर बोलना शुरू किया था,

"मेरा आगरा का टिकट,वहां रहने की व्यवस्था, मैनेजर साहब ने उनकी बड़ी बहिन के साथ उनके घर –"

अम्मा ने मेरी बात काटते हुए कहा था,

"मैनेजर की बड़ी बहिन शारदा जी विधवा होने के दो महीने बाद ही वृंदावन आई थी, बीस दिनों तक अपने भाई के साथ रुकी थी। बहुत भोला और सरल स्वभाव है उनका, मैनेजर ने तुम्हें अपने छोटे बेटे के लिए पसंद कर लिया है इसलिए इतना मेहरबान हैं। तुम परीक्षा देने जरूर जाना, कान्हा स्वयं तुम्हारी मदद कर रहा है उसे भी पता है कि इस आश्रम में तुम्हारे लिए कोई स्थान नहीं है। मेहनत करो और सफलता प्राप्त् करो।"

"अम्मा आप इस बारे में बहिनों को कुछ मत कहियेगा आप हमेशा मेरा भला सोचती हैं आपने मेरे दिल पर से बहुत बड़ा बोझ हटा दिया है। मैं एक अनजान व्यक्ति के साथ उसके घर में रहने के विचार से ही भयभीत हो गयी थी,मेरे लिए यह परीक्षा और डिग्री बेहद जरुरी है। डिग्री के बिना ढंग का काम नहीं मिल सकता।"

"जैसा तुम चाहती हो मैं किसी से बात नहीं करूंगी।" अम्मा यह कहते हुए कमरे से बाहर निकल गयी थी।

अम्मा से बात करना सही निर्णय था, उनकी बातों से मेरे मन की शंका और संदेह दूर हो गये थे। इसके आगे उनके किसी भी अनुमान में मुझे कोई दिलचस्पी नहीं थी। मेरा बीता समय कैसा था साफ सुथरा था अथवा नहीं यह कोई नहीं जानता था, लेकिन अचानक आश्रम में प्रवेश और यहाँ रहना मेरे अतीत के प्रति अच्छी धारणा बना पाने के लिए उपयुक्त नहीं था। कितने प्रश्न सभी के दिमाग में घूम रहे थे, मेरी कहानियां उन्हे कितनी सही और गलत लगती थी इसका अंदाजा मुझे भी नहीं था। सच कहूं तो मैं अपने किरदार को कैसे परिभाषित कर सकती थी यह मैं स्वयं तय नहीं कर पायी थी।

लाइब्रेरी जाने का मन नहीँ था इसलिए अपने खजाने को टटोल कर यात्रा की तैयारी के लिये कमरेमें घुस गयी थी, अम्मा वहाँ नहीं थी मैंने आराम से पूरा बैग चटाई पर उलटा कर दिया था,छोटे बटुए में रखी हुई राशि का हिसाब जरूरी था। अभी भी सत्रह सौ शेष थे जिन्हे मैंने सावधानीपूर्वक बटुए में रखा और बैग में नीचे कुछ कपड़े रख कर उन की तह में छिपा दिया था। साड़ियों की तह लगा रही थी कि केतकी दीदी ने कमरे में घुस कहा था,

“आज स्कूल नहीं गयी? सुबह-सुबह क्या फैला रखा है रसोई में जाओ और रोटी बनाने में मदद करो” जाते-जाते बोल गयी थी “बहुत समय हो गया तुम्हारे हाथ से बनी रोटी नहीँ खाई है।”

मौका मिलते ही तीर चलाना मन में दबी कुंठाओं की अभिव्यक्ति ही तो है और इसमें कोई बुराई भी नहीं, दिल का बोझ हल्का हो जाता है। मुझे एक ही संतोष था कि सवालों की बारिश नहीं हुई थी। मैने जल्दी से सारा सामान उठा कर बैग में ठूंस दिया और रसोई की ओर चल पड़ी थी।

“आईये आपका स्वागत है”सभी बहिनें एक स्वर में बोल रही थी।

“मुझे रोटी बनाने के लिए केतकी बहिन ने भेजा है।”

“स्नेहा, तुम रोटी बनाने की बात छोड़ो और शाम की भाजी के लिए आलू काट कर रखो”कहते हुए सुमन बहिन हल्का सा मुस्कुराई थी।

लगभग पांच किलो आलू काटने में मुझे दो घंटे लग गये थे, गर्मी से बुरा हाल हो गया था। इस सब से छुटकारा पाने के लिए परीक्षा देना निहायत जरूरी था। बीए की डिग्री प्राप्त करने के लिये मुझे अग्नि परीक्षा देना था, अनजाने भय और संदेह मुझे रोक नहीं सकते थे।

हवा लेने के लिए कॉरिडोर की तरफ जा रही थी कि किशोर ने मैनेजर का आदेश दिया कि मुझे आफिस में उपस्थित होना था।

मैनेजर साहब ने एक लिफ़ाफ़ा मेरी तरफ बढ़ा दिया था।

“इसमें तुम्हारा एडमिशन पत्र, आगरा का टिकट, तुम्हारे परीक्षा के केंद्र का पता और एक हज़ार रूपये हैं। मैं जरूरी बात भूल रहा था, मेरी बहन के घर का पूरा पता भी लिख दिया है, तुम्हारे लौटने के बारे में विचार और प्रबंध बाद में करेंगे।”

इतना कह कर मैनेजर अपने काम में लग गये थे। सीधा सपाट निर्देश, पूरी तरह से सभी सवालों के जवाब के साथ। एक हल्की सी मुस्कान मेरे होठों तक आई और चली गई थी परीक्षा के सभी प्रश्नों का उत्तर भी इतना ही सटीक होना चाहिए।परीक्षा दे रही थी यह अहसास मन को गुदगुदा रहा था।

आफिस से आते हुए अम्मा मिल गयी थी उनको मैंने एडमिशन कार्ड और आगरा का टिकट भी दिखाया।

"अपना सामान समेट कर अपनी नयी यात्रा की तैयारी शुरू कर दो। सभी लोगों के साथ तुम भी भोजन कर लो।"

अम्मा विश्राम के लिए अपने कमरे की तरफ मुड़ गयी थी। कुसुम बहिन रसोई के सामने से अपनी थाली परोस कर आ रही थीं मुझे देखकर उन्होंने अपनी थाली मुझे पकड़ा दी थी और रसोई में घुस गयी थी।

रात के दस बज रहे थे और सभी सो गये थे। यह समय सामान पैक करने के लिए उपयुक्त था शनिवार को सुबह जल्दी उठ कर सात बजे की ट्रेन पकड़ कर आगरा के लिये निकलना था। दो पुस्तकें भी खरीदनी थी, लाइब्रेरी में बनाये गये नोट्स भी क्रम से लगाना था। मैनेजर द्वारा दिया गया लिफ़ाफ़ा बैग की छोटी पोकेट में सुरक्षित रख लिया था

बारह बज चुके थे मैंने बैग बंद कर दिया और सो गयी थी।

लाइब्रेरी में विशेष काम नहीं था किन्तु पंकजजी के पैर छूकर आशीर्वाद लेने का मन था। मैं पंकजजी की मेज के सामने खड़ी होगयी थी उन्होंने चेहरा उठाया और मुझे देखने लगे थे मानो मेरा चेहरा पढ़ने की कोशिश कर रहे थे।

"मैं कल आगरा जा रही हूं बीए फाइनल की परीक्षा के लिए आपका आशीर्वाद मेरे लिये महत्वपूर्ण है।"

"आप जैसी होनहार छात्र के लिए मेरा आशीर्वाद हमेशा है। परिणाम जानने की जिज्ञासा रहेगी।"

अपनी कुर्सी से उठकर मेरे सिर पर हाथ रख दिया था। मैंने जल्दी से पंकजजी के पैर छूए और बाहर निकल आई थी, बाबूजी का स्मरण हो आया था और मेरी आंखे डबडबाई और आंसू छलक आए थे।

आश्रम में अब मेरा लौटना शायद संभव नहीं था अर्थात वृंदावन से भी मेरा नाता टूट रहा था। मेरा दिल भर आया था अकेली, बेसहारा लड़की को आश्रम और इस शहर ने सहारा दिया था। बिना किसी दुख और परेशानी के लगभग एक वर्ष बीत रहा था। यह नया परिवार ही मेरा अपना है इससे नाता नहीं टूट सकता परीक्षा देने के पश्चात वृंदावन लौट कर आना था।

सुबह के छः बज रहे थे और मैं आश्रम के दरवाजे पर खड़े हुए रिक्शा ढूंढ रही थी। एक रिक्शा मेरे सामने आ कर रुका और किशोर रिक्शा से बाहर कूद रहा था, उसने मेरा बैग रखते हुए पूछा था

"दीदी मैं आपको स्टेशन तक छोड़ने के लिए आऊं?"

मैं कुछ क्षणों के लिए नि:शब्द हो गयी थी मैंने किशोर को गले से लगा लिया और उसका माथा चूम कर रिक्शा में बैठ गयी थी, रिक्शा चल पड़ा और

नैना / 'स्नेहा ' के जीवन का दूसरा अंक शुरू हो गया था।

(8)

आगरा और स्नेहा

स्टेशन पर बहुत गहमा-गहमी थी, मैंने अपने पर्स से टिकट निकाला था अपने डिब्बे और सीट का नंबर देखने के लिए और टिकट पर प्रथम श्रेणी लिखा देखकर चकित हो गयी थी। मुझे विश्वास होने लगा था कि मैनेजर को निश्चित रूप से मुझमें दिलचस्पी थी। उनके बेटे के बारे में मेरी जानकारी जीरो थी। मैंने अपना बैग उठाया और अपने पास ही रख लिया था। खिड़की से बाहर का नजारा इस प्रदेश की बिगड़ी स्थिति की कहानी सुना रहा था। मैंने खिड़की से अपनी नजरें हटाकर आँखे मूंद ली थी किन्तु मैनेजर के सुपुत्र की कोई भी छवि आकार नहीं ले रही थी, मुझे नाम भी नहीं मालूम था, किन्तु दिल की धड़कनों की रफ्तार कुछ अलग ही थी। मुझे आभास हो रहा था कि आगरा की यह यात्रा जीवन में खलबली मचाने वाली थी।

ट्रेन आगरा पहुँच गयी थी और मेरा आगरा आने का यह दूसरा अवसर था। मैं, माँ और बाबूजी ताजमहल देखने के लिये आए थे। मैंने पर्स खोला और शारदा जी के निवास का पता निकाल कर पढ़ा और रिक्शा में बैठ गयी थी।

रिक्शा एक भवन के सामने जा कर रुक गया था, मैंने दूर से ही पढ़ लिया था 'अमृत निवास' मैंने अपना बैग उठाया और आगे बढ गयी थी। काल बेल दबाने के पांच मिनट पश्चात दरवाजा मैनेजर साहब ने खोला उन्होंने मेरा बैग उठाना चाहा था किन्तु मैंने बैग अपने हाथ से छोड़ा नहीं और मैनेजर को घूरते हुए घर में दाखिल हो गयी थी। शारदा जी पानी का ग्लास लिये वहां खड़ी थी मैने आगे बढ़कर उनके पैर छुए और सवालिया नजरों से शारदा जी की तरफ देखा था

"बैग मुझे दे दो "

"नहीं, मुझे बताइए कहां रखना है।"

शारदा जी आगे चल रही थीं और मैं उनके पीछे धीरे-धीरे चलने लगी थी, मैंने मैनेजर को लगभग अनदेखा कर दिया था। पहली मंजिल पर एक बहुत बड़ा और साफ-सुथरा कमरा था शारदा जी ने कहा,

"अपना बैग रख दो तुम यहाँ रहोगी और बिना किसी शोर और बाधा के पढ़ाई करोगी। चाय पीना चाहोगी?"

मैंने सिर हिलाकर मना कर दिया था। शारदा जी चली गई थी और मैं धम्म से कुर्सी पर बैठ गयी थी मैनेजर की उपस्थिति मुझे परेशान कर रही थी।

मैंने उठकर कपड़े बदले और बिस्तर पर लेट गयी थी,कब नींद आ गई मुझे नहीं मालूम। ऐसा आभास हुआ था कि कोई मुझे कुछ कह रहा था,आखें खोली सामने शारदा जी पानी का गिलास लिये खड़ी थी।

"स्नेहा तुम्हे भूख लगी होगी,तुम नीचे आ रही हो?"

"माफ करियेगा मैं बेसमय सो गयी,दो मिनट में नीचे आ रही हूँ।"

डाईनिंग टेबल के पास मैनेजर साहब सलाद खा रहे थे। मुझे देखकर कहने लगे

"तुम्हारी थकान उतर गयी होगी परसों अंग्रेजी का पेपर है। आओ बैठो बहुत भूख लगी है मेरी दीदी लाजवाब खाना बनाती है।"

भोजन की खुशबू से मुँह में पानी आ गया था याद नहीं ऐसा खाना पहले कब खाया था। बरेली छूटने के साथ ही सभी सुख लुप्त हो गये थे। समझ नहीं पा रही थी कि रसोई में घुस कर शारदा जी की मदद करूँ या नहीं। दो सब्जियां, दाल,चावल और रोटी तृप्ति की पराकाष्ठा थे। मन मारकर मैंने तीसरी रोटी लेने से मना कर दिया था। खाना खाने के तुरंत बाद मैनेजर साहब ने मुझे प्रवेश पत्र दिखाने के लिए कहा था और कहने लगे थे

"मैं तुम्हें परीक्षा केंद्र तक छोड़ कर वापस वृन्दावन लौट जाऊँगा, तुम परीक्षा के लिए समय से निकल जाना और पढ़ाई में किसी भी तरह की लापरवाही मत करना।" अपनी दीदी की तरफ देखकर कहा था

"यह लड़की अब आपकी जिम्मेदारी है।"

इतना कुछ कह कर मैनेजर साहब अपने कमरे में चले गये थे।

"मैं भी अब विश्राम करूँगी, तुम अपनी पढ़ाई करो और किसी भी वस्तु की जरूरत हो तो नीचे आकर बेझिझक ले जाना।"कहते हुए शारदा जी अपने कमरे की तरफ बढ़ गयी थी।

मैं अपने कमरे में बैग खोलकर किताबें और अन्य कुछ वस्तुऐं निकालने लगी थी किन्तु दिमाग स्थिर नहीं था। मैनेजर साहब मेरे लिए एक पहेली समान थे, मैं उनकी उदारता, व्यक्तित्व, मंशा कुछ भी नहीं समझ पा रही थी, मैंने एक बारगी समाधान खोज लिया था कि मैनेजर को मेरे में दिलचस्पी है। इसके आगे दिमाग लगाने के लिए बहुत समय पड़ा था। एक गहरी साँस ली और अंग्रेजी के नोट्स उठाकर पढ़ने लग गयी थी। मैं अपनी तैयारी से संतुष्ट थी। रमा,घर की कामवाली बाई के पैरों की पायल से मेरा ध्यान दरवाजे की तरफ चला गया था, उसके हाथ में ट्रे थी जिसमे एक चाय का प्याला और प्लेट में दो बिस्कुट रखे थे।

"दीदी आपको देखा था किन्तु बात नहीं हो सकी थी, मेरा नाम रमा है मैं यहाँ काम करती हूँ, आपको किसी भी वस्तु की जरूरत पड़े तो मुझे फोन कर देना।" कहते हुए उसने अपना मोबाइल मेरी तरफ बढ़ा दिया था। मेरी परेशानी थी कि मेरे पास मोबाइल नहीं था। मैंने "अच्छी बात है"कहते हुए अपनी नजरें नोट्स में गड़ा दी थी। रमा को शायद मेरा व्यवहार ठीक नहीं लगा था। मैंने अपने व्यवहार को उचित समझा था मेरे पास किसी से बात करने का समय नहीं था चाय पीकर दिमाग ताजा हो गया था, भूख लगी थी किन्तु शिष्टता के कारण एक बिस्कुट खाया और पढ़ने लगी थी।

शाम के सात बज गए थे मैंने पढ़ना बंद कर दिया था और बाहर निकल कर हवा का आनंद ले रही थी कि फोन की घंटी बजी मैंने ध्यान नहीं दिया था कमरे के एक कोने में छोटी मेज पर फोन रखा था,

"हैलो "

"रमा बोल रही हूँ, नीचे आ जाइए।"

मैनेजर और उनकी दीदी बैठक में सोफे पर बैठे थे,

"आओ" शारदा जी ने बैठने का इशारा किया था।

"पढ़ते हुए थक गयी होगी यह सोचकर मैंने बुलाया है,शाम के समय आरती में बैठकर तुम्हें अच्छा लगेगा।"

मैनेजर और शारदा जी के साथ मैं भी मंदिर की तरफ बढ़ गयी थी। आरती की पूरी तैयारी थी शारदा जी ने दीपक जलाया और आरती गाने लगी थी। शारदा जी की मधुर आवाज में आरती का आनंद अलग ही था, साथ में मैनेजर के हाथों में बजती घंटी ने वातावरण को पवित्र कर दिया था। दिल में जोर से एक हूक उठी थी एक फटकार के साथ, मेरी सभी शंकाए बेमानी थी।

मेरी अंजलि में प्रसाद रखते हुए शारदा जी ने कहा था

"राकेश कह रहा था वृंदावन आश्रम में तुम भी भजन गाती थी एक छोटा-सा भजन सुनाओ फिर हम भोजन करेंगे।"

मुझे मैनेजर के सामने हिचकिचाहट हो रही थी किन्तु शारदा जी मुझे निहार रही थी। मैने मेरा प्रिय भजन 'मेरे तो गिरधर गोपाल' सुनाया था।

शारदा जी भावुक हो गयी थी।

"तुम्हारे गले में सरस्वती का निवास है।" यह कहते हुए उन्होंने मेरे सिर पर हाथ रखा था। मैंने महसूस किया था कि मैनेजर साहब की नजर मेरे ऊपर टिकी हुई थी।

"रमा ने खाना परोस दिया है जल्दी से खाते हैं ठंडा हो जाएगा।"शारदा जी ने मुझे हाथ पकड़कर कुर्सी पर बैठाया और स्वयं पास की कुर्सी पर बैठ गयी थी।

मैनेजर साहब का निर्देश था "कल सुबह दस बजे परीक्षा है और हम आठ बजे निकल जाऐंगे, पहला पेपर है इसलिए समय से पहले निकलना होगा। अन्य दिन तुम नौ बजे घर से निकल जाना समय का पूरा ध्यान रखना।"

शारदा जी को देखते हुए कहा था

"दीदी, इसके रात के खाने में कुछ हल्का भोजन बनाना।"

मैं और शारदा जी मैनेजर का मुँह ताक रहे थे शायद मैनेजर साहब को अहसास हो गया था इसलिए वह उठकर हाथ धोने लगे थे। मैं ऊपर जा रही थी तभी शारदा जी ने दूध से भरा गिलास मेरे हाथ में पकड़ा दिया था, उनके चेहरे में मुझे मेरी माँ दिखाई दे रही थी और मेरा हाथ कांपने से दूध छलक गया था। सोरी कहते हुए मैंने एक सांस में पूरा गिलास खाली कर दिया था और रसोई की तरफ गिलास रखने के लिए जा रही थी कि डाईनिंग टेबल पर से जूठे बर्तन उठाने के लिए वापस मुड़कर आ रही थी कि मैनेजर ने कहा,

"यह सब छोड़ कर ऊपर जाकर कल की परीक्षा की तैयारी करो यह सब परीक्षा समाप्त होने पर करना।"

पूरा दिन पेपर की तैयारी में निकल गया था सोने से पूर्व फोन पर अलार्म लगाकर मैं बिस्तर पर लेट गयी थी।

आज मेरी परीक्षा का पहला पर्चा था, मैं पांच बजे उठ गयी थी, पूरा रिवीजन किया था। सात बजे थे शारदा जी चाय लेकर आयीं थीं, झिझकते हुए कप उनके हाथ से लेकर थैंक यू कहा था। मैं तैयार होकर आवश्यक पेपर्स लेकर आठ बजकर पांच मिनट पर नीचे आकर मैनेजर की प्रतीक्षा करने लगी थी। हाथ में बैग पकड़े मैनेजर आए और शारदा जी से कह रहे थे

"मैं इस लड़की को परीक्षा केंद्र छोड़कर वृंदावन के लिए निकल जाऊंगा।"मुझे हाथ से चलने का इशारा किया था और आगे बढ़ गए थे, मैंने शारदा जी के पैर छूकर आशीर्वाद लिया था और दरवाजे से बाहल निकल रही थी तब देखा मैनेजर एक सुन्दर कार में विराजमान थे और ड्राईवर तैयार बैठा था। एक विचार दिमाग में कौंध गया था कि कार होने पर भी मुझे घर ढूंढते हुए रिक्शा में आना पड़ा था।

परचा देकर मैं बहुत खुश थी और अच्छे नंबर मिलने की आशा थी। बाहर जाते हुए मैं रिक्शा लेने के लिए आगे बढ़ी थी कि ड्राईवर सामने खड़ा था

"मैडम, गाड़ी लाया हूँ चलिये।"

शारदा जी ने पानी का गिलास पकड़ाते हुए पूछा था

"परचा कैसा हुआ?" मैं कुछ कहती उसके पहले ही शारदा जी ने कहा था

"पूछने की कोई जरूरत नहीँ थी तुम्हारी शक्ल देखकर ही समझ गयी थी। राकेश कह रहा था तुम बहुत होनहार हो। ऊपर जाकर फ्रैश हो जाओ और कपड़े बदल कर आ जाओ बहुत भूख लगी है।"

मैंने किताब, एडमिशन कार्ड और घड़ी अलमारी में रख दी थी किन्तु मेरे पास पहनने लायक केवल तीन साड़ियां ही थी, मुझे कुल पांच पेपर देना था, बीच में दो छुट्टियाँ थी और मैं साड़ियां धोकर काम चला सकती थी किन्तु प्रति दिन दो साड़ियां गंदी करने से मेरा गणित बिगड़ सकता था। शारदा जी को शायद पसंद नहीं था कि बाहर पहन कर गये हुए कपड़े घर में भी पहन कर रखो। टेलिफोन की घंटी बज उठी थी,

“नीचे आओ खाना ठंडा हो जाएगा।”

मैंने जल्दी से साड़ी उतारी और चौथी पुरानी साड़ी पहन कर नीचे आ गयी थी। शारदा जी ने मुझे ऊपर से नीचे तक देखा और बैठने का इशारा किया था भोजन समाप्त होने पर शारदा जी ने मुझे कुछ समय आराम करने के लिए कहा था। मैंने चार बजे का अलार्म लगाया और सो गयी थी।

ठीक पांच बजे रमा चाय और बिस्कुट लेकर आयी थी।

“रमा तुम अपना मोबाइल नंबर इस कागज़ पर लिख दो, मैंने कागज उसकी तरफ बढ़ा दिया था।

रमा ने खुश होकर अपना नंबर लिख दिया था।

“मैं जाती हूँ, दीदी ने बात करने के लिए मना कर दिया है।”

मुड़कर साड़ी के तरफ हाथ बढाते हुए कहा था

“मैं यह साड़ी ले जाती हूँ धो कर ले आऊंगी।”

मैंने हड़बडाते हुए साड़ी अपने हाथ में उठा ली थी

“नहीं इसकी कोई जरूरत नहीँ।”

मैंने साड़ी की अच्छी तरह से तह लगा कर अलमारी में टांग दी थी। अंग्रेजी के दूसरे पेपर की तैयारी के लिए ज्यादा समय की दरकार नहीं थी। गणित की तैयारी के लिए मूड नहीं था इसलिए मैंने रिविजन करने का फैसला किया था। आरती की घंटी बज उठी थी मैं नीचे गयी और शारदा जी के पास खड़ी होगयी प्रसाद देते हुए शारदा जी ने दूसरे पेपर की तैयारी के बारे में पूछा था

दूसरा पेपर देने के लिए मुझे अकेले ही जाना था और मैं लेट नहीं होना चाहती थी। मैं पूरे नौ बजे तैयार हो गयी थी शारदा जी ने दूध का गिलास टेबल पर रखा हुआ था, मुझे देखकर मेरे हाथ में पकड़ा दिया था।

मैंने मंदिर में ईश्वर को प्रणाम किया और सोचने लगी कि मैं परीक्षा केंद्र कैसे जा रही थी कि ड्राईवर गाड़ी की चाबी लेने के लिए आया था शारदा जी नै चाबी देते हुए मुझसे कहा था

"जाओ 'गुड लक"

मैंने उनके चरणस्पर्श किये और बाहर निकल आई थी। पेपर समाप्त होने पर हाल से बाहर आकर देखा था कि रामशरण ड्राईवर खड़ा हुआ था।

पांच अप्रैल, मेरा जन्मदिन, कोई खुशी नहीं बस पछतावा था। जन्म देने वाले ही मेरे साथ नहीं थे। बस, एक और वर्ष बीत गया था। गणित के पेपर में पूरे सौ लाने के लिए मेहनत करना था। साड़ी और जरूरी कपड़े धोने थे। कमरे के साथ बालकनी थी स्नान के बाद कपड़े सुखा कर और तैयार हो कर बालों में कंघी कर रही थी कि रमा नाश्ते की ट्रे लेकर आ गयी थी।

"आपको कुछ और चाहिए तो फोन कर दीजिए, दीदी ने आपको पढ़ाई के कारण नीचे नहीं बुलाया लेकिन आप कपड़े धोने में समय बर्बाद कर रही है।"

मैं केवल मुस्करा कर रह गई थी।

भूख लग रही थी और नाश्ता भी स्वादिष्ट लग रहा था। पोहे का एक चम्मच मुँह में डालते ही माँ पास में बैठी हुई दिखाई दे रही थी मैंने अपने को संभाला और नाश्ता खत्म कर दिया था।

रमा ट्रे लेने आ गयी थी,

"आज आपका जन्मदिन है? दीदी ने अपने हाथों से हलवा बनाया है। हैपी बरडे" कहा और ट्रे उठाकर चली गई थी।

मैं हैरान थी उन्हे कैसे मालूम कि मेरा जन्मदिन था। मुझे कोई भी प्रसन्नता नहीं हुई थी, उलटा मुझे यह सब अखर रहा था। मैं कुछ दिनों की मेहमान से ज्यादा और कुछ नहीं थी मेरे बारे में इतनी जानकारी के पीछे क्या कारण था? मेरे जीवन की सच्चाइयाँ, मेरी बेवकूफी, मेरी पीड़ा के तरफ लोगों के बढ़ते कदम मुझे जीने नहीं दे सकते थे। मैंने निर्णय कर लिया था कि परीक्षा समाप्त होने पर वापस लौट जाना ही उचित था।

गणित मेरे लिए कोई कठिन विषय नहीं था, बाबूजी ने इस विषय के सिद्धांत समझाने में बहुत मेहनत की थी। बहुत लोगों ने बाबूजी को गणित के मूल आधारों पर पुस्तक लिखने के लिए कहा था। उनका एक ही जवाब था कि समय कहां है मैं स्कूल की जिम्मेवारी से समझौता नहीं कर सकता रिटायरमेन्ट के पश्चात लिख

सकता हूँ। ईश्वर हमारे प्रति दयालु नहीं था शुभम् भैया की उपेक्षा ने बाबूजी को भीतर से तोड़ दिया था, बाबूजी जानते थे कि माँ की पीड़ा उनसे हजार गुना अधिक थी इसलिए अपना हृदय माँ के सामने कभी खोलकर नहीं रख पाये थे। पति-पत्नी के बीच का यह मौन समझौता इतना अधिक घातक था इसका किसी को भी अंदाजा नहीं था। बाबूजी हृदय घात सह नहीं सके और हम सबको बेसहारा छोड़ कर चले गए थे। माँ और बाबूजी भूल गए थे कि दुःख बांटने से कम होता है।

शुभम् को बाबूजी ने उसका भविष्य बनाने के लिए अमेरिका भेजा था और उसने वही किया था। नयी दुनिया, नये रिश्तों ने उसके अकेलेपन को दूर कर दिया था और माता-पिता का स्थान गौण हो गया था। शुभम् से बड़ी अपराधी मैं थी, मैंने अपने भविष्य को जलाकर राख कर दिया था और इसकी कालिख को धोने का कोई मार्ग मुझे दिखाई नहीं देता था। इस अपराध की सबसे बड़ी सजा माँ को खोना था। भगवान की अदालत में हम दोनों भाई- बहन के अपराध लिखे जा चुके थे फैसला क्या होगा नहीं जानती थी।

फोन की घंटी बज उठी थी, रमा भोजन के लिए बुला रही थी। मैंने बाल ठीक करने के लिए शीशे में देखा था आँखे लाल थी और आँसुओ की सूखी धाराओं के निशान दिखाई दे रहे थे। मैंने जल्दी से मुँह धोकर बाल ठीक किये और भोजन के लिए पहुँच गयी थी।

शारदा जी ने प्यार से हलवा खिलाया और जन्म दिन की मुबारकबाद दी थी। भोजन समाप्त करने के पश्चात मैंने शारदा जी के पैर छूकर आशीर्वाद लिया था।

"तुम्हारा कुछ समय लूंगी बैठो।"

उन्होंने पास रखी छोटी मेज से एक पैकेट उठाया और कहा था

"यह उपहार तुम्हारे लिए है।"

मैं कुछ कह नहीं पा रही थी और मैने पैकेट ले लिया था।

"खोल कर नहीं देखोगी? " शारदा जी ने पूछा था।

मैंने रैपर खोला था एक बहुत सुन्दर पीले रंग की साड़ी थी। इन्हे कैसे मालूम कि मुझे पीला रंग बहुत पसंद था, मन में कई सवाल घुमड़ रहे थे, उछलती-कूदती, खुश मिज़ाज लड़की अब एक शक और संदेह से भरे व्यक्तित्व के अतिरिक्त और

कुछ नहीं थी। मैंने अपने चेहरे पर एक मुस्कान बिखेरते हुए धन्यवाद कहा था और पैकेट उठाकर अपने कमरे में आ गयी थी। मैंने पैकेट बिस्तर पर रखा और बैठ गयी थी। मन अतीत के बोझ और शंकाओं से भर गया था। मैने एक गहरी साँस ली थी और पढ़ना शुरू किया था।

मैंने दूध पीते हुए शारदा जी को बताया था कि गणित का पर्चा पूरे तीन घंटों का था इसलिए लौटने में देर हो सकती थी। मैंने उनके पैर छूकर आशीर्वाद लिया था। पेपर समाप्त कर मैं बहुत खुश थी मुझे शत प्रतिशत नंबर मिलने की उम्मीद थी। अब बस दो पेपर्स और तीन दिन, मैं आश्रम लौटने के लिए आतुर थी। मैंने अपने-आप से पूछा था क्यों? सब कुछ बहुत अच्छा था फिर भी बैचैनी मेरा पीछा नहीं छोड़ती थी। रमा ने तूफान की तरह कमरे में प्रवेश किया था

"दीदी, आप कपड़े धोने के लिए मुझे दे दें, अपना समय बर्बाद मत करिये।"

मैंने ज्यादा बात नहीं बढाई और अपनी दो साड़ियां उसके हाथों में थमा दी थीं।

"शारदा माई ने आपको उपहार में बहुत सुन्दर साड़ी दी है। कल मैं भी उनके साथ माल गयी थी आजाद माल, आगरा का सबसे बड़ा बाज़ार है। मुझे पूरा विश्वास है उन्होंने आपको पसंद कर लिया है। आप जानती नहीं है उनका बेटा बहुत बड़ा अफसर बन गया है मथुरा में है।"

"तुम अब जाओ अभी मेरी परीक्षा ख़त्म नहीं हुई है।"

रमा को मेरी प्रतिक्रिया अच्छी नहीं लगी थी। अम्मा का अंदाजा था मैनेजर ने अपने बेटे के लिए पसंद कर लिया था, रमा के अनुसार शारदा जी ने भी मुझे उनके बेटे के लिए पसंद कर लिया था, क्योंकि इन लोगों को मेरे अतीत की कोई जानकारी नहीं थी। मेरा जीवन एक कटघरे में बंद था आश्रम के अतिरिक्त मेरे लिए कहीं और जगह नहीं थी।

हिन्दी और इतिहास के पर्चे भी अच्छे हुए थे। परीक्षा खत्म हो गयी थी मुझे सफलता की पूर्ण आशा थी, मैंने शारदा जी से वापस आश्रम लौट जाने की इच्छा जताई थी।

"तुम अभी तक परीक्षा में व्यस्त थी हमारी कोई बातचीत भी नहीं हुई है तुम अभी नहीं जा सकती हो। तुम्हारे यहां आने से मेरी तबियत ठीक हो गयी है मेरा

अकेलापन ही मेरी बीमारी है। मुझे नहीं लगता कि आश्रम में कोई भी तुम्हारी कमी महसूस करता है। तुम कुछ दिन रुक जाओ।"

शारदा जी का प्रेम और आग्रह रुक जाने के लिए बहुत था। एक दिन आरती के पश्चात् शारदा जी ने बताया था कि मैनेजर साहब का बेटा, शारदा जी का भतीजा रवि प्रकाश दवे अमेरिका से मैनेजमेन्ट की डिग्री प्राप्त करने के बाद लौट आया था। शारदा जी ने रवि प्रकाश की प्रशंसा के पुल बांध दिये थे। मुझे कुछ अजीब लग रहा था कि उन्होंने अपने पुत्र का जिक्र तक नहीं किया था, संभवतः अपने भाई की इच्छा को स्वीकार कर लिया था, यह मेरा अनुमान मात्र था।

मुझे बीए फाइनल की परीक्षा का परिणाम ज्ञात था बस रिजल्ट का इंतजार था। इस परीक्षा ने मेरे आत्मविश्वास और मनोबल को बढ़ा दिया था बस माँ की कमी खलती रहती थी।

मैं और शारदा जी नाश्ता कर चुके थे और बाजार जाने का प्रोग्राम बना रहे थे कि दरवाजे की डोर बेल बज उठी, रमा ने दरवाजा खोला था मैनेजर साहब और उनके पुत्र रत्न बिना किसी ख़बर और सूचना के पधारे थे। शारदा जी अपने भतीजे से लिपट कर रोने लगी थी, बिना माँ की सन्तान को शारदा जी ने ही पाला था। मैं अवसर देखकर अपने कमरे में चली आई थी समझ नहीं पा रही थी कि क्या करूं।

कुछ समय पश्चात् रमा का फोन था लंच के लिए बुलाया था। मन में विचार आया कि साड़ी बदलना उपयुक्त था, किन्तु क्यों, मैंने इस विचार को झिड़क दिया था। सच यही था कि मैं सभी लोगों का सामना नहीं करना चाहती थी। मैनेजर साहब का पहला प्रश्न था पेपर्स अच्छे हुए? मैंने बिना नजर ऊपर किये सिर हिलाकर हां में जवाब दिया था।

"इसे आश्रम लौटने की जल्दी क्यों है?" शारदा जी शिकायत कर रही थीं।

"दीदी आप सही कह रही हैं इसका फिलहाल आश्रम में कोई काम नहीं, रिजल्ट आने के बाद नौकरी के लिए आना पड़ेगा, गुप्ता जी इसकी छात्रों के साथ हुई बातचीत से प्रभावित हैं।बीए की डिग्री होने पर स्कूल में पढ़ाने का काम निश्चित तौर पर मिल जाएगा लेकिन अभी रिजल्ट आने में महीने भर से ज्यादा समय शेष है।"

मुझे लग रहा था कि रवि जी की निगाहें मुझ पर टिकी हुई थी

मैं असहज महसूस कर रही थी कि शारदाजी ने यकायक फ्रिज में रखी आइसक्रीम लाने के लिए कह दिया था। मुझे थोड़ा अजीब लग रहा था क्योंकि मैं इसके पूर्व

कभी रसोई में घुसी नहीं थी, आइसक्रीम तीन प्यालों में डालकर रमा के हाथों भिजवाकर अपने कमरे में चली गयी थी।

एक झलक देखने से मुझे रवि जी की पर्सनैलिटी प्रभावशाली लगी थी, बात करने का तरीका सौम्य और सभ्य था, दिल में दबाकर रखी इच्छाओं को पंख लग गये थे और हृदय में पनपती हुई भावनाएं बाहर निकलने को आतुर थीं। अमेरिका से पढ़कर आने वाले नौजवान के विचार खुले और प्रगतिशील होंगे उसे मेरे अतीत से क्या मतलब हो सकता था। ऐसा लगता था समय करवट बदल रहा था और जीवन एक नयी डगर पर चलने को बेताब था लेकिन सब से बड़ी कमी थी मेरी माँ,जिसे मुझे ढूँढना था।

रात के भोजन के समय मैनेजर और रवि जी दोनों ही नदारद थे। मेरा कुछ भी पूछना उचित नहीं था यह मैं जानती थी। मेरी चुप्पी शारदा जी से सहन नहीं हो रही थी उन्हे मेरे मुँह से जो कुछ जानने की जिज्ञासा थी वह शांत नहीं हुई थी।

“राकेश तुम्हारी बहुत तारीफ कर रहा था उसके अनुसार तुम्हारे जैसी मेधावी, शांत और संस्कारी लड़की आश्रम में कैसे रह सकती है।अचरज की बात है रवि यह सब कुछ बहुत ध्यान से सुन रहा था।”

“मैं मैनेजर साहब की अहसान मंद हूँ मुझे बीए की डिग्री उनकी अनुकंपा से मिलेगी। जिस लड़की का कोई नहीं था उसे मैनेजर साहब की कृपा से आश्रम में सहारा मिला।”

“बेटी कोई किसी पर अहसान नहीं करता है यह सब ईश्वर की लीला है वह इस धरती पर रहनेवालों से उसके न्याय और फैसलों के अनुसार काम करवाता है। हम इन्सानो की इतनी औकात नहीं है कि हम किसी के जीवन को बदल सकें।”

शारदा जी के वचन सुन कर मैं अपने-आप को रोक नहीं पाई थी मैंने अपना सिर उनके चरणों में रख दिया था और फूट-फूट कर रोने लगी थी, मन में उमड़ते हुए घने और काले बादल फट गये थे।

शारदाजी ने स्वयं बताया था कि मैनेजर साहब वापस वृन्दावन लौट गये थे और रवि जी किसी कंपनी में एक बहुत बड़े पद के लिए इन्टरव्यू देने के लिए गये थे। यदि समय मिलेगा तो रात का खाना अपनी बुआजी के साथ खाएंगे और रात को यहाँ रुकेंगे।

यह सुनकर मुझे अच्छा लगा था किन्तु किसी भी नये व्यक्ति का सामना करने की हिम्मत नहीं जुटा पा रही थी, मैं पढ़ी लिखी थी अंग्रेजी बोल सकती थी लेकिन फिर भी एक हिचकिचाहट बनी हुई थी।

रवि जी ने अपने आने का समय और रात को रुकने की सूचना उनकी बुआजी को दे दी थी। शारदा जी ने नाराज़गी जताते हुए कहा था,

"जैसा लंच के समय किया था अब मत करना नौकरी करने की तैयारी कर रही हो, नये लोगों से मिलना और बात करना आवश्यक है।"

मैंने कुछ भी नहीं कहा था उनके संवाद में मुझे स्वयं के लिए कुछ भी नया नहीं महसूस हुआ था, यह मुलाकात एक औपचारिक और किसी अनजान से परिचय से अधिक नहीं लग रही थी। आरती समाप्त करने के पश्चात मैंने शारदा जी के कहने पर श्लोक और भजन गाया था

"बनवारी रे जीने का सहारा तेरा नाम रे"

भजन पूर्ण नहीं हुआ था कि डोर बेल बज उठी थी मैंने गाना बंद कर दिया था और दरवाजे के तरफ देखने लगी थी।

रवि जी ने अंदर प्रवेश करते हुए कहा था

"अरे आप रुक क्यों गयी, आप सुन्दर गाती हैं।"

शारदा जी ने रवि जी के हाथों से ब्रीफकेस लेते हुए कहा था

"रवि देर हो रही है तुम स्नान कर के आओ खाना ठंडा हो रहा है।"

बीस मिनट बाद रवि जी बाहर आकर मेरे सामने की कुर्सी पर बैठ गये थे, मैं समझ नहीं पा रही थी कि किस तरफ देखूँ।

"आपके बीए फाइनल में क्या विषय थे?"

"इंगलिश,गणित,इतिहास"

"वेरी इंट्रेस्टिंग, आपके विषयों के चुनाव से पता लगता है कि आप होनहार छात्र हैं।"

मैंने चुप रहना बेहतर समझा था। रवि जी बार-बार मेरी तरफ देख रहे थे शायद मेरे पूरे व्यक्तित्व का आकलन कर रहे थे। मैंने भी कनखियों से उनकी तरफ देखा था जिसे रवि जी ने पकड़ लिया और मुस्करा दिये थे। सत्य सामने खड़ा था, मुझे रवि जी अच्छे लगे थे अपने पिताजी की तरह लंबा, छरहरा बदन और गोरा रंग, एक कशिश और आकर्षण। मालूम नहीं उनका मेरे लिए क्या विचार था, इस सुन्दर वातावरण में मेरी हीन भावना की प्रवृति बार-बार अपना सिर उठा रही थी और

मैं असहज हो रही थी, मैं कुर्सी से उठकर भाग जाना चाहती थी। शारदा जी की निगाहें मेरे ऊपर टिकी हुई थी और मेरी छटपटाहट को समझ रही थी। उन्होंने आदेश दिया था,

"स्नेहा रवि की कटोरी में दाल डाल दो"

दाल परोसते हुए रवि जी की अंगुली मेरी हथेली को छू गई थी, मेरे पूरे शरीर में मीठी सी झनझनाहट दौड़ गयी थी। अंगुली का छूना एक इत्तेफाक था या एक जबरन किया गया प्रयास, समझना कठिन था। मेरी भावनाएं नये रंग में डूबती हुई एक अद्भुत करवट बदलने के लिए हाथ-पैर मार रही थी और इसका आभास मुझे हो रहा था।

संभवतः रवि जी मेरे कुछ बोलने की प्रतीक्षा कर रहे थे लेकिन मुझे कुछ भी नहीं सूझ रहा था। बातचीत आगे बढ़ाने के लिए रवि जी ने ही पूछा था,

"आप बीए करने के बाद क्या करेंगी?"

"नौकरी की तलाश " मेरे मुँह से अनायास निकल गया था।

"आप एम. ए नहीं करना चाहेंगी, बीए. की डिग्री अच्छी नौकरी के लिये पर्याप्त नहीं है।"

"अभी मेरा लक्ष्य किसी बोर्डिंग स्कूल में टीचर की नौकरी पाना है।"

"बोर्डिंग स्कूल ही क्यो?"

"मैं आश्रम से बाहर निकलना चाहती हूँ और रहने की व्यवस्था बोर्डिंग स्कूल में हो सकती है, ऐसा मेरा विचार है।"

"मतलब आपने अपने भविष्य के बारे में काफी दूर तक सोच रखा है लेकिन इसमे कोई फेरबदल हो तब?"

"रवि जी, आपके पिताजी ने आपको मेरे बारे में बहुत कुछ बताया होगा मैं अनाथ हूँ और मैंने अपने लिये बहुत बड़े सपने संजोकर नहीं रखे हैं।"

"तुम स्वयं अपने बारे में कुछ नहीं जानती हो, मनुष्य का भविष्य माता-पिता पर निर्भर नहीं होता है। स्वयं की शिक्षा, योग्यता, प्रयास और चरित्र उसके भविष्य के मार्ग तय करते हैं।" इतना कह कर शारदा जी चुप हो गयी थी।

'चरित्र' शब्द ने एक जोरदार हथौड़ा मेरे मस्तक पर दे मारा था, यह गुण मेरे पास नहीं था। क्या मैं इस चोट से कभी भी नहीं उभर पाऊँगी? क्या मेरे माता-पिता द्वारा दिये गये संस्कार और गुण इतने कमजोर थे कि मैंउनका मान नहीं रख पाई थी।

शारदा जी ने रसगुल्ले के बोल का ढक्कन खोलकर तीन प्याले मेरी तरफ खिसका दिये थे।

"तुम्हे बता रही हूँ रवि को रसगुल्ले बहुत पसन्द है।"

मैंने प्याले में एक रसगुल्ला रखा था कि शारदा जी ने टोक दिया था

"अरे हमारे यहाँ एक रसगुल्ले से किसी का मन नहीँ भरता और रवि को कम से कम चार चाहिए।"

"बुआजी आप पहली मुलाकात में ही सारे भेद खोल रही है।"रवि जी ने आपत्ति जताई थी।

मैं बस हल्के से मुस्करा दी थी। मैंने अपने प्याले में एक रसगुल्ला ही डाला था किन्तु शारदा जी ने आगे बढ़कर दूसरा डाल दिया था। मुझे भी रसगुल्ले बहुत पसन्द होते थे याद ही नहीं था कि बरेली छोड़ने के बाद कब खाया था। बाबूजी प्रत्येक शनिवार को कुल्हड़ भर कर रसगुल्ले ले कर आते थे। हम तीन लोगों के बीच मेरा हिस्सा आधा कुल्हड़ होता था। माता-पिता के बिना जीवन कैसा होता है मुझे कल्पना भी नहीं थी। मैंने तीनों प्याले ले जाकर रसोई के सिंक में रख दिये थे और अपने कमरे में लौट गयी थी। परीक्षा समाप्त हो गयी थी और करने के लिये कुछ भी नहीं था। अजीब सी अनुभूति मन में हो रही थी जिसकी उड़ान मुझे बार-बार निराशा के आगोश से ऊपर खींच कर ले जाती थी, यह बदलाव मुझे कहां ले जाएगा, यह अनिश्चितता, मुझे डर लगता था आश्रम लौट जाना ही उचित था। मन की उलझन में उलझते और सुलझते कब नींद आ गई मुझे नहीं मालूम। नये परिवेश में मुझे आसानी से नींद नहीं आती थी,यहाँ रात में नींद खुलती रहती थी।

सात बज रहे थे और मैं हड़बडाते हुए खड़ी होगयी थी। मैं अपने बाल ठीक कर रही थी कि देखा रवि जी दरवाजे पर खड़े हुए खटखटा रहे थे।

"मैं अंदर आ सकता हूँ" कहते हुए भीतर आ कर कुर्सी पर बैठ गये थे। मैं सकपका गयी थी अपने हाथों से मेरे लंबे बालों को लपेट कर बांधने का प्रयास असफल हो रहा था।

"मेरे पिताजी आपसे बहुत प्रभावित हैं, आप बुद्धिमान है, सभ्य है, संस्कारी है और बहुत सुन्दर भी, मैं उनकी आखिरी बात से सहमत हूं, आप वस्तुतः बहुत सुन्दर है आपके बिखरे हुए केश यह जानते हैं।"

मुझे समझ ही नहीं आ रहा था कि क्या जवाब दूँ अचानक मेरे मुँह से निकल गया था,

"आपके अनुसार आप केवल अंतिम बात से सहमत हैं।"

रवि जी हंसने लगे थे," मालूम हो गया है आप को बुरा भी लगता है और आप –।"

मैंने रवि जी की बात काट कर सफाई देने की कोशिश की थी

"मुझे भला बुरा क्यों लगेगा?"

रवि जी आगे कुछ कहते कि रमा चाय के लिए बुलाने आ गयी थी। रमा के आगे जाने पर रवि जी ने धीरे से कहा था

"आप वाकई बहुत सुन्दर हैं।"

शारदा जी हमारा इन्तजार कर रही थीं उन्होंने रवि जी को छेड़ते हुए कहा था,

"रवि तुम किसकी इजाजत से ऊपर गये थे और तुम अपनी चाय का समय भी भूल गये।"

रवि जी ने अपनी बुआजी का हाथ चूम लिया था और मैंने अपनी आँखे झुका ली थी। चाय पीते हुए शारदा जी का लाड़ प्यार देख कर अच्छा लगा था तीन वर्ष अमेरिका रहते हुए भी इनका प्यार माँ-बेटे से कम नहीं था। रवि जी को वापस वृन्दावन लौटना था रमा उनका बैग लेकर तैयार खड़ी थी, मुझे रमा की यह तत्परता बुरी लगी थी।

समझ नहीं पा रही थी कि मैं बाहर निकल कर जाऊं अथवा नहीं हृदय की धड़कन और पैरों की जड़ता का तालमेल बिगड़ रहा था कि शारदा जी ने मुझे बाहर आने के लिए पुकारा था। कार का दरवाज़ा खोलते हुए रवि जी ने कहा था,

"आओ तुम्हें भी साथ ले चलता हूं।"

शारदा जी ने मुस्कराते हुए कहा था

"अभी स्नेहा मेरी इजाजत के बिना वृंदावन नहीं जा सकती है।"

रवि जी ने हाथ हिलाकर 'बॅय कहा और चले गये।

शारदा जी ने हंसते हुए कहा था,

"रवि तुम्हें अभी से साथ ले जाने को तैयार हो गया है अभी तो बहुत कुछ करना शेष है।"

मेरा मन बुझ सा गया था मैंने कोई भी प्रतिक्रिया नहीं दी थी। हृदय में उमड़ती प्रसन्नता की लहर निष्क्रिय हो कर वापस लौटने लगी थी। शारदा जी का वाक्य " अभी तो बहुत कुछ करना शेष है " ने मुझे निराशा के समंदर में फैंक दिया था एक सतरंगी बुलबला दिल के सागर में उठा था और कुछ ही क्षणों में फूट गया। क्या मुझे सपने देखने का अधिकार नहीं था? ऊपर कमरे में जाना उचित नहीं था इसलिए मैं शारदा जी के पास जाकर बैठ गयी थी। शारदा जी ने रमा से चावल का डिब्बा बाहर मंगवा लिया था और चावल बीनने लगी थी, मैंने भी पास रखी थाली उठाकर चावल बीनना शुरू कर दिया था। शारदा जी ने पूछा था,

"क्या पहले कभी चावल साफ किया है? बताओ यह कौन सी किस्म का चावल है।"

मैं मूक दर्शक की भांति शारदा जी का चेहरा देखने लगी थी।

"अब जिम्मेदारी संभालने का समय आ रहा है, गृहस्थी संभालने के फार्मूले किसी किताब में नहीं मिलेंगे"कहते हुए शारदा जी चावल मेरे सुपुर्द कर अपने कमरे में चली गयी थी।

पूरा एक घंटा लगाकर चावल साफ करके पास रखे डब्बे में रख रही थी तभी शारदा जी आ गयी और रमा को डिब्बा रसोई में रखने को कहा था और मुझे कमरे में जाकर हाथ मुँह धोकर आरती के लिए आने को कहा था। मैं असमंजस में थी सुबह के समय इससे पूर्व आरती नहीं हुई थी।

आरती की तैयारी हो गयी थी और अन्य दिनों की भांति पूजा समाप्त होते ही मैंने शारदा जी से भजन सुनाने का आग्रह किया था 'श्याम तेरी बंसी पुकारे एक नाम राधा का भी श्याम और मीरा का भी श्याम ' शारदा जी के मधुर स्वर ने मुझे अभिभूत कर दिया था मेरे मुँह से एक भी शब्द नहीं निकला था।मंदिर का वातावरण एकदम पवित्र और भक्तिमय हो गया था।

शारदा जी का जीवन कैसा था मुझे ज्ञात नहीं था किन्तु शारदा जी के स्वभाव की निर्मलता के बारे में मुझे अम्मा ने बताया था। मैं शारदा जी को माँ कह कर पुकारना चाहती थी किन्तु साहस नहीं कर पा रही थी उनके साथ बैठ कर वार्तालाप करने में भी मुझे डर लगता था, मन शंकित रहता था कि उन्होंने मुझसे मेरे माता-पिता और परिवार के बारे में प्रश्न किये तो मैं क्या कहूँगी? यह सवाल मेरे दिमाग में जौंक की तरह चिपक गया था और प्रसन्नता के हर लम्हे को चूस रहा था। आगरा में सब कुछ सुहावना था, कोई भी परेशानी नहीं थी किन्तु फिर भी मैं वापस वृंदावन लौट जाना चाहती थी। मस्तिष्क में स्थापित भय इतना अधिक था कि पल भर के लिये देखे गये सपनों को एक शब्द भी धराशायी कर देता था। रिजल्ट आने में ज्यादा समय शेष नहीं था, नौकरी भी पुराने स्कूल में मिल जाएगी ऐसा मेरा विश्वास था।

शारदा जी और मैं नाश्ते के बाद बैठ कर आगरा के पास फतहपुर सीकरी जाने की योजना बना रहे थे कि डोर बैल बज उठी, शारदा जी ने दरवाजा खोला पोस्टमैन था। जब शारदा जी दरवाजा बंद कर रही थी मैंने देखा था उनके हाथ में एक मोटा सा लिफाफा था। शारदा जी ने बताया कि लिफाफा मैनैजर साहब ने भेजा था। सेन्ट जोन्स कॉलेज का मैथ्स में एम.ए के पहले वर्ष का एडमिशन फार्म था, मैं असमंजस में पड़ गयी थी इस संदर्भ में कभी भी, कोई भी चर्चा नहीं हुई थी और शारदा जी बिना किसी भाव के मुझे पढ़ रही थी। साथ में एक पत्र भी संलग्न था,

आदरणीय दीदी,

चरण स्पर्श

फार्म भेज रहा हूँ लडकी से कहना ठीक से पूरा भरकर तैयार रखे, मैं रिजल्ट आने के बाद उसका प्रोविजनल सर्टिफिकेट निकलवाकर सेन्ट जान्स कॉलेज ले जाऊंगा।

आपका

राकेश

शारदा जी कुछ मिनट तक पत्र हाथ में पकड़े मुझे घूरती रही थी,

“बड़ी किस्मत वाली हो तुम राकेश तुम्हारे लिये इतना अधिक सोच रहा है। वैसे वह ऐसा ही है, आगरा कॉलेज के डीन की बेटी से प्रेम विवाह यह जानते हुए भी किया

था कि वह डीन साहब की अपनी पुत्री नहीं थी, वह कॉलेज के सफाई कर्मचारी सोम की,अनाथ बेटी थी। सोमनाथ की मृत्यु कॉलेज के हालॅ में पंखा गिरने से हुई थी, सोम को अस्पताल ले जाया गया था किन्तु पंखे की पंखुडी गर्दन में अंदर तक घुस गयी थी। सुमि की माँ बेटी के जन्म के समय उसे अकेला छोड़कर चल बसी थी। डीन साहब ने उसे अपनी बेटी की तरह पाला था। राकेश और सुमि सहपाठी थे और राकेश उसकी सूरत और सीरत पर मर मिटा था। हमारे परिवार को यह संबंध पसंद नहीं आया था लेकिन राकेश ने किसी की भी नहीं सुनी और विवाह कर लिया था। सुमि में गज़ब की सहनशीलता थी, बुरा भला, दुत्कार सब कुछ सहते हुए उसने परिवार में अपना स्थान बना लिया था। रवि का जन्म सबके लिए खुशियाँ लाया था। जितनी सुघड़ता और मजबूती से उसने रवि को बड़ा किया हम सभी उसकी प्रशंसा करते थे। नीरज, मेरा बेटा, उसकी गोद में बैठने के बाद उठता नहीं था लेकिन रवि ने कभी भी जिद्द नहीं की थी। सुमि ने उसमें अच्छे व्यवहार और शालीनता के सभी गुण भर दिये थे। परिवार के लोग भी सुमि पर "न जाने किस खानदान की लडकी है" जैसे जुमले बोलने के लिए शर्म सार थे। रवि पांच वर्ष का था और सुमि कैंसर से जूझते हुए हमें छोड़कर चली गई थी जाते हुए उसने रवि को मेरी गोद में डाल दिया था" यह कहते हुए शारदा जी का गला रुंध गया था और वह मौन हो गयी थी। हम दोनों बिल्कुल शांत थे थोड़ी देर बाद शारदा जी उठकर अपने कमरे में चली गयी थी। मैं समझ गयी थी मैनेजर साहब का मेरे भविष्य के प्रति चिंता का मूल कारण मेरी कोई भी विशेष योग्यता नहीं थी अपितु उनके चरित्र की विशेषता थी। मैने ईश्वर को लाखों धन्यवाद दिया था, उसने मुझे एक सुरक्षित जगह आश्रम में पहुंचा दिया था और मेरी मुलाक़ात मैनेजर साहब से करवायी। मुझे कुछ समझ नहीं आ रहा था कि क्या करूं मैंने उठकर आरती का सामान समेटने की कोशिश की और विचार कर रही थी कि कहां रखना चाहिए लेकिन रमा ने मेरी उलझन सुलझा दी थी, वह सारा सामान रसोई में लेकर चली गयी।

शारदा जी ने चाय के साथ रवि जी के लिये कई पकवान बनवाए थे और जबरदस्ती बहुत पकवान मेरी प्लेट में डाल दिये थे। मैंने रमा से रात के भोजन के लिए इन्कार कर दिया था और अपने कमरे में लौट गयी थी, मुझे भी बहुत कुछ आत्मसात् करने की आवश्यकता थी।

मैनेजर साहब रूखे और जरूरत से अधिक नहीं बोलने वाले किन्तु रवि जी खुश मिज़ाज और अधिक बोलने वाले, संभवतः उनकी माँ का स्वभाव पाया हो। मेराआगरा आकर जीवन के प्रति नजरिया बदल रहा था मैं कुंठाओं के जाल से

बाहर निकलने की भरसक कोशिश कर रही थी और कुछ समझ नहीं पा रही थी कि यह बदलाव मुझे कहां ले जाएगा। संगीत सुनने का मन कर रहा था, मेरे संगीत के शौक को देखकर बाबूजी ने एक सुन्दर सा ट्रांजिस्टर लाकर दिया था ताकि मैं जब चाहूँ गाने सुन सकूं। समय के तूफानों ने जीवन तहस -नहस कर दिया था। मुझे अपने आप पर तरस आ रहा था, एक पच्चीस साल की नवयुवति अपने ही बनाए पिंजरे में कैद, छटपटाने के अतिरिक्त और कुछ नहीं कर पा रही थी। आगरा से भी मन ऊबने लगा था किन्तु रवि जी से मुलाकात की प्रतीक्षा रोक रही थी।

नोट्स और पुस्तकें इधर उधर रख दिये थे सोचा था कि सभी कुछ व्यवस्थित कर लेना चाहिए। गणित की पुस्तक के नीचे एक सुन्दर मोबाइल दबा हुआ था यहाँ किसने रखा होगा समझने में देर नहीं लगी थी। एक बड़ी मुस्कान होठों पर फैल गई थी, खुशियों का गुबार सभी सीमाएं तोड़कर बाहर निकल आना चाहता था, मन मयूर नाचना और गाना चाहता था। 'मन मयूर 'हिन्दी में पढ़ा था और जीवन में पहली बार इसकी सार्थकता स्वयं महसूस कर रही थी। बहुत लंबे समय से भजन ही गा रही थी किन्तु आज एक रोमांटिक गीत गुनगुना चाहती थी। मन को रोक लिया था अपनी प्रसन्नता से भरी मनोदशा का प्रदर्शन संभव नहीं था। मैं कमरे में घूम रही थी और एक पुराना गीत 'मन मेरा बावरा रे' गुनगुना रही थी, अचानक मेरी नजर दरवाजे की ओर गयी वहां रमा मेरी धुली साड़ियां लिये चौखट पर खड़ी मुझे एकटक देख रही थी, उसके पैरों की पायल की झंकार भी नहीं सुनाई दी थी।

"दीदी,आप बहुत अच्छा गाती हैं, आपको इतना खुश पहले कभी नहीं देखा था। जहां तक मुझे जानकारी है आपकी परीक्षा का रिजल्ट अभी तक नहीं आया है।"

मैं अचानक जल्दी से बेड पर रखे मोबाइल पर बैठ गयी थी कहीं रमा ने देख तो नहीं लिया था?

"आपके कपड़े कहां रख दूँ" रमा पूछ रही थी मैंने बेड के ऊपर ही रख देने का इशारा किया था।

"रमा, आज मेरा दूध पीने का मन नहीँ है तुम्हारे बनाये हुए पकवानों से पेट भरा हुआ है। आज मैं जल्दी सोने का सोच रही हूँ, कल शारदा जी के साथ टहलने जाऊंगी।"

रमा ने जाते हुए पूछा था " आप कब तक शारदा जी कहती रहेंगी?"

"तुम्ही बताओ कोई भी रिश्ता बिना इजाज़त कैसे जोड़ा जा सकता है?"

रमा बिना उत्तर दिये सीढ़ियां उतर गयी थी।

मैंने सावधानीपूर्वक दरवाजा बंद कर लिया था। मोबाइल का उपयोग, रवि जी का नंबर मुझे कुछ भी ज्ञात नहीं था कि मोबाइल की घंटी बज उठी थी, आवाज़ जरूरत से अधिक तेज थी मेरी धड़कन रुक सी गई थी, कहीं रमा दरवाजे के बाहर तो नहीं खड़ी थी।

मैंने answer पर अंगुली रखी थी और स्क्रीन पर रवि जी का मुस्कुराता चेहरा देखकर हैरान हो गयी थी।

"हैलो, आप कैसी हैं?"

मेरे हाथ से मोबाइल छूटकर बेड पर गिर गया था जैसे कि मैंने अंगारे पर हाथ रख दिया था। कुछ मिनट तक फोन बेड पर पड़ा रहा था,मैंने हिम्मत करके फोन उठाया और रवि जी को देखती रही थी,

"आप कुछ बोलेंगी या नहीं?"

क्या कहूँ समझ नहीं पा रही थी सभी शब्द गले में आकर अटक गये थे, गला रुंध गया था भावनाओं का ज्वार सभी दीवारों को तोड़ कर बहना चाहता था किन्तु समस्या यह थी कि मैं स्वयं को क्या नाम दूँ, एक परिचित, एक दोस्त, एक प्रेमिका? मेरा कोई भी किरदार स्पष्ट नहीं था। आँसुओ ने सीख लिया था कि कब बहना है और टप-टप बहते अश्रुओं ने फोन का स्कीन गीला और रवि जी की छवि को धुंधला कर दिया था, एक क्लिक की आवाज सुनाई दी रवि जी ने फोन बंद कर दिया था। मैं ठगी सी खड़ी रह गई थी और आंसू बहाते-बहाते सो गयी थी।

सुबह जब नींद खुली थी तब आठ बज गए थे, जल्दी-जल्दी फ्रैश होकर नीचे चली गई थी। शारदा जी टहल कर वापस आ गयी थी। रमा भी कम नहीं थी,

"दीदी, आज आप टहलने जाने वाली थी रात भर सपने देखती रही थी इसलिए नींद नहीं खुली –"

शारदा जी ने रमा को झिड़क दिया कि दीदी को परेशान मत करो। मैंने राहत की सांस ली थी। मैने शारदा जी के दोनों हाथ पकड़कर कहा था,

"आपको नाम लेकर पुकारना मुझे अच्छा नहीं लगता किन्तु इतने दिन बीतने के बाद भी मैं समझ नहीं पा रही कि आपको क्या कहूँ।"

शारदा जी ने मेरे दोनों हाथ अपने दिल के समीप रखते हुए कहा था

"तुम राकेश को अपने पिता जैसा मानती हो और इस नाते से मैं तुम्हारी बुआजी जैसी हूँ।"

"ईश्वर का लाखों धन्यवाद अब मै अनाथ नहीं हूँ।"कहते हुए मेरी आखें भर आई थी शारदा जी, नहीं बुआजी ने आगे बढ़कर मेरे आँसुओ को अपने आँचल में बटोर लिया था। बुआजी उठकर अपने कमरे से एक एल्बम लाईं और मुझे परिवार के फोटो दिखाने लगीं थी,उनका बेटा शुरू से ही गंभीर और रवि जी नटखट दिखाई दे रहे थे। हंसते और मुस्कुराते हुए हमने पूरा एल्बम देखा था जिसमे दोनों भाइयों का बचपन संजोकर रखा गया था।

मेरी अपनी कोई बुआजी नहीं थी मेरे पिताजी इकलौती संतान थे। ईश्वर ने इतना कुछ मुझे दे दिया था मैं आश्रम लौटकर क्या करूंगी। शारदा जी ने मुझे कपड़े बदल कर आने के लिए कहा था और रमा को पुकारा

"रमा आज हम तीनों माल जा रहे हैं और खाना बाहर खाएंगे, तुम रसोई बंद कर दो और तैयार हो कर आओ।"

आजाद माल बहुत बड़ा और शानदार था। शारदा जी ने मेरे मना करने की परवाह किए बिना दो ड्रेस मेरे लिए खरीदी थी उनका तर्क था तुम पर साड़ी बहुत सुन्दर लगती है लेकिन सलवार कमीज भी अच्छा और आरामदायक होता है। मैंने रंग और डिज़ाइन का चुनाव उन पर छोड़ दिया था।

पूरा दिन आनंद और हंसी-ठट्ठा के साथ निकल गया था,घर के अंदर प्रवेश करते हुए शारदा जी ने कहा था,

"आज का दिन कैसे व्यतीत हो गया मालूम नहीं हुआ, काफी दिनों के बाद आनंद की प्राप्ति हुई। जानती हो स्नेहा यह तुम्हारे साथ का असर है तुम मुझे छोड़कर वृंदावन नहीं जा सकती।"

"बुआजी आप मेरे लिये इतना अधिक सोच रही हैं और कर रही हैं, मैं नहीं जानती यह कर्ज कब और कैसे चुकाऊंगी।"

शारदा जी ने नाराज़गी जताते हुए कहा था कि बुआजी कहती हो और ऐसी बातें कर रही हो।

"मुझे पूर्ण विश्वास है कि रवि ने तुम्हें पसंद कर लिया है और तुम इस परिवार का हिस्सा बनोगी।"

मैंने रमा की प्रतिक्रिया देखी थी उसे शारदा जी का कथन पसंद नहीं आया था उसके अनुसार शारदा जी को मुझे उनके पुत्र नीरज जी के लिए उपयुक्त समझना चाहिए था। मुझे बिल्कुल बुरा नहीं लगा था,रमा की शारदा जी के प्रति वफादारी अच्छी लगी थी।

शारदा जी ने कहा कि वह आराम करने जा रही हैं मैं अपने कमरे में लौट गयी थी। मैंने मोबाइल बंद कर दिया था और अपने बैग में ठूंस दिया था। मैं रवि जी से बात करने की तड़प महसूस कर रही थी किन्तु साहस नहीं जुटा पा रही थी। प्रेम की पहली किरण को आत्मा के ऊपर रखे बोझ और कमजोर मन के अंधकार ने ढक दिया था।

जब मेरी आँखें खुली छः बज रहे थे,रमा कब आ कर चाय रख गयी थी पता ही नहीं लगा था। मैंने एक सांस में पूरा कप चाय गटक ली थी और तैयार हो कर नीचे उतर गयी थी।

आरती का समय हो गया था और शारदा जी ने तैयारी कर रखी थी शारदा जी ने मुझे आसन पर बैठने का इशारा किया था आरती के बाद उन्होंने मुझे भजन सुनाने के लिए कहा था। मैं समझ नहीं पा रही थी कि 'ऐ री मैं तो दरद दीवानी' भजन अनेक वर्षों के पश्चात कैसे मेरी जिव्हा पर आ कर बैठ गया था। भजन पूरा हुआ और मैं चुप हो गयी थी शारदा जी मुझे टकटकी लगाये देख रही थीं

"मुझे नहीं मालूम था कि तुम यह भजन भी जानती हो" और वह जोर से हंस पड़ी थी, मैं कुछ क्षणों के लिए शारदा जी को देखती रही थी उन्होंने मेरा हाथ खींचते हुए कहा था

"बाहर बैठेंगे और काफी पीऐंगे, तुम्हारी चाय ठंडी हो गई थी"

उन्होंने रमा को दो कप बढ़िया काफी बनाने के लिए कहा था।

"जब रवि आगे पढ़ने के लिए अमरीका चला गया राकेश ने प्रोफेसर के पद से इस्तीफा दे दिया और वृंदावन आश्रम में मैनेजर का पद स्वीकार कर लिया था।

सुमि के गम से वह कभी उबर नहीं पाया। राकेश एकदम से बदल गया था, उसने नीरज की सफलताओं में मगन होकर रवि की कमी को भुला दिया था। नीरज और रवि हम दोनों भाई -बहिन की आखों के दो तारे हैं। "भोजन का समय हो गया है" कहते हुए शारदा जी अंदर चली गई थी।

मैं सोच रही थी कि शारदा जी ने उनके पति के बारे में कुछ भी नहीं कहा था। मैं अंदर गयी और डाईनिंग टेबल पर प्लेटस लगाने लगी थी। शारदा जी आकर कुर्सी पर बैठ गयी थी किन्तु उनके चेहरे पर हमेशा की तरह चमक नहीं थी। मुझे भी समझ नहीँ आ रहा था कि क्या कहूँ प्रतिक्रिया के लिए मेरे मन में कोई जानकारी, भावना अथवा संवेदना कुछ भी नहीं था। जीवन के बदलते स्वरूप जीने की लालसा को कभी मजबूत और कभी कमजोर करते हुए भविष्य के प्रति अनकही अनिश्चितता को जन्म दे रहे थे। मुझे आगरा आये हुए तीस दिन बीत रहे थे, मौसम भी शुष्क और गरम हो रहा था चारों तरफ शांति का वातावरण था। सड़क पर इक्का-दुक्का इन्सान नजर आता था।

भोजन समाप्त कर मैंने शारदा जी से मैनेजर साहब द्वारा भेजा गया फार्म मांगा था। रिजल्ट कभी भी बताया जा सकता था, फार्म पूरा भर कर तैयार रखना था। शारदा जी स्टडी की बड़ी मेज पर से पूरा लिफाफा उठाकर लायीं और मुझे पकड़ा दिया था।

"तुम चाहो तो कल स्टडी में बैठकर फार्म भर सकती हो। ऊपर का कमरा कोई भी इस्तेमाल नहीं करता था इसलिए वहां ए सी नहीं है।" इतना बोलकर शारदा जी अपने कमरे में चली गयी थी।

थियेटर के अतिरिक्त बरेली में कहीं भी एयर कंडीशनर नहीं था किन्तु कभी भी कमी नहीं महसूस हुई थी।मैं लिफाफा उठाकर ऊपर कमरे में चली गयी थी। एक विचार दिमाग में कौंध गया था कि अकेले व्यक्ति के लिए क्या एयर कंडीशनर के कंपन की आवाज मनुष्य की धड़कनों के साथ मिलकर किसी और के उपस्थित होने का अहसास दिलाती है? शारदा जी को उनके जीवन में किस की कमी खलती है इसका जवाब जानने का मुझे कोई हक नहीं था।

नौ बज गए थे मोबाइल चुपचाप पड़ा था। मेरा फोन करना बिलकुल भी अपेक्षित नहीं था। अभी हमारी जान पहचान क्या थी, कुछ मिनट, मैं उदास होकर बिस्तर पर पड़ गयी थी और बेसब्री से फोन का इंतजार कर रही थी। रात को नींद नहीं आई थी मेरा दिल टूट गया था। मैंने अलार्म लगाया था, छः बज कर तीस मिनट

पर बेमतलब बज उठा था। मैंने ब्रश वगैरह किया था और चप्पल पहनकर नीचे चली गई थी। शारदा जी कहीं भी नजर नहीं आई थी, मैंने रसोई में घुस कर चाय बनाई और केतली में डाल कर टेबल पर रख दी थी किन्तु शारदा जी की कोई भी आहट नहीं सुनाई दी थी उनके कमरे का दरवाजा बंद था। निर्णय नहीं ले पा रही थी कि क्या करूं, दरवाजा खटखटाकर उन्हें जगाना कोई अपराध नहीं था। दरवाजे की कॉलबेल बजी खोला तो देखा रमा थी। मैंने राहत की सांस ली थी, रमा ने धीरे से दरवाजे को धक्का देकर खोल दिया था। शारदा जी नहा धोकर तैयार थीं।

"आज चाय पीने का मजा आ गया बनी बनाई तैयार मिल रही है।"

"यह चाय ठंडी हो गई है मैं और बनाती हूँ" कहते हुए मैंने केतली उठा ली थी। रमा ने आगे बढ़कर मेरे हाथ से केतली लेने की कोशिश की किन्तु मैंने मना कर दिया था।

"तुम लोग रहम करो मेरी केतली टूट जाएगी, रमा तुम नाश्ता तैयार करो चाय स्नेहा बनाएगी,मुझे पता लगना चाहिए कि इसको चाय बनाना आती है या नहीं " कहकर शारदा जी जोर से हंस पड़ी थी। शारदा जी का बात-बात पर हंसना मुझे गायक जगजीत जी की एक गजल की याद दिलाता था,

'तुम इतना क्यों मुस्करा रहे हो

क्या गम है जो छिपा रहे हो'

मैं यह उटपटांग सोच रही थी कि शारदा जी ने कमरे से बाहर आकर कहा था,

"स्नेहा, तुम तैयार होकर आओ हम अभी घनश्याम मंदिर जा रहे हैं मुझे पंडित जी से बात करनी है।"

मंदिर दूर नहीं था, बहुत सुन्दर था। मंदिर से आने के बाद शारदा जी ने अपना मोबाइल लेकर एक कागज पर लिखी लंबी सूची को पढ़ना शुरू कर दिया था, पाँच किलो दाल, दस किलो आटा, पाँच किलो घी और भी बहुत कुछ।

मैं समझ नहीं पा रही थी कि क्या होने वाला था किन्तु मेरा पूछना किसी भी तरह से उचित नहीं था। शारदा जी अपने कमरे में चली गयी थी। संदूक खिसकाने और रखने की आवाज़ आ रही थी, रमा भी रसोई में काम करती रही और मैं एक कुर्सी पर बैठ कर शारदा जी के आदेश का इंतजार करने लगी थी।

लगभग एक घंटे के पश्चात शारदा जी बाहर निकल आई थी उनका फोन बज रहा था,

"हां सब सामान मंगवाया है, नीरज कल शाम तक पहुँच रहा है तुम कब पहुँच रहे हो?"

मैं दूसरे भाई नीरज जी के आगमन के समाचार से घबरा गई थी, मुझे उनका सामना करने के विचार मात्र से डर लग रहा था। संभवतः फोन मैनेजर साहब का था उनके आगमन का कारण समझ नहीं पा रही थी कि रवि जी का ध्यान आ गया था। यह सभी लोग क्यों आ रहे थे? मैनेजर साहब अपने भानजे को भी लेकर आ रहे थे किन्तु रवि जी का कोई जिक्र नहीं हुआ था। मेरी मानसिक स्थिति का रवि जी ने क्या अर्थ निकाला था मैं नहीं जानती थी। शारदा जी ने मुझे कुछ कहा था किन्तु मैं सुन नहीं पायी थी।

"स्नेहा कहां खो गयी हो तुम्हे कुछ भी नहीं सुनाई दे रहा है।"

मैंने कुर्सी पर से उठते हुए कहा था,

"भोजन का समय हो गया है प्लेट लगा दूं?"

"हां,आज देर हो गयी भूख लग रही है।"

भोजन समाप्त करने के पश्चात हमेशा की तरह शारदा जी अपने कमरे में नहीं गयी थी मेरा हाथ पकड़ कर अपने कमरे में ले गयी थी।

"बैठो और मेरी सहायता करो।"

अलमारी में से एक नोटों का बंडल और कुछ नये लिफाफे निकाल कर मुझे पकड़ा दिये थे।

"ग्यारह सौ गिनकर पांच लिफाफों में रख दो और पांच सौ रुपये गिनकर पांच लिफाफों में रख दो।" इतना कह कर शारदा जी कमरे से बाहर निकल गयी थी।

मैं समझ नहीं पा रही थी कि क्या करूं, कमरे में रह कर निर्देशित काम पूरा करना चाहिए अथवा बाहर निकल जाना चाहिए, मैंने जल्दी -जल्दी काम पूरा किया और पूरे दस लिफाफे मेज पर रख दिये थे और बाहर निकल आई थी।

शारदा जी दिखाई नहीं दी थी इसलिए मैंने रमा से पूछा था

"बुआजी इतनी धूप में कहां गयी है?"

"तुम्हे मालूम नहीं है कल साहब की पुण्य तिथि है, ब्राह्मण भोज है। इसी कारज के लिए नीरज भैया और राकेश मामाजी आ रहे हैं।"

मैंने रवि जी के बारे में जानबूझकर नहीं पूछा था।

मैंने मेरी जानकारी के अनुसार अपने बाल धोये थे माँ कहती थी घर में पूजा हवन कुछ भी हो घर के सभी लोगों को पूर्णतः स्वच्छ होना चाहिए। बाल सुखाने के लिए बालकनी में चली गयी थी झाँकने पर देखा था मैनेजर साहब अपने भानजे के साथ कार से निकल रहे थे, एक क्षण के लिए लगा था कि नीरज जी को कभी देखा था। मैं इस नये मेहमान के सामने जाने से कतरा रही थी किन्तु यह संभव नहीं था। मैंने जल्दी से बाल संवारे और तैयार होकर चली गयी थी।

मैनेजर साहब ने देखते ही पूछा था, फार्म भरा या नहीं, मैंने धीरे से हाँ कहा था। पंडितों का आना शुरू हो गया था और सभी पूजा-पाठ में लग गए थे। नीरज जी ने सभी विधियाँ बहुत एकाग्रता और सधे हाथों से संपन्न की थी। पंडितों का भोजन और दान-दक्षिणा का कार्य निपटा कर सभी कुर्सियों पर बैठकर बातचीत करने लगे थे, मेरा कोई भी सहयोग नहीं था इसलिए मैं रसोई में घुस कर खाना गरम करने लगी थी।

नीरज जी मेरे सामने की कुर्सी पर बैठ गये थे यह वह कुर्सी थी जिस पर रवि जी भी विराजमान हुए थे और मैं समझ नहीं पा रही थी कि किस तरफ देखूँ। नीरजजी की निगाहें मेरे ऊपर थी किन्तु किसी भी तरह की, लेश मात्र औपचारिकता नहीं थी। भोजन समाप्त कर मैंने सोचा था कि मेज की सफाई कर दूँ लेकिन रमा ने मुझे रोक दिया था। शारदा जी ने कहा था कि आज स्नेहा ने भी बहुत परिश्रम किया,नीरज जी ने बीच में टोकते हुए कहा था,

"नैना, क्या तुम काफी बनाना जानती हो? इतने में रमा चार कप काफी ट्रे में रख कर ले आई थी। मुझे बुरा लगा था किन्तु मेरा संपूर्ण ध्यान 'नैना ' नाम पर टिका था मुझे काटो तो खून नहीं था और भाई -बहिन एक दूसरे को देख रहे थे। मैनेजर को मेरे बारे में बहुत कुछ जानकारी थी मुझे अंदाजा नहीं था कि शारदा जी को क्या और कितना मालूम था। मैंने किसी ओर नहीं देखा और सीढ़ियों के तरफ बढ़ गयी थी किन्तु मैंने नोटिस किया था कि नीरज जी मेरे पीछे-पीछे आ रहे थे और कमरे के अंदर आकर कुर्सी पर बैठ गये थे।

"आप इस तरह मेरा पीछा किसलिए कर रहे हैं अन्य लोग क्या सोचते होंगे?" मैंने नाराज होते हुए पूछा था।

नीरज जी ने सपाट जवाब दिया था, "कुछ नहीं, तुमसे कुछ बात करनी थी इसे पीछा करना नहीं कहते।"

"आपने मुझे नैना कहा किन्तु मेरा नाम स्नेहा है।"

"तुम्हे याद होगा एक आठवीं कक्षा का छात्र हैडमास्टर साहब के साथ पुस्तकें, कागजात आदि का भार उठाये उनके साथ तुम्हारे घर आया करता था, एक मेधावी छात्र होने के बावजूद गणित और अंग्रेजी के प्रश्न पूछने के बहाने रविवार के दिन भी तुम्हारे घर के चक्कर लगाता था और दो मील चलकर वापस जाता था। तुम जानती थी, केवल तुम्हारी एक झलक पाने के लिए" यह बोलकर नीरज जी चुप हो गये थे।

"छोड़िये इन बातों को, आपको एम.ए नहीं कंपीटीशन की तैयारी करना चाहिए आपके विषय बताते हैं कि आपका इरादा यही था। आपको मुझसे ज्यादा योग्य मेन्टोर नहीं मिल सकता है और मामाजी का भी यही मानना है। मेहनत करने का काम आपका है।"

इतना कह कर नीरज जी बिना कुछ और कहे चले गये। मुझे याद आ रहा था कि किस तरह एक छात्र पिताजी के साथ नोटबुक्स और पुस्तकों का भार उठाये हमारे घर आया करता था और पानी पीने के बहाने घर के अंदर तक चला आता था। हम सभी के लिए यह एक सामान्य सी बात थी, किसी ने भी नीरजजी के मंतव्य को जानने की कोशिश नहीं की थी। हमारे घर में चाय काफ़ी का चलन नहीं था, माँ सभी छात्रों को अपनी बनाई हुई मिठाई खिलाकर ही जाने देती थी। मुझे पूरा विश्वास है कि सबसे अधिक मिठाई नीरजजी ने ही खाई थी। मुझे यह भी स्मरण हो आया था कि नीरजजी का मुझे एकटक देखना बहुत सुखद लगता था। मेरे जन्म दिन पर भेंट में दिया गया गुलाबी रंग का रिबन मेरे लिए अनमोल वस्तु बन गया था। जीवन चक्र की क्रूरता ने मुझसे सब कुछ छीन लिया था। इस प्रकरण के बाद मैं नीचे नहीं गयी थी। शारदा जी ने रमा को भेजा था किन्तु मैं नींद का बहाना करके चुपचाप लेटी रही थी।

सुबह के आठ बज गए थे रमा ने फोन करके कहा था नीचे आने के लिए। सब तरफ सन्नाटा छाया हुआ था क्या मैनेजर साहब और उनका भानजा शारदाजी के साथ टहलने गये थे? शारदा जी ने कमरे से रमा को आवाज़ लगाई थी,

"रमा स्नेहा को बुलाकर लाओ"इसका उत्तर मैने दिया था

"बुआजी आइए मैं आपका इंतजार कर रही हूँ।"

शारदा जी ने आते ही पूछा था,

"तुम्हारी तबियत तो ठीक है? कल तुमने बहुत मेहनत की डाक्टर को बुलाकर –"

मैंने बीच में ही टोक कर कह दिया था कि सब ठीक है। शायद मैनेजर साहब और नीरजजी वापस लौट गये थे। दोनों के पास शारदा जी के साथ बिताने के लिए समय नहीं था अथवा मेरी उपस्थिति आड़े आ रही थी। मेरा यहाँ और अधिक रहने का कोई औचित्य नहीं था। पूरा दिन नीरज जी की छवि और उनका दिया गया परिचय मेरे दिमाग की नसों को झिंझोड़ता रहा। अपने पिता के तबादले के कारण वह बरेली से कहीं और चले गये थे। अचरज हुआ था कि नीरज जी ने स्थानांतरण की कोई भी जानकारी मुझे नहीं दी थी किन्तु यह मेरे लिए महत्वपूर्ण नहीं था। इतने वर्षो पश्चात उनके ही घर में होने वाली मुलाक़ात मेरे लिए आश्चर्यजनक थी। मेरे स्मृतिपटल पर कोई भी नीरज मौजूद नहीं था। मुझे नैना नाम से संबोधित करने के पीछे नीरज जी का अभिप्राय मेरी समझ से बाहर था। पूरा दिन अजीब सी उदासी के साथ गुजर गया था। शारदा जी दुःखी लग रही थी, बेटा दो महीनों के बाद आया किन्तु बहुत जल्दी लौट गया था। दोनों मेहमानों के बारे में हमने कोई भी बात नहीं की थी।

बोरियत को दूर करने के लिए मैं,शारदा जी और रमा सदर चाट खाने के लिए गये थे। दो घंटे बस निकल गये थे, बैचेन मन को राहत आसानी से नहीं मिलती।

रात के भोजन के लिए मैंने मना कर दिया था। एम.ए. या कंपीटीशन दोनों ही आश्रम में रहते हुए मुमकिन नहीं था और आगरा में रुकना मुनासिब नहीं, मैं पुनः अपने भविष्य के प्रति आशंकाओं से घिर गयी थी। हमने घर में प्रवेश किया था कि डोर बैल बज उठी थी, पोस्टमैन ने एक मोटा सा पार्सल शारदा जी के हाथों में थमा दिया था।

"नीरज ने कुछ पुस्तकें भेजी हैं, स्नेहा देखो तुम्हारे लिये ही है।"

मैंने पार्सल शारदा जी के हाथों से लेकर मेज पर रख दिया था।

"मैनेजर साहब और नीरज जी दोनों ही बहुत बुद्धिमान हैं, मेरे लिए यह सब कुछ बहुत कठिन है मैं नहीं कर पाऊँगी।"

"अरे, तुमने तो पार्सल खोलने से पहले ही हथियार डाल दिये हैं," कहते हुए शारदा जी अपने कमरे में चली गयी थी। मैने पार्सल उठाया और कमरे में लौट गयी थी। मैं कुछ भी समझ नहीं पा रही थी कि क्या करूं, उच्च शिक्षा के साथ भविष्य बेहतर हो सकता था यह मैं जानती थी। नीरजजी के खुलासे के पश्चात मैनेजर साहब का क्या मिज़ाज था मैं नहीं जानती थी, उनका मेरे प्रति नजरिया कितना बदल गया होगा इसका अनुमान लगाना कठिन था। उनका सहयोग मेरे लिए महत्वपूर्ण था। हैरान कर देने वाली बात थी शारदा जी ने इस बारे में कुछ भी नहीं पूछा था। अनगिनित दीवारें मेरे सामने खड़ी थी इनसे जूझना मेरे लिये आसान नहीं था। मैंने अनमने मन से पार्सल खोला, एक पुस्तक जनरल नालेज की थी जिसकी साईज ही डरा रही थी, दूसरी अंग्रेजी की और कुछ नोट्स थे, नीरजजी के। मैंने सब कुछ उठाकर मेज पर रख दिये और लेट गयी थी। पिताजी भी चाहते थे कि बी.ए के बाद कंपीटिशन के लिये प्रयत्न ही मेरा लक्ष्य हो। मैं कुछ समय सोना चाहती थी किन्तु दिमाग का कोलाहल पलकें तक बंद नहीं करने दे रहा था। करवटें बदलते हुए पांच बज गये थे। मुझे पूर्ण विश्वास था कि शारदा जी चाय के लिए बाहर निकल गयी थी। उनकी दिनचर्या घड़ी की सुई के साथ बंधी हुई थी, उन्हे भी शायद कोई दुःख था जिसे बांटने के लिए कोई नहीं था। टेलिफोन की घंटी बज उठी थी मैं बिस्तर से उठ कर नीचे जाने की तैयारी के लिए बाल संवारने लगी थी।

चाय की केतली सामने रखी थी और शारदा जी मेरा इन्तजार कर रही थी। एक तश्तरी में बेसन के दो लड्डू रखे थे देखने से स्वादिष्ट लग रहे थे, शारदा जी ने कहा,

"मेरे दिमाग से निकल गया था आज ध्यान आया, नीरज के लिये बनाये थे। चख कर बताओ कैसे है?"

"इन लडडुओं में एक माँ का प्यार भरा है इनके स्वाद की बराबरी दुनिया की अन्य कोई मिठाई नहीं कर सकती।"

"तुम कमाल करती हो ऐसी फिलोसोफीकल बातें भी करती हो।"

"मां की बनाई मिठाई की तारीफ सुनते हुए यह जुमला बहुत लोगों के मुंह से सुना था।"

मेरा गला रुंध गया था और मैं चुप हो गयी थीं। शारदा जी कुर्सी पर से उठ कर बगीचे की ओर बढ़ गयी थी, मैं भी उनके पीछे चल पड़ी थी। फूलों से मस्त खुशबू आ रही थी और तितलियों का झुंड एक दूसरे के पीछे दौड़ता-भागता खेल रहा था। मैंने अपनी फ़रमाइश रख दी थी,

"बुआजी कल से हम बगीचे में बैठ कर चाय पिया करेंगे।"

"हां, क्यों नहीं।"

आरती का समय हो गया था रमा ने पूरी तैयारी कर ली थी। शारदा जी चाहती थीं, हमने सुन्दर कांड का पाठ पढ़ा था।

मैंने रात का खाना नहीं खाने की सूचना रमा को दे दी थी। शारदा जी ने भी यही इच्छा जाहिर की थी।

आज मेरा ध्यान लगाने का मन है कहते हुए शारदा जी अपने कमरे में चली गयी थी मैं अपने कमरे की तरफ बढ़ गयी थी। पूर्णिमा का चाँद दमक रहा था, मैं छत की मुंडेर पर बैठ गयी थी आज बगीचे की सैर और सुन्दर कांड के पाठ से मन हल्का हो गया था और चारों तरफ फैली चाँदनी ने मन मोह लिया था। एक घंटा कब बीत गया पता ही नहीं लगा। नीरजजी के नोट्स पढ़ने की उत्सुकता के कारण मैंने मेज पर से पुलिंदा उठाया और कुर्सी पर बैठ गयी थी। नीरजजी ने नोट्स को बांध कर, कस कर गाँठ लगाई थी। एक व्यर्थ सवाल मन में उठ रहा था कि यह गाँठ लगाते हुए नीरजजी ने क्या नैना के बारे में सोचा था?

नीरजजी की लिखावट किसी कविता से कम नहीं थी, इस लिखावट पर कोई भी लड़की लट्टू हो सकती थी। मेरी अंगुलियां बस पन्ना पलट रही थी किन्तु दिल खुले आसमान में उड़ान भर रहा था, कुछ समझने की फुर्सत ही नहीं थी। मन की कड़वाहट में एक अनजानी मिठास घुल रही थी और पुरानी जान पहचान बिल्कुल नयी लग रही थी। नीरज जी का आगमन ठहरे हुए पानी में तूफ़ान जैसा था, यह अहसास रवि जी से हुई मुलाकात से अलग था।

सुबह कुछ अलग थी, मन बहुत भारी लग रहा था पूर्व रात्रि का खुमार धीरे-धीरे उतर रहा था। आईना वह सब कुछ नहीं दिखा रहा था जो मैं देखना चाह रही थी। अपने दिल की जबर्दस्ती से परेशान थी और दिमाग समझा रहा था, नीरजजी ने जाने से पहले मुलाक़ात की कोई जरूरत नहीँ समझी थी बरसों पुरानी तड़प और बेकरारी पर से लाखों घड़े पानी बह कर निकल गया था, इतना पानी पत्थर पर खोदे गये नाम भी मिटा देता है। नैना का चेहरा नीरजजी की स्मृति में मौजूद था किन्तु इस चेहरे के प्रति उनके दिल में शेष बची कशिश की गहनता का मुझे कोई भी अंदाजा नहीं था। मैंने नोट्स उठाकर वापस मेज पर रख दिये थे और तैयार हो कर नीचे उतर गयी थी।

शारदा जी ने हमेशा की तरह अपनी चाय पी ली थी, मैं केतली उठाकर चाय बनाने जा रही थी कि रमा आ गयी और मेरे हाथ से केतली लेकर वह रसोई में घुस गयी थी। शारदा जी अखबार पढ़ रही थी उन्होंने एक नजर मुझे देखा था और पुनः अखबार पढ़ने लगी थी। मुझे अच्छा नहीं लगा मुझसे रहा नहीं गया था।

"बुआजी क्या आज अखबार में कोई खास खबर छपी है?"

उन्होंने बिना कोई जवाब दिये अखबार नीचे रख दिया था।" तुमने पार्सल खोलकर किताबें देखीं?"

"हां, दो पुस्तकें और नीरजजी के स्वयं के नोट्स हैं उन्होंने अभी तक संभाल कर रखे हैं, उनकी लिखावट बहुत सुन्दर है बिल्कुल मोती जैसी।"

"हां नीरज की लिखावट के लिए उसे स्कूल में हमेशा पदक मिलता था।"

पिताजी मुझे टोकते रहते थे और स्कूल के 'एक विद्यार्थी ' की बहुत सुन्दर लिखावट का गुण गान करते थे मुझे पूर्ण विश्वास है कि वह विद्यार्थी नीरज जी थे। मैंने इसका जिक्र शारदा जी के सामने नहीं किया।

चाय खत्म कर बुआजी से मैंने बगीचे में चलने के लिये कहा था।

"लगता है माली बहुत दिनों से नहीं आ रहा है, पौधे सूख रहे हैं। स्नेहा ढूंढ कर लाओ पूरण ने अपना सामान कहां रखा है।"

बगीचा बहुत बड़ा था, बरेली में मुझे माली के साथ काम करना पसंद था। बगीचे के एक कोने में एक छोटी सी कुटिया थी सभी सामान तरीके से रखा हुआ था। कोई संदेह नहीं था कि इस परिवार के सभी सदस्य अनुशासित और व्यवस्थित थे। बगीचे को संवारने में दो घंटे लग गए थे, रमा ने आकर कहा था कि नाश्ता तैयार है। नाश्ते में उपमा था बहुत स्वादिष्ट, रमा खाना अच्छा बनाती थी।

शारदा जी अपने काम में व्यस्त हो गयी थी, मैं भी अपने कमरे में चली गयी किताबें और नोट्स बैग में रख दिये थे, कुछ कपड़े भी धोने थे रमा के मांगने पर मना कर दिया था,

"मेरी आदतें मत बिगाड़ो, मुझे भी समय निकालने के लिए कुछ काम चाहिए।"

स्नान करते हुए भोजन का समय हो गया था।

मुझे महसूस हो रहा था कि नीरजजी के जाने के बाद से शारदा जी उदास रहने लगी थी। बिना किसी साथी के समय निकालना सरल नहीं होता। रमा ने पाव भाजी बनाकर रख दी थी, उसके यहाँ मेहमान आए थे।

आरती के पश्चात हमने भोजन जल्दी कर लिया था। शारदा जी गीता पढ़ने लगी थी।

नीरजजी की लिखावट सुन्दर थी और आज मैंने पढ़ने का फैसला किया था। पूरी तरह से तैयार होकर कुर्सी पर बैठ गयी थी। अंग्रेजी में कुछ निबंध लिखे थे। पन्ना पलटते ही एक पत्र मिला कुछ पल यह निर्णय लेने में लगे थे कि इस पत्र को पढ़ना उचित था या नहीं किन्तु मेरी जिज्ञासा ने तर्क दे कर विश्वास दिला दिया था कि यह पत्र मेरे लिए ही लिखा गया था।

नैना

तुम पूछ रही थी कि मैंने तुम्हे नैना नाम से क्यों पुकारा। मैं हैरान था कि तुमने मुझे नहीं पहचाना था, हमारी दस से अधिक मुलाकातों का अब कोई वजूद नहीं रह गया था, हमारी कुछ मुलाकातों में हमारा फासला बस इतना भर था कि मैं तुम्हारी सांसो को गिन सकता था। तुम अधिकांश समय पानी का ग्लास हाथों में लिए खड़ी रहती थी क्योंकि तुम्हारा विश्वास था कि मैं अंदर आऊंगा।

छोड़िए, अब इन स्मृतियों का भार कोई मायने नहीं रखता, मुझे बचपन की नादानियों पर हंसी आती है। मामाजी की इच्छा है कि आप अपनी योग्यता को व्यर्थ न गंवाये और कंपीटीशन की तैयारी में जुट जाएं। मामाजी के अनुसार आपके मेनटोर के बतौर मुझसे ज्यादा योग्य अन्य कोई नहीं हो सकता, मामाजी द्वारा दी गयी यह जिम्मेदारी मैनें स्वीकार की है। जनरल नालेज की पुस्तक प्रतिदिन पढ़ियेगा, फार्म भेज दूंगा। आपका नाम स्नेहा है और यही रहेगा।

मेरे लिए भी।

नीरज

पत्र मेरे हाथ से छूट कर नीचे गिर गया था, मैंने पत्र उठाया और फर्श पर बैठ गयी थी। पूर्णिमा का चंद्रमा मेरे जीवन की अंधेरी रात में एक टिमटिमाता प्रकाश पुंज लग रहा था, मन में उम्मीदों के पंख उगे थे किन्तु उड़ान भरने से पहले ही टूट

कर गिर गये थे। मैं निढ़ाल पसर गयी थी, सब कुछ खत्म हो रहा था अब कुछ भी शेष नहीं था। आसपास की नीरवता ढाढ़स दे रही थी कि तुम्हारी योग्यता ही तुम्हारा जीवन बदलेगी। मार्ग में मिलने वाले मुसाफिर किसी के लिए भी रास्ता नहीं बदलते वह जानते हैं कि उनकी मंजिल कहां थी। दिमाग ने मन को नियंत्रित कर लिया था। संभवतः रवि और नीरज दो भाईयों की पारस्परिक प्रेम की कसौटी पर खरा उतरने की कोशिश कर रहे थे और भातृ-प्रेम की अनोखी दास्तान लिखना चाहते थे। मैं एक झटके के साथ खड़ी होगयी और नोट्स पढ़ने लगी थी, मेरा अपना भी वजूद था जिसे मुझे ही संवारना था। मन की स्लेट साफ थी सब कुछ मिटा दिया था।

शारदा जी ने मुझे अपने पास बिठाया था और मेरी प्लेट में कटोरा भर कर खीर परोस दी थी।

"खीर किस खुशी में?" मेरे पश्न का जवाब रमा ने दिया था,

"आज दीदी का जन्म दिन है और उनको खीर बहुत पसंद है।"

मैंने शारदा जी को जन्मदिन की शुभकामनायें दी और उनके गले से लिपट गयी थी। मैंने एक चम्मच भर कर खीर उन्हे अपने हाथ से खिलायी थी।

"काश, भगवान ने मुझे तुम्हारे जैसी एक बेटी दी होती। खाना शुरू करो बहुत भूख लगी है।"

आरती के समय मैंने भजन नहीं गाया था बल्कि एक गाना शारदा जी की गोद में सिर रख कर सुनाया था, " तुम्हे और क्या दूँ मैं दिल के सिवाय, तुमको मेरी उमर लग जाय—-"

शारदा जी ने अपना हाथ मेरे मुँह पर रख दिया था,

"मैं अब अधिक जी कर क्या करूंगी।" मैने अपना सिर उनकी गोद से नहीं उठाया था और शारदा जी बहुत प्यार से मेरा सिर सहलाती रही थीं।

शारदा जी ने फल -फूल की टोकरी सजा रखी थी। हम तीनों मंदिर गये थे मन को बहुत संतोष और शांति मिली थी।

मैंने आश्रम जाने का निश्चय कर लिया था। रिजल्ट निकलने के बाद नौकरी मिलने की पूर्ण आशा थी, इसके साथ कंपीटीशन की तैयारी भी संभव थी। मुझे कड़ी

मेहनत करनी थी। मैंने रात्रि के भोजन के समय दयाल बाग जाने की इच्छा पुनः जताई थी। शारदा जी ने कार की सुविधा प्रदान की थी।

मैने दयालबाग पहले भी देखा था किन्तु तब यह अधूरा था। एक -एक स्तंभ कारीगरी की मिसाल था, शिल्पियों की मेहनत और लगन साफ झलक रही थी। समय का आभास ही नहीं हुआ दो घंटे बीत गये थे। बड़े दरवाज़े से बाहर निकल रही थी कि मैंने नोटिस किया था कि एक कार से नरेन्द्र एक स्त्री के साथ उतर रहा था, नरेन्द्र से कम से कम तीन इन्च ऊंची और "गोरे चिट्टे भतीजे नरेन्द्र" से बिलकुल विपरीत पक्के रंग-रूप की। मैंने मन ही मन कहा था मामीजी को अंततः बहू मिल गयी थी। मैं उससे नजरें चुरा कर निकल जाना चाहती थी किन्तु यह घाघ निगाहें रखने वाला प्राणी बदला नहीं था। कुछ सीखने के लिए तैयार ही नहीं था, वह मेरा नाम लेकर तेज आवाज में पुकारते हुए मेरी तरफ बढ़ रहा था मैं ठिठक कर खड़ी हो गई थी। मैंने उसे अनदेखा करते हुए उसकी पत्नी को नमस्कार किया था। नरेन्द्र ने मेरी बांह पकड़ कर एक ओर खींचते हुए पूछा था,

"तुम आगरा में क्या कर रही हो, कहां रहती हो?" मैंने अपनी बांह छुड़ाने का प्रयत्न किया था किन्तु उसने मेरी बांह मजबूती से पकड़ रखी थी,

"तुम्हे अपनी माँ के बारे में कुछ जानना हो तो चुपचाप खड़ी रहो।"

माँ का नाम सुनते ही मेरा दिल जोर से धड़कने लगा था,

"तुम्हारी माँ को टीबी की बीमारी हो गयी थी, रेणु दीदी ने उन्हें फीरोजाबाद सेनीटोरियम में भर्ती करवा दिया था कुछ दिनों पूर्व उनका देहान्त हो गया है। जिस माँ की बेटी तुम्हारे जैसी हो उसका अंत ऐसा ही होना था।" यह कहकर नरेन्द्र अपनी पत्नी का हाथ पकड़कर खींचते हुए चल पड़ा था।

माँ के देहांत के समाचार ने मुझे रक्तहीन कर दिया था, कहीं एकांत में बैठकर रोना चाहती थी। मैं फीरोजाबाद सेनिटोरियम भी फोन करना चाहती थी, मुझे नरेन्द्र पर रत्ती भर भी भरोसा नहीं था। दयालबाग के पास ही पोस्ट आफिस था, मैंने कार की तरफ देखा भी नहीं और तेज गति से बताए गए मार्ग पर चल पड़ी थी। पोस्ट आफिस की फोन व्यवस्था से फिरोजाबाद सेनिटोरियम के रिसेप्शन् को फोन लगाया था।

"जी हाँ, मोहिनी नाम से एक रोगी का देहान्त चार दिन पहले हो गया था, हमने जो दो पते हमारे पास थे उनको सूचित कर दिया था। बीस घंटों के इन्तजार के बाद भी कोई रिश्तेदार नहीं आया था इसलिए हमने नियमानुसार उनका अंतिम संस्कार कर दिया।

मैंने अपने को संयमित करते हुए पूछा था,

"उनकी अस्थियाँ—-"

"शरीर में कुछ बचा ही नहीं था, केवल बीस ग्राम राख जिसे यमुना में डाल दिया था।"

फोन काट दिया गया था। मुझे अब नहीं जीना है कि आवाज़ मेरे पूरे शरीर को झिंझोड़ रही थी मैंने भाग कर एक आटो रोका और बैठते हुए चिल्ला पड़ी थी, "यमुना का दशहरा घाट"आटो भाग रहा था और मैं बेहोश, सांस लेने की कोशिश कर रही थी।

"बहिन जी सो रही है क्या? उतरिये घाट पहुँच गये हैं। एक सौ और चालीस रूपये जल्दी दे दो कब से चिल्ला रहा हूं।"

किराया देकर सीधे घाट की तरफ चलने लगी सामने एक बेन्च थी मैं जाकर बैठ गयी। इधर- उधर जवान लड़के-लड़कियाँ प्यार का नाटक करते हुए घूम रहे थे। मन में स्वयं के प्रति कड़वाहट भर गयी थी, मैं बेटी होकर भी माँ के प्यार को सहेज नहीं पायी थी। मुझे यमुना के पानी में मेरी माँ के अंतिम अवशेष "बीस ग्राम " राख के कण तैरते हुए दिखाई दे रहे थे, माँ से मिलनेका बस यही अंतिम अवसर मेरे पास था। आसपास कोई भी जीव नहीं था, सब तरफ सन्नाटा छाया हुआ था। मैंने अपने बैग से कागज निकालकर उस पर शारदा जी के घर का पता लिखा था और एक एथलीट की भांति भागते हुए यमुना में छलांग लगा दी।

लेखिका की श्रद्धांजलि

नैना ने इतना दुःख दायी मार्ग क्यों चुना? क्या उसका अपराध अक्षम्य था?

ईश्वर ने नैना को भरपूर दिया मानवीय गुण, सौन्दर्य, सभ्यता, संस्कार और एक कोमल हृदय इतना कुछ देकर भी ईश्वर ने उसके साथ अन्याय किया, सब कुछ देकर आयु की रेखा छोटी कर दी थी।

दुर्जनों को अन्य कुछ न देकर आयु की रेखा लंबी खींच देता है, यह कौन-सा इंसाफ का तराजू है?

www.ingramcontent.com/pod-product-compliance
Lightning Source LLC
LaVergne TN
LVHW090407210926
848480LV00002B/488
* 9 7 9 8 9 0 0 2 3 3 9 8 7 *